Sammlung Luchterhand 967

Über dieses Buch: »Ein souveräner Stilist und weiser Sarkast ist am Werk, Vergangenheit wird greifbar, Menschen bekommen Farbe, das Panorama der Emigration entrollt sich, mit einer Fülle an tragischen und absurden Details.« Der Spiegel

»Hans Sahl legt einen großen Disput frei, der das Jahrhundert prägte, fast so alt wie der Autor: den über Verrat, Versagen und den Verkauf von Würde. Sahls Bilanz wird rot geschrieben: ›Die Geschichte meiner Generation ist die Geschichte eines Irrtums, oft mit tödlichem Ausgang.‹« Fritz J. Raddatz, Die Zeit

Über den Autor: Hans Sahl, Lyriker, Dramatiker, Prosaist, Übersetzer, geboren 1902 in Dresden, studierte Kunstgeschichte, Literaturgeschichte, Philosophie. 1926–1932 Film-, Theater- und Buchkritiker. 1933 Flucht aus Berlin über Prag, Zürich nach Paris. 1939 Internierungslager. 1940 Flucht nach Marseille, wo er als Mitarbeiter an Varian Frys Rettungsaktion der politisch Verfolgten in Frankreich teilnahm und selbst mit einem der letzten Schiffe nach New York entkam. Nach dem Zweiten Weltkrieg New Yorker Kulturkorrespondent zuerst der Neuen Zürcher Zeitung, dann der Süddeutschen Zeitung. Hans Sahl lebt seit 1989 in Tübingen. In der Sammlung Luchterhand liegt ebenfalls der erste Band der Erinnerungen Hans Sahls vor: *Memoiren eines Moralisten* (SL 932). Außerdem erschien im Luchterhand Literaturverlag der Lyrikband *Wir sind die Letzten. Der Maulwurf* (1991).

Hans Sahl

Das Exil im Exil

Memoiren eines Moralisten II

Luchterhand
Literaturverlag

Für Ute

Sammlung Luchterhand, April 1991
Luchterhand Literaturverlag GmbH, Frankfurt am Main 1991. Umschlaggestaltung: Max Bartholl. Umschlagfoto: Geheime Sitzung des »Emergency Rescue Comittee«, Marseille 1940 (Hans Sahl hinten links). Satz: Uhl + Massopust, Aalen. Druck: Wagner, Nördlingen. Printed in Germany.
ISBN 3-630-61967-3

1 2 3 4 5 6 96 95 94 93 92 91

AUFREIBEND IST ES ...

Aufreibend ist es und beschwerlich,
sich zu verweigern dem Herkömmlichen,
Entscheidungen zu durchschauen, die nur
Nuancen sind derselben
Ratlosigkeit.

O die Wahrheit zu wissen, bevor sie
allgemein wird,
Ertragen die lange Schweigepflicht,
bis alle aussprechen,
was dir zu sagen
so schwer fiel,
bis die Wahrheit in aller Munde ist
und dadurch
schon wieder fragwürdig geworden ist
und beinahe falsch.

I

Sagen Sie ihm, daß er für die Träume
seiner Jugend soll Achtung tragen ...
Friedrich Schiller

Die Zeit von 1933–45, die Zeit der Verfolgung und der Flucht von einem Land in das andere, erscheint mir wie ein fast zu häufig wiederholter Refrain. Was mich an jener Zeit heute interessiert, ist nicht mehr der Kriminalroman einer Massenflucht ohne erhebliche individuelle Abweichungen, sondern die Geschichte vom Leben und Sterben einer Kultur, die in *unserem* Leben und Sterben ihren sinnfälligsten Ausdruck finden sollte, einer glanzvollen Epoche, die wir aus dem Feuer des Untergangs zu retten versuchten und durch halb Europa trugen, in Kleidern, die selbst schon zu brennen anfingen, Fackeln, die durch die Nacht der Völker irrten, bis sie langsam in London oder New York oder Prag erloschen. Da stehen sie nun, die Grabhügel mit den einstmals illustren Namen, heute schon fast vergessen, die einmal das Gesicht dieses Jahrhunderts prägten, die Baumeister, Komponisten, die Dichter, die es bis hierher geschafft hatten, die Geister der von Konsulatsbeamten abgewiesenen Antragssteller, Welterlöser ohne Aufenthaltsbewilligung. Über die Grenzen fluteten die Sprachgenies, die kein Wort mehr verstanden, die Bauhausleute und die Zwölftonmusiker, die der Zeit nachhinkten, denn die Zeit, das war die neue Lehre von der Unmenschlichkeit, vom Ende aller Vernunft, des Mitleids, und sie, die Neutöner, die Farbmischer, die Strukturbewußten waren zur Arrière-Garde eines längst überlebten Fortschrittsglaubens geworden, wie sollte ich da, angesichts von so viel historisch gewordener Apokalypse, noch von den einzelnen Stationen einer Flucht sprechen, die sich gemessen an dem Schrecken der ebenfalls bereits historisch gewordenen Vernichtungslager vergleichsweise idyllisch ausnimmt, jedenfalls von heute aus gesehen, da man sich statt auf einen gewalttätigen auf einen friedlichen Tod vorbereitet und die Tatsache des Überlebens sich wie ein Happy End, das man nicht verdient hat, ausnimmt, denn es war nicht einmal verdient, daß ich überlebte. Ich wurde geschoben, die Geschichte schob uns vor sich her wie eine Lokomotive einen Zug. Einen Zug, der seine Passagiere wegen Überfüllung ausspuckte. Mehr noch als die Anstrengung des Überlebens beschäftigte mich ein Weiterleben mit dem Gedanken daran, was nun aus dieser Welt werden sollte, die solches erlebt hat, was aus den Kindern, die es nur vom Hörensagen kennen und deshalb prädestiniert sind, dieselben Fehler zu machen. War nun alles umsonst? Oder können etwa Bücher wie dieses ihnen die Wiederkehr des Gleichen ersparen? Mit anderen Worten, kann der Mensch nie aus der Geschichte lernen, da es ja immer erst die Generation nach ihm ist, die unter anderen Vorzeichen dasselbe erlebt, was er erlebt hat. Nicht läßt sich das Wissen um das Unheil vererben, oder liegt es vielleicht im Wesen der Geschichte, daß sie ihre Absicht nicht verrät, und ihre Opfer im Dunkeln läßt über das, was sie mit ihnen vorhat.

Hat sich nicht gerade in unserem Jahrhundert mit alarmierender Deutlichkeit gezeigt, daß die Geschichte sich nur dann verwirklichen kann, wenn sie den Menschen täuscht und ihm ihr Wissen und Wirken verheimlicht, während er sich der Täuschung hingibt, daß er es sei, der sie verwirklicht, daß die Geschichte einzig und allein sein Werk sei, von ihm geplant und dementsprechend von ihm in die Tat umgesetzt. Aber was ist denn Geschichte überhaupt? Das chronologische Werk einer Vorsehung, die sie mit uns plant? Ist nicht die Geschichte der Mensch selber? Ist sie nicht wie er: grausam, gütig, menschlich und unmenschlich? Jedenfalls ist sie das Resultat einer Vergeßlichkeit, denn sonst gäbe es keine Wiederkehr des Gleichen und man wüßte besser darüber Bescheid, wo der Mensch aufhört und wo die Geschichte beginnt.

I

Als Kind hob ich einmal einen Stein von einer Wiese auf und sah in der durch ihn verursachten Vertiefung im Gras ein Gewimmel von Lebewesen: Käfer, Insekten, Maden, Larven, winzige Schuppentiere, die beim Anblick des Lichts erschrocken durcheinanderliefen und sich in der Erde verkrochen.

Ich hebe den Stein, der auf meinem Gedächtnis liegt und sehe darunter das Gewimmel einer Welt von gestern: Beine, Arme, Finger, Köpfe ohne Gesichter, Gesichter ohne Köpfe, ich sehe Kathedralen, Stacheldraht, Times Square, den Hradschin, Notre-Dame, den Üetliberg und die Akropolis. Ich sehe Kreaturen, die beim Anblick des Lichts erschrocken in der Dunkelheit verschwinden, versinken, lautlos, keine Spuren hinterlassend, bis ich sie wieder mit dem Stein des Vergessens zudecke, der sie beschützt, unter dem sie ihr Schattendasein fortsetzen können: lichtlos, unterirdisch, in jener aus Erinnerungen gewobenen Sagenwelt, die man Vergangenheit nennt, Gesichter, die Theater spielten in einem Stück, das einst ihr Leben war, die Münder, die einander tranken in toller Verzükkung und nun zahnlos eins werden mit den Knochenresten versteinerter Skelette, Augen und Ohren und Nasen, die sahen und hörten und rochen in dieser kurzen Spanne, die ihnen gegeben war zwischen Geburt und Tod: bis der Stein auf dem Gedächtnis, der Stein, der zwischen gestern und heute sich hebt, sie mir augenblicklang in die Augen sehen läßt – solange, bis die ewige Nacht sie wieder umfängt. Die Asseln, die Käfer, die Regenwürmer, die Würmer, die einmal aufrecht gingen und Menschen waren wie ich, Verstoßene, Umherirrende, in der anonymen Landschaft des Exils, die großen und die kleinen Geister, die Plumpen und die Geschmeidigen, die toten Taten des öffentlichen Lebens, die Machthaber mit Pensionsberechtigung, die man ihnen entzog, Journalisten ohne Zeitung, Schauspieler ohne Bühne, Schriftsteller ohne Buch. Sie lebten unter dem Stein, als hätten sie niemals das Licht der Welt erblickt, sie paßten sich an, sie richteten sich ein, sie saßen in zerzausten Rollstühlen, als wären es die Thronsessel von gestern. Sie küßten die Hand, die man ihnen bot, während sie Schweine im Stall grunzen hörten, sie lächelten wie Stofftiere und befühlten heimlich ihre Arthritis. Sie hatten Haltung, weil sie sich nicht mehr bücken konnten, sie übten sich in der Kunst des Überlebens und merkten nicht, daß sie selbst bereits überlebt hatten, daß kein Hahn mehr nach ihnen krähte, daß ihre Zeit um war. Ernst Toller erhängte sich am Türhaken eines Zimmers im Hotel Mayflower in New York, Ernst Weiss, Alfred Wolfenstein, Walter Hasenclever begingen Selbstmord beim Einmarsch der deutschen Truppen in Frankreich. Walter Benjamin machte seinem Leben an der französisch-spanischen Grenze ein Ende. Kurt Tucholsky, der den Geist, den Spott, die Satire der zum Tode verurteilten Republik mit sich ins Grab nahm, gab sich selbst den Tod. Arthur Koestler, das Ohr am Sekundenzeiger, hat wie kaum ein andrer die Utopien seiner Zeit mit dem

Einsatz seines Lebens zu verwirklichen versucht und verworfen. Er war ein Abenteurer, ein Balzac der zeitgenössischen Szene mit einem unstillbaren Appetit für das Neue, Ungewöhnliche, Außerordentliche. Er war der erste Journalist, der mit dem Zeppelin zum Nordpol flog, der erste Kommunist, der sich unter Lebensgefahr zum Antikommunismus bekannte. Er ließ sich von Franco zum Tode verurteilen, um den Lesern seiner Zeitung die Wahrheit über den spanischen Faschismus zu berichten. Die Diskrepanz zwischen Wirklichkeit und Idee trieb ihn dazu, aus der Politik in die Parapsychologie zu emigrieren, aus der dritten Dimension, deren Alternativen ihn zu langweilen begannen, in eine vierte, aus der es kein Zurück mehr gab.

»Ich möchte meinen Freunden mitteilen, daß ich ihre Gesellschaft in Frieden verlasse, in der Hoffnung auf ein unpersönliches Weiterleben nach dem Tode, jenseits von Zeit, Raum und Materie und jenseits menschlichen Verstehens.« Das waren die letzten Worte Arthur Koestlers, bevor man ihn und seine Frau aufrecht in Lehnstühlen sitzend in ihrer Wohnung in London auffand.

2

Ich lege den Stein wieder in die Grasnarbe, die er verursachte, und denke zurück an jene Zeit, da ich 1933, nach meiner Flucht aus Deutschland früh am Morgen in Prag ankam und Max Brod im Nachthemd aus seinem Bett holte. Er wohnte unweit der Altneu-Synagoge und des alten jüdischen Friedhofs, in einer Gegend, in der die von Gustav Meyrink zu einem Roman von visionärer Größe umgeformte Golemsage spielte und in der auch Kafka lebte und schrieb, die Legende seines Lebens schrieb, seines Weiterlebens vor dem Tode, erfüllt von Angstträumen, die sich bei ihm zu einer schreckhaft sublimen Märchenwelt verdichteten. Sein Schatten ging neben mir her, wann immer ich zu Max Brod ging, dem kleinen Mann mit dem mächtigen Kopf und dem energischen Kinn, das aus Eisen zu sein schien. Max Brod gehörte zu jenen seltenen Wesen, die durch das Mißgeschick ihres Lebens nicht schlechter geworden waren, sondern besser. Es hatte, ähnlich wie bei dem Dichter Max

Hermann-Neisse, der seinen Buckel mit soviel Anmut durch die Straßen von Berlin getragen hatte, seine Gesichtszüge vergeistigt, veredelt. Der zu kurz Gekommene setzte alle Hoffnung in seinen Kopf, den er wie ein Gefäß voll von Weisheit, Ironie, Trauer, Spott auf den viel zu breiten und zu niedrigen Schultern in das Café Continental trug, wo die aus Deutschland Geflüchteten saßen und Wetten darüber abschlossen, wie lange sich Hitler »noch halten würde«. »Sechs Monate«, sagte einer. Man trommelte ungeduldig mit den Fingern auf der Marmorplatte. »Sechs Jahre«, sagte ein anderer und wurde wegen Pessimismus des Tisches verwiesen. Im Zimmer des Redakteurs des »Prager Tageblatts«, Rudolf Thomas, fanden sich jeden Nachmittag um sechs Uhr die eben aus Deutschland Eingetroffenen ein: die Expressionisten, Dithyrambiker, die Balladensänger, Leitartikler, Reporter, die nun um den Schreibtisch des Nachrichten zurechtschneidenden und -klebenden Redakteurs herumstanden wie Leute, die vor einem Regenguß in einen Hauseingang geflüchtet sind und auf schönes Wetter warten. Da waren die Dichter Alfred Wolfenstein und Walter Mehring, der »rasende Reporter« Egon Erwin Kisch, der politische Journalist Rudolf Olden sowie auch ein sächselnder Jüngling, der Flieg hieß und später als Stefan Heym in zwei Sprachen als ein bedeutender Romanautor gefeiert werden sollte. Gesichter aus Deutschland tauchten auf. Ich lernte Carl Mayer kennen, den Filmautor, Verfasser des »Caligari«, der »Hintertreppe« und anderer stummer Filme ohne Zwischentitel, ein Dichter. Er war es gewesen, der den deutschen Film in seinen Anfängen durch das Genie seiner Erfindung in den Rang einer Kunst erhoben hatte, ebenbürtig der Malerei und der Musik. Es war kein Zufall, daß wir uns in einem Beisel in der Alchimistengasse zu treffen pflegten. Er verwandelte Zelluloid in Gold und schuf Filme aus dem Nichts. Er hatte die Hände eines Bildhauers, die Phantasie eines Märchenerzählers, der das neue Medium des Films dazu benutzte, Balladen des Schweigens zu erzählen, Geschichten ohne Worte. Am Abend saß man unter einem großen Sternenhimmel in einem Gartenrestaurant an der Moldau und trank böhmisches Bier aus Totenschädeln, oder man traf sich in einer Bar, wo die blonde Son Ronko Songs aus der Dreigroschenoper sang wie einst in den Nachtlokalen Berlins die russischen Emigranten ihr »Wolga, Wolga«.

»Eins verstehe ich nicht«, sagte der junge Mann und hielt mir das Mikrophon dicht vor den Mund, »ich habe nun eine Reihe von Leuten in New York interviewt und heute früh mit Berlin telefoniert und mitgeteilt, daß ich die Sache nicht mehr weiter machen werde. Ich bin dem nicht mehr gewachsen. Ich kann es nicht mehr, es ist zuviel. Kann ich vielleicht einen Whisky haben?«

»So früh schon? Es ist doch erst zehn Uhr morgens. Wollen Sie nicht lieber einen Kaffee?« sagte ich. Er sah angegriffen aus. Ich bemerkte, daß seine Hände zitterten, als er mir flüchtig zuprostete.

»Gestern abend war ich mit Frau S. zusammen, die einmal sehr schön gewesen sein muß. Ihr Mann ist deportiert worden. Sie selber entkam bei der Besetzung Frankreichs durch die deutschen Truppen aus einem Frauenlager in der Nähe von Marseille nach Amerika. Sie ist jetzt eine ältere Dame, spielt Bridge und geht zu Konzerten in die Carnegie Hall, wenn Karajan dirigiert. Sie wollte mich nicht in ihrer Wohnung empfangen. Wir saßen in der Lobby des Hauses, in dem sie wohnt, und sprachen. Sie hatte Angst vor mir. Stellen Sie sich vor, ich war ein Jahr alt, als Hitler sich das Leben nahm. Was hatte ich mit dem ganzen zu tun?«

Ich goß ihm noch ein Glas Whisky ein.

»Ich kann keine Nacht mehr schlafen. Ich gehe im Central Park spazieren, obwohl man mir gesagt hat, es sei lebensgefährlich, nachts im Central Park spazieren zu gehen. Ich kann die Geschichten, die man mir erzählt, nicht mehr ertragen. Ich hatte nicht erwartet, daß es so schlimm sein würde. Diese Gesichter, die sich damit abgefunden hatten. Was blieb ihnen auch anderes übrig? Frau S. geht in den Supermarket und fährt im Sommer in die Catskills, um mit anderen Frauen, deren Männer deportiert worden waren, Bridge zu spielen. Ich verstehe mich selbst nicht mehr. Meine Eltern, mein Vater-Land. Sie haben also im März 1933 Deutschland verlassen. Eines Nachmittags fuhren Sie mit einem Stück Seife und einer Zahnbürste in der Aktentasche zum Anhalterbahnhof. Hauptmann Frenzel von der Richthofen-Staffel schob Sie durch die Sperre, die SA salutierte, sie bestiegen einen fast menschenleeren Zug. In einem Abteil sitzt ein Mann, den Sie sofort wiedererkennen. Er hat den Hut tief ins Gesicht gedrückt und scheint sich hinter einer Zeitung zu verstecken. Sie haben einmal als Schüler für ihn geschwärmt, Sie haben über ihn geschrieben, Sie haben ihn den »größten Theatermann Deutschlands« genannt. Jetzt ist er ein Flüchtling wie Sie und versucht, nicht erkannt zu werden. Im ersten Band Ihrer Memoiren beschreiben Sie diesen Augenblick: ›Es war gut zu wissen, daß man mit Max Reinhardt ins Exil ging.‹ – Ich nehme Ihnen das nicht ab, es hört sich schön an, aber es stimmt nicht. Aber lassen wir das ... Sie kommen also eines Morgens um sieben Uhr in Prag an und gehen zu Max Brod, der Sie im Nachthemd empfängt. Und jetzt kommt das, was ich nicht verstehe, was Sie mir erklären sollen: Wovon, um Himmelswillen, haben Sie eigentlich zwölf Jahre lang gelebt?«

»Ich weiß es nicht«, sagte ich, »ich weiß es wirklich nicht, aber stellen Sie bitte sofort das Mikrophon ab, das Interview ist beendet, ich kann Ihnen keine Auskunft geben, man lebte von einer Stunde zur anderen, man handelte nicht, man wurde gehandelt. Die Zeit dachte für uns. Sie nahm uns die Entscheidung ab, wohin wir fliehen mußten, sie gab uns eine Hoffnung. Eine Aufgabe. Die Welt über Hitler aufklären. Sich selbst verwirklichen als Mensch, Schriftsteller. Im Sinnlosen einen Sinn entdecken, mit dem man sich identifizieren konnte. Weiterleben, überleben, um jeden Preis. Man borgte sich durch, man lebte auf Kredit wie im Kapitalismus, wo der eine die Schulden des anderen finanziert. Man borgte sich von A fünf Franc, um sie B wiederzugeben, dem man sie schuldete, und so fort und so fort. Man brauchte ja nicht viel, um zu überleben. Ein Paket Zigaretten, eine heiße Suppe, Brot, viel Brot, Kaffee. Viel Kaffee. Ich erinnere mich, daß ich in Paris mitunter tagelang im Bett blieb, um meine Kräfte zu sparen. Einmal rief mich ein Industrieller aus Zürich an, dessen Tochter ich Paris gezeigt hatte – er wollte mich zum Essen einladen. Ich bat die gute Madame Chollet, Inhaberin des Hotels ›Helvetia‹ in der Rue de Tournon, in dem ich wohnte, den einzigen anständigen Anzug, den ich noch besaß und dessen Futter zerrissen war, auszubessern. Herr Hugendubel führte mich zu Prunier, und während ich die Austern schlürfte, stachen mich die Stecknadeln, mit denen Madame Chollet das Futter im Rock angeheftet hatte. Dann fuhr ich ins Hotel zurück und erbrach mich: aber wir hatten große Reden bei Tisch geführt und taumelten engumschlungen durch die Avenue de l'Opéra.

Nein, ich weiß wirklich nicht, wovon ich zwölf Jahre lang gelebt habe. Als ich 1933 in Prag ankam, hatte ich 10 Mark in der Tasche und lebte in der Hauptsache von gerösteten Knoblauchschnitten, die man stehend in einer Cafeteria am Wenzelsplatz aß und die köstlich schmeckten. Wenige Tage nach meiner Ankunft machte mich Max Brod mit einem Redakteur der Prager Presse bekannt, den die Ereignisse in Deutschland zu einem orthodoxen Juden gemacht hatten, während seine Frau, eine bekannte Übersetzerin, Mitglied der kommunistischen Partei geworden war und Ansichten vertrat, die ihn aufs Höchste erbitterten. Aus Rache schloß er sich in das Badezimmer ein, legte sich einen Gebetsschal um und betete hebräische Gesänge, die sie ebenso aufbrachten wie ihn die letzten Parolen aus dem Agitprop-Büro der Partei, mit denen sie ihn zu überzeugen versuchte. Nachts kam sie in mein Zimmer, setzte sich auf mein Bett, nahm meine Hand und las mir Karl Marx vor, während er im Schlafzimmer den siebenarmigen Leuchter anzündete und den Kaddisch betete. Es war kein Zweifel, daß meine Gegenwart nicht wenig zur Verschärfung der ideologischen Gegensätze beitrug. Er sah in mir, der dem jüdischen Glauben abtrünnig geworden war, einen Verbündeten seiner Frau und wartete nur auf die Gelegenheit, mich hinauszuwerfen. Ich beschwor sie, ihn nicht zu provozieren, aber sie haßte ihn mit der Inbrunst einer eben zum Marxismus Bekehrten, die den Klassenkampf im Bett fortsetzte, in der Küche und beim Abendessen in der guten Stube, wo sie ihm, zu seinem Entsetzen, den Schweinebraten, den er nicht essen durfte, buchstäblich unter die Nase rieb. »Sie sind der Einzige, der mich hier versteht«, sagte sie und erhob schelmisch die geballte Faust zum marxistischen Gruß. »Haben Sie Erbarmen mit mir«, flehte ich sie an. »Er will mich vor die Tür setzen, wenn Sie mich weiter gegen ihn ausspielen, und ich weiß nicht, wohin ich gehen soll. Sie sind eine wunderbare Köchin. Ich liebe Ihre Marillenknödel mehr als die Leitartikel der Prawda, mit denen Sie sie garnieren. Sie sind exquisit.«

Eines Morgens, ich glaube, es war vier Monate nach meiner Ankunft, lag ein Zettel auf dem Küchentisch. »Ich möchte Sie hiermit ersuchen, mein Haus binnen vierundzwanzig Stunden zu verlassen. Meine Frau ist soeben zu einem antifaschistischen Kongreß nach Paris gefahren. Bitte geben Sie den Schlüssel zu meiner Wohnung beim Portier ab.«

Ich packte meine Sachen und ging ins »Continental«, wo man

sich inzwischen darauf geeinigt hatte, daß Hitler sich noch mindestens sechs Monate halten würde. Ein Tscheche, der an einem nervösen Kopfnicken litt, erzählte mir, daß er gerade einen tschechischen Film gekauft habe, aus dem er einen Tonfilm machen wollte. Er fuhr mich mit einem alten Auto, in dem die Sitzpolster fehlten, vor die Stadt und hielt vor einer Scheune. »Folgen Sie mir«, sagte er, innen war eine Leinwand aufgespannt. Davor stand ein Vorführapparat. Von Hühnern umgackert, lief nun der Film ab, Machatys »Erotikon«, eine Zierde der tschechischen Regiekunst, ein Film von brünstigen Menschen und brünstigen Pferden. »Die Pferde brauchen bei mir nicht zu wiehern, nur die Menschen«, sagte der mit dem nervösen Kopfnicken. »Ich bin im Begriff, den Weltmarkt mit einem neuen Verfahren zu erobern, nämlich der weiteren Verwertung stummer Filme. Wenn Sie die Menschen sprechen lassen, die Drahtkragen an den Abendkleidern herausschneiden, die Röcke kürzer machen, zahle ich Ihnen zweitausend Kronen mehr. Hier ist eine Anzahlung.«

Was sich in den nächsten vier Wochen zwischen grunzenden Schweinen und gackernden Hühnern abspielte, habe ich in einer Glosse im »Prager Mittag« darzustellen versucht:

»Im Anfang war ein Manuskript, ein Vorschuß und ein stummer Film von Gustav Machaty. Das Manuskript sollte geschrieben, der Vorschuß gezahlt und der stumme Film synchronisiert werden. Man einigte sich auf letzteres, ließ schwarzen Kaffee kommen und konstatierte nicht ohne Unbehagen, daß die Kinematographie seitdem einige Fortschritte gemacht hatte. Der Film war vor sieben Jahren gedreht worden, und die Damen trugen kurze Röcke und hohe Stuartkragen, tanzten Jimmy, brachten tote Kinder zur Welt, wurden vergewaltigt und benahmen sich auch sonst sehr altmodisch. Und trotzdem war es ein Film, der in all seinen Fehlern und Unzulänglichkeiten erfüllt war von seltenen photographischen Eingebungen. Nicht leicht, diese ›edle Einfalt und stille Größe‹ zum Sprechen zu bringen. Aber das Experiment lockte. Wochenlang hingen wir an dem Bild, das da keusch und wortlos vor uns abrollte, machten uns Notizen, die kein Mensch lesen konnte, murmelten unverständliche Laute, tranken schwarzen Kaffee, zählten, rechneten aus, ließen die Stoppuhr laufen. Ab und zu öffnete sich die Tür, herein trat ein etwas korpulenter Herr, ›Meister‹ genannt, sagte: ›Aber bitte hundertprozentig, meine Herren‹ und verschwand.

Und wir synchronisierten, bis die Steine zu reden anfingen und die Wände Ohren bekamen. Wir synchronisierten, was uns über den Weg lief: Hunde, Menschen, Eisenbahnzüge, Kaffeetassen, Pferde, Zahnstocher, Autos, Telephone usw. Wir stopften die gähnenden Mundlöcher mit Sprache, benutzten jeden Atemzug, um ihn der menschlichen Stimme dienstbar zu machen, wir warfen Wortschlangen über die Leinwand, schnitten den Damen die komischen Hüte vom Kopf und garnierten sie mit Dialogen. ›Schön war's nicht, aber synchron‹, pflegte ein deutscher Lustspielregisseur zu sagen. Nach sechs Wochen brachte ein Krankenwagen die deutsche Version ins Irrenhaus. Ein ernster Sprecher bekam einen Lachkrampf, der Produzent Schüttelfrost. Ohrfeigen wurden teils telephonisch, teils im freien Handel angeboten. – Und wie aus alldem doch noch etwas entstand, das bellen und quietschen und miauen kann wie ein richtiger Tonfilm, das wird mir ewig unerklärlich bleiben.«

Der »Prager Mittag« war an einem Marmortisch des Café Central von Immigranten gegründet worden. Chefredakteur war Wolfgang Brettholz, früher Redakteur des »Berliner Tageblatt«. Zu seinen Mitarbeitern gehörten außer mir als Filmkritiker ein junger Prager Dichter, Friedrich Torberg, der sich mit seinem Roman »Der Schüler Gerber hat absolviert« hoffnungsvoll in die Literatur eingeführt hatte und hier nun über Theater schreiben sollte.

Das Honorar, das ich bekam, betrug nur einen Bruchteil dessen, was ich der Pension Flora schuldig war. Die Frage, was wird aus uns werden, beschäftigte jeden von uns, aber die Situation war zu neu, um ernsthaft darüber nachzudenken. Hitler würde ja ohnehin in einigen Monaten abdanken. Bis dahin mußte man sich eben über Wasser halten. Kurt Grossmann gründete das erste Flüchtlingskomitee, das Emigranten mit kleineren Beträgen weiterhalf. Ich schrieb zwei Aufsätze für eine neue Zeitschrift, »Die Neue Schaubühne«, die von Willi Schlamm herausgegeben wurde: »Das Dritte Reich des Films« und die »Braune Leinwand«, in denen ich den Untergang einer Republik am Beispiel des deutschen Films abzulesen versuchte.

Willi Schlamm gehörte zu jenen Intellektuellen, denen es bei jeder Diskussion um Leben oder Tod zu gehen scheint. Er war ein berufsmäßiger Eiferer, der es liebte, eine Überzeugung zu haben, und sogar bereit war, dafür zu sterben, weil er sich sonst zu Tode gelangweilt hätte. Schlamm hörte das Gras wachsen, noch bevor es gesät wurde, was zuweilen dazu führen konnte, daß er etwas wachsen hörte, wo gar nichts gesät werden sollte. Er brillierte durch glänzende Fehlanalysen, die doch mehr Wahrheit enthielten, als der öffentlichen Meinung zuträglich ist. Er war ein Meister der Polemik, der wie sein Vorbild Karl Kraus jeden Verstoß gegen die Syntax bereits als kriminiell betrachtete, und sicher warf er dem Faschismus nicht nur seine Verbrechen gegen die Menschlichkeit vor, sondern auch die Kommafehler, die er begangen hatte. Sein größter Schmerz war, daß viele Jahre später Karl Kraus noch kurz vor seinem Tode, 1936, ihn aus dem Kreis seiner Anhänger verstieß.

Schlamm war eine umstrittene Erscheinung. Man verübelte ihm eine politische Entwicklung, die den ehemaligen Redakteur der »Roten Fahne« zum Wortführer eines neuen Konservativismus machte.

Hier möchte ich eine grundsätzliche Bemerkung einfügen: Die Geschichte meiner Generation ist die Geschichte vom Aufstieg und Verfall einer Idee, die sich als Utopie herausstellte. Der Traum von der klassenlosen Gesellschaft, der uns junge Menschen im Denken und Handeln bewegte, wurde in dem Maße zu einem Albtraum, in dem die Wirklichkeit des Kommunismus nicht mehr mit seiner Idee übereinstimmte. Die Geschichte des Exils war nicht zuletzt auch die Geschichte einer Gewissensbefragung, die jeder an sich vollziehen mußte und bei der es darum ging, ob man sich noch mit einer Partei identifizieren oder auch nur mit ihr zusammenarbeiten konnte, die jede Selbstkritik als den Verrat eines gemeinsamen Kampfes gegen den politischen Feind, Adolf Hitler, denunzierte. Wieviel Mut, wieviel Selbstüberwindung gehörte dazu, sich von den Menschen, mit denen zusammen man kämpfte, mit denen man hungerte, arbeitete, liebte, litt, zu distanzieren, ihnen zu sagen, daß man ihre Politik nicht mehr billigte, und sich der Gefahr auszusetzen, von ihnen gemieden, ja sogar verfolgt zu werden, Nein zu sagen, und das noch im Exil.

Liebe, ferne, abgereiste Frau!

Wenn ich Ihnen sage, daß Sie mir sehr fehlen und daß ich traurig bin, nicht mit Ihnen sprechen zu können, und wenn ich außerdem noch hinzufüge, daß seit Ihrem Verschwinden aus Prag meine bis dahin noch gute Laune sich erheblich verschlechtert hat, so werden Sie das vielleicht für eine *façon de parler* halten. Aber wenn Sie wüßten, wie verhaßt mir jede Konvention, auch in dieser Hinsicht, ist, so würden Sie diesen Brief vielleicht anders lesen. Sie liegen jetzt am Strand von Riccione, lassen sich in der Sonne braun brennen und haben Prag, den Wenzelsplatz und die deutsche Emigration längst vergessen. Hätte ich nicht die Hoffnung, daß jener Esel mit den hängenden Ohren, den ich Ihnen als Sinnbild meiner Verfassung mit auf den Weg gab, Sie von Zeit zu Zeit noch an mich erinnert, so müßte ich verzweifeln. Ich habe lange auf Nachricht von Ihnen gewartet. Und weil ich mit Ihnen sprechen mußte, so habe ich vom ersten Tage Ihrer Abreise bis heute meine Empfindungen in Form von Notizen und Tagebuchblättern niedergelegt, von denen ich Ihnen einige zur Probe beilegen werde.

Ich bin sehr müde, ich habe sehr viel kämpfen müssen in diesen Tagen, es ist alles wieder so ernst – und so schwer zu ertragen. Grübeln Sie nicht nach über meine Worte. Das alles geht vorüber. Legen Sie sich in die Sonne und seien Sie glücklich. Ich warte auf Sie.

Ihr H. S.

Sonntag, den 16. 7. 33

... Der Morgen nach Ihrer Abreise war ein Morgen wie alle anderen. Ich erwachte mit dem Gefühl, daß es nicht nötig sei, aufzuwachen. Im Zimmer war ein Geruch von schlechtem Wetter. Es regnete. Ich ging ins Badezimmer, drehte den Wasserhahn auf und sah in den Spiegel.

Es war ein schwarzer Fleck auf der Glasscheibe, und dieser Fleck lag jetzt mitten auf meiner Stirne. Ich schloß die Türe auf – keine Post. Natürlich, heute war ja Sonntag, einer von jenen endlos langen Sonntagen hier draußen am Ende der Stadt, die zu nichts anderem gut sind als zu arbeiten, Zigaretten zu rauchen und über seine Lage nachzudenken. Ich badete sehr lange, ging ins Restaurant und trank einen schlechten Kaffee. Nein, hier werde ich nicht mehr frühstücken. Das Radio macht mich nervös, und dann dieser Regen ... Als ich die Treppe hinaufging, sah ich Sie plötzlich ganz deutlich vor mir. Warum habe ich Sie fortfahren lassen? Es ist schlimm, in dieser Stadt leben zu müssen, wenn man weiß, daß man einmal, vier Tage lang, glücklich gewesen ist.

Montag, den 17. 7. 33

... Ich habe viel zu lange gebadet. Das bekommt mir nicht. Langes Baden demoralisiert. Das Gefühl wird fade, und der Geist will nicht mehr arbeiten. Der Regen hat jetzt aufgehört. Irgendwo in diesem großen Haus mit den vielen Zimmern wird Flöte gespielt. Es ist ein Emigrant aus Chemnitz, ich kenne ihn, er hat sechs Wochen im Konzentrationslager zugebracht und ist dann über die Grenze gegangen. Es gibt viele Emigranten in dieser Pension, links und rechts, über und unter mir, sie leben in Zimmern, die sie nicht bezahlen können, debattieren viel und mit denselben Argumenten wie früher, ohne zu merken, daß die Zeit sie in einigen, nicht ganz unwesentlichen Punkten revidiert hat, und warten auf den Tag, an dem sie mit wehenden Fahnen durch das Brandenburger Tor einziehen werden. Dieser Tag wird kommen, vielleicht nicht ganz so heroisch und ins Großartige gehoben: mit eingerollten Fahnen und mit heimlichen Schritten werden sie vielleicht dieses Berlin, von dem sie alle träumen, betreten, aber es genügt zu wissen, daß man es überhaupt noch einmal betreten wird. Das gibt einem den Mut, Flöte zu spielen oder eine Frau zu lieben ... Das Leben ist ja noch nicht zu Ende, wir haben ein Bett, ein Gulasch, eine Schreibmaschine, wir haben Ideen, für die wir kämpfen, und Gefühle, die unseren Kampf beflügeln, und am Abend ziehen wir durch die Gärten, wo die Liebespaare auf den Bänken liegen.

Dienstag, den 18. 7. 33

Gestern ging ich an Ihrem Haus vorbei. Drei Tage liegen jetzt zwischen uns, aber schon in diesen drei Tagen ist die Erinnerung an Sie abstrakter geworden; ich suche mit der Botanisiertrommel das, was Sie mir zurückgelassen haben, aber o weh: es ist bereits vom Wind verwischt und von der Luft aufgesogen worden. Manchmal stelle ich mir vor, wie es sein müßte, wenn Sie zurückkämen: wir werden sehr verlegen um unsere Liebe sein. Wir haben uns zu lange im Abstrakten ausgegeben. Wir kennen mehr von dem andern, als die Wirklichkeit uns bietet und sind bestürzt, weil das Bild, das wir uns in der Einsamkeit gemacht haben, mit dem Modell nicht mehr übereinstimmt. Das ist die große Erschöpfung aller Liebenden, die zuviel aneinander gedacht haben.

Donnerstag, den 20. 7. 33

Ich will nicht untergehen. Alles, was ich tue, geschieht im Hinblick auf Sie. Wenn ich schreibe, so freue ich mich darauf, es Ihnen zeigen zu können. Wenn ich mit Menschen zusammen bin, die ich gern habe, so bedaure ich, daß Sie nicht dabei sind. Wenn ich verzweifelt durch die Straßen laufe, so fühle ich mich besser, wenn ich an Sie denke. Mögen die andern um mich herum jeden Tag tiefer hinabsinken; mögen sie Verschwörungen anzetteln gegen das Elend, das über sie gekommen ist, und in Haß und Mißgunst alles verfluchen, was nicht, gleich ihnen, die Wollust des Untergangs genießt – ich allein will leben. Ich greife nach jedem Strick, der mir zugeworfen wird, ich beiße, schlage um mich, ich bin gütig, wo ich es mir leisten kann, und verschlagen, wenn der Augenblick es erfordert. Ich hasse die Moral, wo sie sich als Schutzengel der Dummheit aufspielt.

Jetzt gilt es zu handeln. Ich war ehrlich, solange es noch einen Sinn hatte, für die Sache der Ehrlichkeit zu kämpfen. Jeder Satz, den ich niederschrieb, war eine Entscheidung auf Leben und Tod; ich kämpfte mit jedem Buchstaben und glaubte eine große Tat getan zu haben, indem ich das Gewöhnliche bekämpfte, wo immer ich es antraf. Ich opferte mich auf für das Prinzip, an das ich glaubte, weil ich sauber bleiben wollte, solange ich noch die Kraft hatte, auszuhalten. Meine Haltung war unerbittlich, und obwohl ich einsehen mußte, daß die Opposition zu allem, was Macht, Ruhm, Einfluß, Besitz, Erfolg usw. bedeutete, mich meiner letzten Existenzmöglichkeiten berauben würde, so gab es doch für mich keine Wahl: ich mußte den Weg zu Ende gehen, wollte ich vor mir und den Forderungen bestehen, die ich an mich gestellt hatte. Nun aber, nachdem jene Welt, die ich für so wichtig gehalten hatte, daß ich nicht von ihr lassen konnte, mit mir über die Grenze in ein anderes Land und in eine andere Umwelt geflohen ist, nun fühle ich mit einem Male, wie falsch ich bisher gehandelt habe. Nicht etwa, als ob ich nun die Absicht hätte, ein Schuft zu werden und zu verraten, was ich einmal als gut und notwendig erkannt habe. Sondern es gilt, sich darüber klar zu sein, daß wir vor allem eins nötig haben: Macht. In der bürgerlichen Gesellschaft, die ich verachte, bedeutet Macht: Geld. Und um Geld zu verdienen, darf man nicht sentimental sein. Ich diene der Sache nicht, indem ich mich als Hungerleider in den Cafés herumdrücke, allen zur Last falle und mir selbst nicht helfen kann, um schließlich auf dem Schindanger der Emigration verscharrt zu werden, sondern ich kann nur dann für meine Idee kämpfen, wenn ich am Leben bleibe und mich fest in dieses Leben verankere. Nein, ich will nicht untergehen. Ich will die Macht genießen, die das Geld verleiht, ich will mich berauschen an den Herrlichkeiten der Erde, die ich mir aus der Nacht, aus dem Jammer, aus der Verzweiflung zurückerobern werde, Stück für Stück und Blutstropfen um Blutstropfen; einmal möchte ich in diesem Dasein aufgehen, einmal dieses große Abenteuer auskosten und mich satt trinken bis an die Wurzeln des Leben...

Denn alles, was ich tue, geschieht im Hinblick auf Sie...

10. Oktober 33

Ihr Entschluß, bis auf Weiteres nicht nach Prag zurückzukommen, macht eine Weiterführung dieser Tagebuchaufzeichnungen überflüssig. Ich bin ein Abtrünniger, der aus der Politik in die Liebe desertierte. Jetzt kehre ich in die Realität eines Exils zurück, der ich durch meine Beziehung zu Ihnen entfliehen wollte, und wünsche Ihnen viel Glück für Ihre weiteren Pläne.

11. Oktober 33

»Wir leben nie, wir warten darauf zu leben!« (Voltaire)

3

Die Tür zu ihrer Garderobe stand halb offen. Auf dem Boden lagen ein paar falsche Nasen, ein Gebiß, eine gelbe Strohperücke, ein Gummischlauch, eine Eisenkette, ein Ringelstrumpf. Auf dem

Gang kam mir der Herr entgegen, der eben auf der Bühne die Dame zersägt hatte, ich sah ihn fragend an, er deutete auf eine Tür, hinter der es rauschte. Heraus trat eine Gestalt, in ein Bettlaken gehüllt, aus dem ein Clownskopf, mit einer Nase so lang und grün wie eine Gurke ragte, mit ausgestopften Backen, herausstehenden Zähnen, an den Füßen Filzpantoffeln. »Lotte Goslar?« fragte ich. Sie nickte. Ich nannte meinen Namen und den der Zeitung, für die ich sie interviewen wollte. Sie machte verlegen die Tür hinter sich zu und zog mich fort, es war nicht der richtige Augenblick für den Künstler, interviewt zu werden, solange es hinter ihm rauschte. So begann, im Mai 1933, eine Freundschaft, die ein halbes Jahrhundert dauern sollte, genauer gesagt, sie begann mit einer Kritik von mir, die am nächsten Tage im »Prager Mittag« erschien und folgendermaßen lautete:

LOTTE GOSLAR TANZT IN DER SCALA

»Zwischen stämmigen Athleten, steptanzenden Zylinderhüten und wimmernden Balalaikasängern sieht man plötzlich Lotte Goslar, die Berliner Grotesque-Tänzerin. Sie tanzt nur zwei Nummern, aber das Faszinierende ihrer Erscheinung, das Befremdliche und Erregende, das von ihrer Maskenkunst ausgeht, überträgt sich auch hier auf den Zuschauer. In ›Alräunchen‹, einer Paraphrase über deutsche Volkslieder, erlebt man das Wunder einer tänzerischen Verwandlung, die in Ausdruck und Geste, in Gestalt und Bewegung gleich außerordentlich ist. Von beängstigender Kühnheit auch ihre zweite Studie, ›Die Jungfrau‹, in der sich Klage, Parodie, Häßlichkeit und Schmerz über die Häßlichkeit aufs Eigentümlichste miteinander verbinden. Lotte Goslar hat nicht nur den Mut zur Karikatur, sie besitzt auch jene Anmut des Häßlichen, die noch unter den grausamsten Verkleidungen die Melodie der Schönheit ahnen läßt. Eine ungewöhnliche Tänzerin, deren Eigenart es wohl verdiente, ihr einen Abend in Prag zu widmen.«

Meine Freundschaft mit Lotte Goslar spielte sich auf verschiedenen Schauplätzen ab: Wir trafen uns auf Bahnhöfen, in Wartesälen, auf Flugplätzen. Die Louise in meinem Roman »Die Wenigen und die Vielen« ist nicht ganz identisch mit Lotte Goslar, obwohl sie fast alles mit ihr gemeinsam hat. Sie besteht aus drei Frauen, denen ich in meinem Leben begegnet bin. Es wäre vielleicht aufschlußreich, an diesem Beispiel einmal den Prozeß der künstlerischen Umformung eines Wirklichkeitsbildes zu untersuchen. Die Louise in meinem Roman besteht aus zwei Frauen, die ich gekannt habe und einer dritten, die mir vorschwebte. Von Lotte Goslar borgte ich mir das Genie aus, die berufliche Besessenheit, das Groteske, ihre große Menschlichkeit, und vermischte sie mit dem Gefühl für eine andere, die ich liebte, anders liebte als jene, mit der ich sie identifizierte. Es war eine Verschmelzung von himmlischer und irdischer Liebe, die ich beabsichtigte und die mir nur in der Phantasie gelang. Damals, als ich sie in Prag vom Theater abholte, war schon alles da. Sie lief ein paar Schritte voraus, versteckte sich hinter einer Litfaßsäule, um mich, wenn ich an ihr vorbeiging, mit einem »Buh« zu erschrecken. Die große Künstlerin, der ich bescheinigt hatte, daß sie eine war, konnte auch sehr albern sein. Wir spielten verruchte Spiele auf offener Straße. Wir spielten Hinken und überboten einander in grotesken Varianten, in Hüft- und Hüpfbewegungen von erschrekkender Plötzlichkeit, daß die Leute uns kopfschüttelnd nachsahen. Mit der Grausamkeit von Kindern, die vor nichts zurückschrecken, ahmten wir Gehbeschädigte nach, humpelten und stolperten wir, Grimassen schneidend, über das Pflaster. Einmal geschah es, daß ich, während ich einen Mann mit Holzbein mimte, eben einen solchen auf mich zukommen sah. Er blieb stehen, verfluchte uns, während er den Stock schwang. Da gelobten die beiden unartigen Kinder einander, daß sie es nie wieder tun würden, nie.

Der »Prager Mittag« zahlte nicht viel. Von den Honoraren, die ich für meine Beiträge bekam, konnte ich kaum leben. Inzwischen hatte ich auch begonnen, das Exil ernster zu nehmen. Kurt Hirschfeld war Dramaturg des Zürcher Schauspielhauses geworden und war damit beschäftigt, ein Ensemble aus deutschen Schauspielern zusammenzustellen. In Paris hatte Leopold Schwarzschild das »Neue Tagebuch« gegründet und fragte bei mir an, ob ich für ihn arbeiten wollte. Ich beschloß, über Zürich nach Paris zu fahren. Lotte Goslar sagte, sie würde nachkommen. Zum Abschied sagte sie: »Versprich mir, daß du nie sterben wirst.« Ich versprach es ihr.

4

Eine Straßenbahn fuhr einen Berg hinauf. In Berlin gab es keine Straßenbahnen, die einen Berg hinauf fuhren. Aber hier fuhr eine Straßenbahn langsam einen Berg hinauf und klingelte, und die Leute stiegen ein und aus und verabschiedeten sich voneinander mit fremden Lauten. »Wir sind gleich da«, sagte Kurt Hirschfeld, und er sagte es auch nicht so, wie er es in Berlin gesagt hätte, er hatte bereits die Schutzfärbung eines Dialektes angenommen, dem er seine preußische Strenge zu unterwerfen versuchte. Das war mein erster Eindruck – eine Straßenbahn, die langsam einen Berg hinauffährt, wo es doch einfacher gewesen wäre, neben ihr den Berg hinaufzugehen, wahrscheinlich wäre man sogar früher oben angelangt.

Meine Erinnerung an Zürich ist voll von unwichtigen Begebenheiten, die erst dadurch, daß ich sie behalten habe, wichtig geworden sind; es ist mir auch meine erste Fahrt mit Kurt Hirschfeld in die Pension Bickel in der Plattenstraße, ein Augenblick von historischer Bedeutung, in Erinnerung geblieben, weil sie mir plötzlich den Zugang zu einer anderen, hermetischen Welt herstellte. Die Pension Bickel war die erste Station der aus Deutschland geflüchteten Schauspieler, die das Schauspielhaus Zürich engagiert und damit vor dem Tode gerettet hatte. In den blank gescheuerten, nach Bohnerwachs und chemischen Reinigungsmitteln riechenden, staubfreien Zimmern wohnten außer Kurt Hirschfeld der soeben aus Darmstadt eingetroffene Gustav Hartung, ferner der Bühnenmaler Teo Otto aus Berlin und eine Reihe anderer Flüchtlinge. Hier wurde der Grundstein gelegt zu jenem berühmten Ensemble, das fünfzehn Jahre lang das deutsche Theater jenseits der deutschen Grenzen in seiner Substanz am Leben erhalten sollte. Ich saß und trank mit ihnen nach der Vorstellung im »Öschtli« oder »Heimplätzli« oder in einer der anderen kleinen Kneipen rings um das Pfauentheater. Wehe mir, wenn es mir nicht gelang, sie mit Superlativen zu überschütten, wie sie noch nie eines Menschen Zunge formuliert hatte. Natürlich, sie waren großartig gewesen, phantastisch, unvergleichlich, aber sie waren nicht immer großartig, nicht immer unbeschreiblich gut, manchmal vielleicht sogar schon ein wenig zu laut, zu übertrieben oder zu leise, zu gedämpft – aber sag es ihnen nicht, nicht jetzt, um Gottes Willen, warte noch ein paar Tage. Ein Schauspieler ist nach der Vorstellung unendlich verletzlich, er hat alles hergegeben, was er ist und kann und was er je gelernt hat, er hat sich selbst vor tausend Augen entblößt und braucht einen Mantel der Begeisterung, der sich um ihn legt und ihn schützt vor der Kälte. Man kann es ihnen gar nicht oft genug sagen, wie gut sie waren, wie wunderbar, wie unübertrefflich; sie schlürfen es ein wie die Erbsensuppe, auf die sie sich, heißhungrig und erschöpft, nach der Vorstellung stürzen. Vergiß den unmöglichen Hut, den sie im zweiten Akt trug, erwähne nicht, daß er bei dem berühmten Monolog beinahe stecken geblieben wäre, sie hangen an deinen Lippen wie an einem Felsvorsprung, der sie vor dem Sturz in den Abgrund bewahrt. Und wie hellhörig sind sie, wie feinfühlig, wenn ein falscher Ton sich in dein uneingeschränktes Lob einschleicht, sie wittern es, sie spüren es sofort, sie forschen dich aus, sie dringen in dich ein, sie vergewaltigen dich, oh, ich weiß, ich hab dir nicht gefallen, oh, du sagst es mir nicht, weil du mich schonen willst, du Schwein, ich will dich nicht mehr sehn, du bist mein Feind, raus mit dir, auf der Stelle – aber nein, du warst herrlich, hör doch zu – was war ich?, du wagst es mir ins Gesicht zu sagen, Lügen, schrecklich war ich, oder willst du's mir nicht sagen? Du willst es mir nicht sagen, weil du Angst hast, weil du ein Feigling bist, ein Wurm, ein erbärmlicher, hinaus mit dir, oder war ich vielleicht wirklich gut, ja, wirklich, sag es mir, bitte sag es mir...

Ein Schauspieler wartet darauf, daß du ihm die Wahrheit sagst, aber nicht sofort, erst nach ein paar Tagen oder Wochen oder sogar Monaten. Du mußt sehr behutsam mit ihm verfahren, du mußt ihm deine Kritik ganz langsam, Tropfen nach Tropfen, einträufeln wie einem Kind, das Zahnweh hat, du mußt es ihm unter die Speisen mischen, in die Getränke und mußt ihm ein Spielzeug in die Hand geben, das klingelt und tutet und sich bewegt..., wenn du es ihm sagst.

Ich liebe den Umgang mit Schauspielern, ihre Unbedingtheit, ihre Unmittelbarkeit, ihr Komödiantentum, ihre Unberechenbarkeit, ihre Treue, ihre Untreue, ihre Trauer und Begeisterungsfähigkeit, ihre Freude am Genuß und ihre unbekümmerte Echtheit, ihren Humor und ihre Schwermut. Ich liebte es, am Nachmittag in den

›Pfauen‹ zu gehen, während ein Stück probiert wurde. Es gab in dem Restaurant, gleich neben der Tür, die zur Bühne führte, einen Tisch, an dem die Schauspieler, wenn sie nichts zu tun hatten, ein Bier tranken oder eine Wurst verschlangen, bevor ihr Stichwort kam. Da konnte man sie erwischen, zwischen zwei Auftritten, die Mitglieder des Zürcher Schauspielhauses, eine Schar von Auserlesenen, zusammengehalten durch ein gemeinsames Schicksal, durch den Respekt, den sie einander bezeugten, und den Wunsch, den Leuten, die ihnen das Leben gerettet hatten, zum Dank etwas vorzuspielen, ihnen zu zeigen, was sie konnten und gelernt hatten: Kalser und Steckel und Ginsberg, der Musiker Rolf Langnese und der Bühnenmaler Teo Otto – ich liebte es, von ihnen am Sonntag Nachmittag zu Kaffee und Kuchen eingeladen zu werden, sie ungeschminkt zu sehen, die glücklich verheirateten Othellos, die Schlagsahne schlagenden Maria Stuarts, die Shylocks und die Desdemonas, die Familie spielten und sich in besorgte Väter, kochende Hausfrauen und leidenschaftliche Briefmarkensammler verwandelten. Sie bemühten sich, ein eidgenössisches Dasein zu führen, sie, die Verfolgten, die Gejagten, die Gesuchten, die an der Limmat ein Exil gefunden hatten, eine Bleibe, und die sich anzupassen versuchten an eine Idylle, die ihnen nicht recht zu Gesicht stand, die doch probiert, auswendig gelernt und zu Ende gespielt werden mußte.

Keiner von ihnen ist heute noch am Leben. Hier sind ihre Namen, sie sind in die deutsche Theatergeschichte eingegangen.

Erwin Kalser, der mit betulicher Selbstironie die Rämistraße herunterkam, einen schrägen, viel zu langen Schatten vorauswerfend, zwischen zwei Fingern seiner Hand zierlich einen Bindfaden mit einem Paketchen tragend, in dem sich ein Stück Cremetorte befand, das er beim Konditor gekauft hatte und das er in seinem möblierten Zimmer, vor dem Nachmittagsschläfchen, mit einer Tasse Kaffee schlecken würde. Er war ein zarter, behutsamer Mensch, der Mühe hatte, sich mit der »Tücke des Objektes« auseinanderzusetzen, die es auf ihn, wie er schmerzlich betonte, abgesehen hatte. Er kämpfte mit den Requisiten, sowohl auf der Bühne als auch im Leben, er verlor seine Schlüssel, verlegte seine Brille, suchte nach einem Stück Brot, das er bereits gegessen hatte, und ärgerte sich darüber, daß er es nicht mehr fand. Das Schönste aber an »Kälsi« war, daß er daraus eine Philosophie gemacht hatte, einen Lebens- und Darstellungsstil. Er spielte den Zerstreuten, auch wenn er es nicht war, den Kurzsichtigen, auch wenn seine Sehkraft nichts zu wünschen übrig ließ, er spielte den Schwerhörigen, um Zeit für die Antwort zu gewinnen. Er war ein Weiser, der über die Fallstricke des Lebens stolperte und sich heimlich darüber amüsierte. Kalser war von der Philologie zum Theater gekommen. Er spielte ein Bildungstheater, weil er gebildet war; er war belesen, er war Gedankenspieler, weil er sich Gedanken machte über die Welt, in der er lebte, und über die Rolle, die er in ihr zu spielen hatte, die Rolle eines Skeptikers, der trotzdem ja sagt zum Leben. Er war ein gütiger Mensch und wußte es und litt darunter. Er trug seinen Humor, den Humor des Einsamen, Heimatlosen, von Bühne zu Bühne, von Land zu Land, mit einer lächelnden Überlegenheit, der man nicht anmerkte, wie verzweifelt er im Grunde war. In Hollywood gab man ihm Rollen in Kriminalfilmen, die seiner nicht würdig waren, aber er beklagte sich nicht. Er nahm es hin wie alles übrige. Von den zahllosen Rollen, die er in so vielen Ländern und Stücken spielte, ist mir eine seiner frühesten vor allem in Erinnerung geblieben, die des Zaren Nikolaus in dem Rasputinstück, das Erwin Piscator in den 20er Jahren in Berlin inszenierte. Da stand ein müder Monarch auf der Bühne, ein zaghafter, ratloser Herrscher, der wußte, daß seine Herrschaft zu Ende war und mit ihm das Geschlecht der Romanows, die Rußland regiert hatten. Dieses Bild verläßt mich nicht mehr, vor allem der Ausdruck der Augen, die um Sympathie für einen Menschen warben, der Kalser politisch doch gewiß nicht lag. Aber die Schwachen haben ihn immer interessiert, jene, die im Zwielicht der Geschichte standen, die Unentschlossenen, die Zögernden, die Zweifler und die Verlierer. Er wurde ihr Sprecher in einer sprachlos gewordenen Welt.

Ernst Ginsberg war ein Schwärmer und ein Sprecher, ein Komödiant, der die Wirkung, die er auf andere ausübte, auskostete, zugleich aber auch ihr Gegenteil anstrebte, nämlich die Verinnerlichung und die Vergeistigung durch die Sprache, die er beschwörend einer Welt des Verfalls entgegenhielt wie der Teufelsaustreiber das Kreuz dem vom Teufel Besessenen. Er war nach seiner Flucht und dem Zusammenbruch der Werte, an die er einmal geglaubt hatte, zum Katholizismus übergetreten und hatte es auf sich genommen, den Spott seiner Kollegen am Theater als verdiente Strafe für sein früheres unbotmäßiges Verhalten gegenüber Gott in Kauf zu nehmen und ihn an den Mann zu bringen, vor allem an den, von dem er wissen mußte, daß ihn der Anblick eines Gebete murmelnden Ginsberg in den Kulissen um den Verstand bringen würde. In seinem Auftreten vereinigte er die mönchische Strenge eines Savonarola mit der Liebenswürdigkeit eines geselligen Plauderers, den die Erziehung zum Katechismus nicht daran gehindert hatte, dem weiblichen Geschlecht nicht nur zur Fortpflanzung zuzusprechen, sondern nach dem Grundsatz »Der Zweck heiligt die Mittel« mit voller Manneskraft zu verfahren. Ginsberg liebte es, sich in vielen Masken zu zeigen, er liebte das Dämonische, den finsteren Blick von unten nach oben, das Pathos eines drohend erhobenen Zeigefingers, die große rhetorische Abrechnung. Aber hinter all dem spürte man die Wärme seines Herzens und die Gewissenhaftigkeit einer Bemühung, sich Klarheit über die Zeit zu verschaffen, ihre Schlagworte zu entlarven und dem Wort seine Würde zurückzugeben. Er hat eine der schönsten Anthologien deutscher Barocklyrik herausgegeben und die Gedichte des Andreas Gryphius, der Else Lasker-Schüler oder Karl Kraus' meisterhaft vorgetragen. Er war ein Gottsucher in einer gottlosen Zeit, und sein Tod, sein langes, qualvolles Dahinsiechen gehört für diejenigen, die ihn liebten, zu jenen grausamen Unverständlichkeiten, mit denen man sich nicht abfinden kann – ebenso unverständlich wie der gewaltsame Tod seines besten Freundes Leonard Steckel. Wie kann ich ihn, der so gerne lebte, beschreiben, ohne daran zu denken, wie er umgekommen ist – zerschmettert bei einem Eisenbahnunglück auf der Strecke München – Zürich. Er war der musischste, der phantasievollste der Freunde am Schauspielhaus. Er versuchte aus seinem Leben ein Kunstwerk zu machen, und er ließ es langsam auf der Zunge zergehen. Alles an ihm zeugte von seiner Kunst der Erfindung, seiner Phantasie: seine Hüte, seine Krawatten, karierten Hemden, Jacken, seine Schuhe. Er genoß auch seine Launen, seine Depressionen, seine Schwermut und seinen Zorn. Wir verbrachten gemeinsam einen Sommer in einem Haus am See in Ascona. Wir lachten und weinten zusammen, schwammen im Lago Maggiore und saßen am Abend auf der Terrasse im Mondschein und tranken und redeten. Einmal bestiegen wir ein Kanu, das sofort umkippte. Als man mich aus dem Wasser zog, wurde mein buntgestrickter Sweater immer länger, so lang wie ein Nachthemd. Da lachten die Frauen am Ufer, und da stieg Steckel triefend an Land und lachte und lachte, bis es dunkel wurde. Ich glaube, er lacht noch immer.

IN MEMORIAM LEONARD STECKEL (»New Yorker Staatszeitung«):

»Die Absurdität, im Zeitalter der Superjets bei einem Eisenbahnunglück ums Leben zu kommen, hätte von Dürrenmatt stammen können, in dessen Stücken Leonard Steckel triumphierte, aber genau das ist geschehen. Steckel war in dem D-Zug, der zwischen München und Zürich entgleiste. Er hatte Angst vor dem Fliegen, deshalb hatte er den Zug genommen, der ihm den Tod brachte. Er war gerade siebzig Jahre alt geworden. Ein großes Schauspielerleben endete tragisch. Er war einer der letzten Überlebenden jener Glanzzeit des Zürcher Schauspielhauses, als es ein Asyl für die aus Deutschland geflüchteten Schauspieler wurde.

Steckel inszenierte damals Shakespeare, Molière, Goldoni, Strindberg und Brechts ›Galilei‹ und den ›Guten Menschen von Sezuan‹. Zu den eklatantesten Erfolgen seiner triumphalen Spätzeit gehörte die skurrile Figur des vom Tode auferstandenen Schriftstellers und Nobelpreisträgers Schwitter in Dürrenmatts ›Meteor‹. Steckel war ein herrlicher Schauspieler, ein Besessener, im Aussehen ein wenig an einen eleganten Zigeuner erinnernd, einer aus dem großen Geschlecht der Komödianten, vertraut mit den Künsten der Verkleidung und Verzauberung, ein Maskenspieler und Charakterdeuter, der mit sparsamsten Mitteln eine Figur von suggestiver Eindringlichkeit entwickeln konnte. Das letzte Mal sah ich ihn als Salomon in Arthur Millers ›Der Preis‹, den ich übersetzt hatte. Er spielte die für Deutschland noch ein wenig heikle Rolle des alten Juden, der in ›used furniture‹ handelt. In seiner Komik lag zugleich etwas Gebieterisches, das Respekt einflößte für den Witz und die Menschlichkeit eines geplagten, sehr alten Volkes. Etwas in uns sträubt sich, von dem Tode eines Schauspielers, den wir liebten, Kenntnis zu nehmen. Wir haben ihn schon so oft auf der Bühne sterben sehen, daß wir ihm seinen Tod nicht mehr glauben und irgendwie hoffen, er werde noch einmal vor den Vorhang treten und sich verneigen. Ich weigere mich, davon Kenntnis zu nehmen, daß es Stecki nicht mehr gibt. Er ist überall dort, wo ein Vorhang aufgeht, das Licht im Zuschauerraum sich verdunkelt, wo gelacht und geweint wird über die Torheit der Menschen und ein noch nicht abgeschminktes Gesicht den Eintretenden fragend umwirbt: ›Wie war ich?‹«

In den zwanziger Jahren gab es an der Berliner Volksbühne einen Theaterskandal: Erich Mühsams Stück über die beiden italienischen Anarchisten Sacco und Vanzetti, die in Amerika trotz ungenügender Beweise zum Tode verurteilt und hingerichtet worden waren. Während und nach der Vorstellung gab es Zwischenrufe, Proteste. Der Schriftsteller Arthur Holitscher, ein gewichtiger Mann, der lispelte, stieg auf einen Klappstuhl, was ohnehin nicht jedermanns Sache ist, und hielt eine Ansprache, die infolge seines Sprachfehlers und des herrschenden Tumults unverständlich blieb. Eine Gruppe junger Leute, die sich als Pressevertreter auswiesen, stürmte hinter die Bühne, um Darsteller und Regisseur über den Vorfall zu interviewen. So lernte ich Leopold Lindtberg kennen. Er war damals ein junger, hoffnungsvoller Regisseur und inszenierte Stücke unbekannter Autoren, die am Sonntag Vormittag in Avantgarde-Theatern mehr oder weniger erfolglos gespielt wurden. Jetzt stand er neben mir und protestierte. Ich weiß nicht, worum es ging, aber es war schön, am Sonntagvormittag gegen etwas zu protestieren, während zu Hause das Mittagessen bereits kalt wurde.

Ich schrieb ein Gedicht zum Tode von Leopold Lindtberg, das bei einer Trauerfeier am Zürcher Schauspielhaus, wo er fünfzig Jahre lang als Regisseur tätig gewesen war, im Mai 1984 vorgetragen wurde. Es gibt, wie so häufig bei mir, mehrere Fassungen. Hier ist eine:

»LINDI« – ZUM TOD LEOPOLD LINDTBERGS

Er starb den Tod, so oft schon vorgesprochen
und hundertmal probiert.
Jetzt starb er ihn, kein anderer
sprang für ihn ein.
Kein Vorhang fiel.
Kein Händeklatschen
belohnte den nicht vorgesehenen Text.
Die Abschiedsvorstellung
fand statt vor leerem Haus
im Rampenlicht des Nichts.
Hass, Liebe, Eifersucht, Gelächter, Mord.
Das Unaussprechliche, das finstere Beiseite.
Er sprach es aus. Er sagte es.

Ein Feueresser, der sich gerne
den Mund verbrannte.
Ein Getriebener. Ein Vertriebener, der das
Theater der Menschen durchschaute und es
doch nicht lassen konnte.
Ein Verliebter
in ungeliebter Zeit
verneigte sich.

Zuweilen frühstückte ich bei Hermann Wlach, der mit noblem Anstand Texte zu sprechen hatte, die einen solchen Aufwand an sprachtechnischer Schulung kaum rechtfertigten. Zu meinem Erstaunen pflegte er ein Stück Brot mit Erdnußbutter zu bestreichen und zu behaupten, es sei eßbar. Man glaubte seiner Stimme den häufigen Gebrauch dieses Brotaufstrichs anzumerken – sie war von erdnußhaftem Wohlklang. Wenn wir in Zürich spazieren gingen, rezitierte er die Namen der Straßen mit erdnußhafter Baßstimme: Im Chratz, oder Feldackerstraße. Es klang wie ein Bekenntnis. Hermann Wlachs Altersjahre waren von einer milden Zürcher Herbstsonne verklärt. Zu erwähnen wäre noch Kurt Horwitz, der sich ebenso wie sein Freund Ernst Ginsberg aus Gründen sprachlicher und seelischer Hygiene einer konservativen Gesinnung zugewandt hatte. Er spielte gerne Männer, die ihren Kopf hinhalten, berufsmäßige Edelmenschen, graumelierte Drachentöter im Smoking. Er war überall dort, wo Vernunft, Einsicht, gesunder Menschenverstand sich Gehör zu verschaffen versuchten. Wenn er auftrat, wußte man: noch ist nicht alles verloren. Seid guten Mutes, der Retter naht. Die Bösen werden bestraft und die Guten belohnt, denn sonst hätte man die Rolle nicht mit Kurt Horwitz besetzt.

Ich weiß nicht, ob es in der Kronenhalle in der Rämistraße, wo wir uns so oft am Abend nach der Vorstellung trafen, eine Gedenktafel gibt. Das Haus in der Spiegelgasse, in dem Lenin wohnte, weist eine solche auf. Aber ein Schauspieler hinterläßt kein Weltreich und lebt nur in der Erinnerung seiner Freunde weiter. Die Kronenhalle hatte zwei Stockwerke. Im oberen fanden die Premierenfeiern statt. Da mußte ein Tisch reserviert werden, da saßen die Prominenten des Abends, der Autor, der Regisseur, der Direktor, die Stars, der

Aufsichtsratsvorsitzende. Da saß der Musiker Rolf Langnese und der Bühnenmaler Teo Otto. Da mußte man sich benehmen. Da ging es gedämpft zu. Da saßen die Feinschmecker der Kunst und der Kultur im dunklen Anzug und im Abendkleid und ließen sich ihr Gefühl für Qualität etwas kosten. Da fiel kein lautes Wort, es sei denn, jemand klopfte ans Glas und brachte einen Toast aus.

Im unteren Stockwerk aber saß die Schweizer Bohème. Da durfte man das Messer in den Mund nehmen und sich am Kopf kratzen. Da saß ich schon am Nachmittag mit meinem Freund Varlin, den ich noch immer für den größten Maler der Schweiz seit Hodler halte, und trank ein Pflümli nach dem anderen, während er mit der Zigarre ein Loch in die Zürcher Zeitung brannte, um das Mädchen am Nebentisch genauer zu beobachten.

Varlin war ein eidgenössischer Utrillo, der die Platzangst einer von Bergen eingeschlossenen Stadt auf der Leinwand festhielt... Er hat die Eintönigkeit eines leeren Speisesaals in einem Schweizer Grand Hotel gemalt, mit den gestärkten Tischtüchern und Servietten und den gestärkten Hemdbrüsten der Kellner, die gelangweilt auf die Gäste warten. Er hat Porträts gemalt, geistreich wie Aperçus, sarkastisch wie ein Bonmot von Heine. Er hat ein Gesicht, das ihm begegnete, auf die knappste Formel gebracht, nüchtern und doch zugleich vieldeutig und geheimnisvoll.

Varlin war eine chaplineske Figur. Bei einem Künstlerfest verkleidete er sich einmal als Kellner und servierte den Gästen Gerichte, die sie gar nicht bestellt hatten. Von dem wutschnaubenden Geschäftsführer zurechtgewiesen, zog er seinen Frack aus und warf ihn dem verdutzten Mann ins Gesicht.

Die Stadt Zürich hatte ihm einen alten Pavillon zur Verfügung gestellt, in dem er eine Zeitlang mit einem Mädchen aus dem Café Odeon lebte. Eines Tages brannte der Pavillon ab, weil das Mädchen vergessen hatte, den Heizkörper, auf den sie ihre Unterwäsche legte, abzustellen.

Varlin hat mehrmals versucht, mich zu malen, aber es gelang ihm nicht, weil ihm seine Schwester Erna Guggenheim über die Schulter sah und ihm Ratschläge gab, bis er Pinsel und Palette fortwarf und stöhnte: »Ich kann so nicht arbeiten.« Aber er tat es immer wieder. Er war ein Kosmopolit, der in einer kleinen Welt lebte und gelegentlich Abstecher nach London, Paris, New York machte, um im

Dickicht der großen Städte die Idylle, die ihn umgab, zu vergessen. Er hat die Kunst der Meister ins Schweizerische übertragen und in einer kleinen Gasse in der Zürcher Altstadt große Bilder gemalt, die ihn überleben werden.

Maria Becker, die Tochter der unvergeßlichen Maria Fein, hat von ihrer Mutter die Intensität geerbt, die sprachliche Präzision, den Witz und die Wandlungsfähigkeit. Ich liebe ihre Ironie, beizend und brennend wie ein eisgekühlter Schnaps, aber auch ihre distanzierte Unmittelbarkeit beim Vortrag lyrischer Gedichte »von der Edda bis zu Erich Kästner«.

Sie hat zweimal aus meinen Werken gelesen. Einmal im New Yorker Goethehaus und das andere Mal in der Berliner Akademie der Künste, Prosa und Lyrik, und die Vielfalt der Stimmungen, die sie heraufbeschwor, war erstaunlich. Sie ist eine Virtuosin auf der Bühne und auf dem Podium, sie hat ihr Handwerk gelernt und der brillanten Technik, die sie beherrscht, etwas hinzugefügt, nämlich die Fähigkeit, zu vergessen, was man gelernt hat, wenn der Augenblick gekommen ist, und nur noch sie selber zu sein. Maria Becker ist ein Naturereignis: sie läßt in der Windstille den Orkan ahnen, der in ihr schlummert.

Unlängst las ich in der Zeitung, daß in Colorado die Bären in die Dörfer kommen, weil es in den Wäldern nichts mehr zu fressen gibt. Ich mußte an meinen Freund, den Schauspieler Walter Richter denken, der zum Theater ging, weil er nicht mehr zu Bäumen sprechen wollte. Walter Richter war ein gewaltiger Mensch. Gewaltig in seiner Menschlichkeit, seiner Freundschaft, seiner Liebe, gewaltig in seiner Darstellung menschlicher Leidenschaften und Ängste. Ein Bär mit der Seele einer Libelle, ein Schmetterling mit den Flügeln einer Windmühle, ein Urwaldriese, der Mühe hat, seine Güte unter buschigen Augenbrauen zu verbergen. Er hat die Freundschaft erfunden wie Edison die Glühbirne und das Telephon. Dieser ungeheure Mensch spielte Theater, um anderen eine Freude zu machen. Er konnte nicht anders als schenken, geben, Mut zusprechen, aufheitern, helfen als Darsteller in seiner schmucklosen, ergreifenden Größe. Etwa in Tennessee Williams »Katze auf dem heißen Blechdach« als ›Big Daddy‹, der soeben erfahren hat, daß er an Krebs zugrunde gehen wird. Nie werde ich vergessen, wie er als Fuhrmann Henschel der Frau, von der er sich betrogen glaubt, nachblickt, lauernd, argwöhnisch, ein verwundeter Bär, der sich umstellt fühlt und nicht recht weiß, ob er seinem Mißtrauen glauben soll.

Durch Zürich kam ein anderer Schauspielerfreund aus frühen Berliner Tagen, Alexander Granach. Er saß neben mir auf der Bank im »Öschtli«, bis die Wirtin rief »Polizeistunde!« Man ging früh zu Bett in Zürich, wir wanderten durch die Nacht, die Limmat entlang zum Großmünster, wo wir uns niedersetzten. Er hatte wenig gesprochen, etwas schien ihn zu bedrücken. Ich ahnte es. Er war in Moskau gewesen, einer von denen, die wie Erwin Piscator aus dem Land, an das sie geglaubt hatten, enttäuscht zurückkamen, oder gar nicht, festgehalten, verhaftet, in ein Irrenhaus gebracht oder nach Sibirien wie Carola Neher.

Die Geschichte meiner Generation ist die Geschichte eines Irrtums, oft mit tödlichem Ausgang.

Endlich begann er zu sprechen, stockend, mit heiserer Stimme. Es war mitten im Hamletmonolog, ganz vorne, an der Rampe. Da hörte er einen Bühnenarbeiter laut mit einem andern in den Kulissen reden. Als der Vorhang gefallen war, stürzte er zu ihm, stellte ihn zur Rede. Es entstand ein Wortwechsel, in dessen Verlauf er ihm eine Ohrfeige gab. Granach wurde vor ein Parteigericht gestellt, weil er einen Arbeiter, einen Bürger der Sowjetunion geschlagen hatte. Es gelang ihm, in die Schweiz zu entkommen. Am Schauspielhaus bereitete man gerade eine neue Inszenierung des »Faust« vor.

Er stand auf.

»Ich muß gehen«, sagte er, »die Probe fängt um 10 Uhr früh an. Ich spiele den Mephisto, ganz anders: als hätte Chagall ihn gemalt.«

Alexander Granach war ein Ekstatiker, ein Expressionist der Bühne, einer, der aus der Welt des Dybuk und der chassidischen Geschichten kam, ein ewiger Caligari, ein Mensch in Aufruhr, er spuckte, er schrie, er gestikulierte, er jauchzte, wimmerte, hustete. Sein Rollenfach war das des vereidigten Brunnenvergifters, der sich über sich selbst lustig machte. Er betrieb den Beruf des gewerbsmäßigen Verstellers mit einem Zuviel an darstellerischen Mitteln. Er übertrieb und er untertrieb, er war ein Meister der kontrollierten Maßlosigkeit, ein Extremist der Mitte, ein Provokateur. Die Frauen liebten ihn, die keuschen ebenso wie die unkeuschen, denn er war ein Stück Natur, das sich selbständig gemacht hatte und es genoß, am Leben zu sein.

Viele Jahre später, in New York, las er eines Abends mir und dem Dichter Albert Ehrenstein aus seinem Roman vor, den er gerade geschrieben hatte, »Da geht ein Mensch«. Kurz darauf rief er mich aus dem Krankenhaus an. Er starb an einer Blinddarmoperation, wenige Tage später...

Alexander Granach – das war der Schrei und das Gelächter, die Fratze und das eherne Antlitz, das waren die 20er Jahre, die in einer großen Geste verbluteten.

Es ist schwer, heute einem jungen Menschen verständlich zu machen, was das Theater uns einmal, was es der Welt bedeutete. Es war der Ort, wo Probleme, die alle angingen, behandelt wurden. Es war Ausdruck einer Zeit, die eine Antwort suchte. Ibsens »Nora« verkündete auf der Bühne die Emanzipation der Frau, Strindberg stellte um die Jahrhundertwende fest: »Es ist schade um den Menschen«, Hasenclevers »Der Sohn« rief noch im Kriege zur Revolution gegen die Väter auf, im Expressionismus empörten sich die Unterdrückten gegen die Unterdrücker. Die empörte Menschheit rief: »Nie wieder Krieg!«, und Ernst Toller wurde ihr Sprecher auf der Bühne. Brecht arbeitete im Sinne von Marx und Lenin, der das Mitleid mit der Kreatur abschaffte und an dessen Stelle den Klassenkampf und die Weltrevolution setzte.

Das Zürcher Schauspielhaus hat die Tradition des deutschen Theaters im Exil fortgesetzt, eines Theaters, das der Nationalsozialismus insofern usurpierte, als er die Massenregie Max Reinhardts, den Agitprop-Stil Erwin Piscators in den Dienst seiner Parteitage und Massenaufmärsche stellte. Heute ist das Theater bestenfalls ein Unterhaltungs- oder schlimmstenfalls ein Bildungstheater. Die Dinge, um die es heute geht, werden anderswo entschieden.

Es war schwer, eine Aufenthaltsbewilligung in Zürich zu bekommen, weil ich keine feste Anstellung hatte. Maßnahmen gegen die »Überfremdung« wurden nicht nur von denen gefordert, die sich beim großen Bruder jenseits der Grenzen beliebt machen wollten, sondern auch von den Vertretern der Arbeitnehmer, die um ihre Arbeitsplätze fürchteten. Emigranten, deren Aufenthaltserlaubnis abgelaufen war, wurden kurzerhand über die Grenze gestellt, ohne Rücksicht darauf, was mit ihnen geschehen würde.

Ich reiste zwischen Zürich und Paris hin und her, wohnte drei Monate im Hotel »Helvetia« in der Rue de Tournon, wo ich bereits einmal als Student abgestiegen war und wo mir die gute Madame Chollet einen vorläufig noch unbegrenzten Kredit gewährte, und drei Monate in der Pension Bickel in der Plattenstraße, schrieb Chansons für das »Cornichon« und für eine aus Deutschland ausgewanderte Schauspielerin, Bessie Hoffart, die ich einmal in Breslau, in Claudels »Tausch« bewundert hatte, und die nun in einem Nachtlokal in Zürich, trunken und taumelnd, ihrer Trauer um das verlorene Land ergreifend Ausdruck verlieh. Inzwischen war Lotte Goslar in Zürich eingetroffen. Erika Mann hatte sie für die »Pfeffermühle« engagiert, die in dem Restaurant »Zum Hirschen« im Niederdorf auftrat, das nach Wein, Terpentin, Sauerkraut und Geschnetzeltem roch und in dem sonst getanzt wurde und Zitherspieler sich in wehmütig zitternden Volksweisen ergingen. Die Bühne war so winzig, daß sie Lotte Goslar kaum eine Möglichkeit bot, sich tänzerisch zu entfalten. Sie entschloß sich deshalb zu einigen »statischen« Nummern, die sie im Stehen, Liegen, Sitzen tanzen konnte wie z. B. »Die Blume«, »Der Künstler selbst«, pantomimische Studien von frappierender Kühnheit und Originalität.

Erika Mann hatte mit der »Pfeffermühle« das Kabarett der 20er Jahre, dessen Stil durch die Chansons Bertolt Brechts, Tucholskys und Mehrings geprägt worden war, auf schweizerischem Boden angesiedelt und neu belebt. Es gehörte Mut dazu, den Kampf gegen Hitler in einem Lande auszutragen, das sich, jedenfalls nach außen hin, zu politischer Neutralität verpflichtet hatte und wahrscheinlich nur aus Rücksicht auf den Namen Thomas Mann seine Tochter stillschweigend gewähren ließ. Erika Mann hatte in der »Pfeffermühle« einen Stil entwickelt, der Kunst mit Politik und Literatur geschickt vermischte. Sie schrieb sich ihre Texte selber und trug sie vorn an der Rampe vor. Sie hatte große, brennende Augen und einen wunderbar geformten, klassischen Kopf, der mit den in die Stirn gekämmten Haarsträhnen ein wenig an den Heinrich von Kleists erinnerte. Sie war von einer Unmittelbarkeit, die überzeugte, weil sie so verblüffend kunstlos etwas beim Namen nannte, das in der Luft lag. »Warum ist es so kalt?« sang sie. Oder das Chanson, mit dem die unvergleichliche Therese Giehse vor das Publikum trat und mit dröhnender Stimme verkündete: »Ich bin die Dummheit, hört mein Lied.«

Erika Mann wirkte vor allem durch ihre Persönlichkeit. Mehr noch als dies: sie hatte eine Mission, sie war die Tochter Thomas Manns, seine Statthalterin auf Erden. Sie war sein politisches Gewissen, die letzte Instanz, an die der ewig Zaudernde und Zögernde sich wandte, wenn er nicht weiter wußte. Sie war es auch gewesen, die Thomas Mann schließlich bewog, sich von Deutschland loszusagen. Es hatte Szenen im Hause Mann in Küsnacht gegeben. Schon in den »Betrachtungen eines Unpolitischen« hatte Thomas Mann bewiesen, daß er in politischen Dingen ein langsamer Denker war. Als bereits die Republik ausgerufen war, trauerte er noch den konservativen Werten nach, die mit dem Kaiserreich untergegangen waren. Mit seiner hartnäckigen Unterscheidung zwischen Kultur und Zivilisation wollte er vor allem seinen Bruder Heinrich treffen, den er als fortschrittssüchtigen »Zivilisationsliteraten« abtat, während er selbst sich als der große Bewahrer deutscher Tradition empfahl. Thomas Mann kam immer ein wenig zu spät. Politik interessierte ihn erst, wenn sie schon fast vorbei war. Das geschichtliche Material war für ihn nach Belieben umdeutbar, wie zum Beispiel in dem abwegigen Essay »Bruder Hitler«, in dem er den Verderber der Deutschen, den der Wahnwitz ergriffen hatte, mit seinesgleichen, das heißt mit dem Künstler, wenn auch mit einem verkrachten, verglich. Wenig überzeugend war auch der in »Doktor Faustus« mit erheblich stilisiertem Aufwand unternommene Versuch, die Zwölftonmusik im übertragenen Sinne mit dem Nationalsozialismus in Zusammenhang zu bringen.

Rückblickend bleibt von den berühmten Gesprächen zwischen Naphta und Settembrini im »Zauberberg« nur die intellektuelle Landschaft, vor der sie sich abspielten, die geistige Unruhe der 20er Jahre, ihr politischer Verfall, der sich in dem physischen Verfall der Lungenkranken von Davos widerspiegelte. Der Konflikt zwischen Ordnung und Anarchie, Tradition und Chaos, um den es hier ging, wurde mit Mitteln, die dem Thema nicht immer ganz gerecht wurden, ausgetragen. Es war eben doch kein Ideenroman, obwohl er sich den Anschein eines solchen gab, sondern eher ein, wenn auch höchst reizvolles, fast geniales Spiel mit Ideen.

Die deutsche Literatur ist arm an Gesellschaftsromanen, im Gegensatz zu Frankreich, wo es Balzac und Stendhal, Flaubert und Zola gab. Thomas Mann hat den Roman der bürgerlichen Gesellschaft aus dem ersten Drittel dieses Jahrhunderts geschrieben und damit sein Werk in der deutschen Literatur verankert. Mein Verhältnis zu ihm war das eines Lehrlings zu einem Meister, nicht das eines Bewunderers. Man konnte so viel von ihm lernen, aber man mußte es auch wieder vergessen, um zu sich selbst zu kommen. Lernen konnte man von ihm den Mut zur Sprache, das Vertrauen in die Magie des Wortes, das aus eigener Kraft Menschen schildern, Menschen erfinden und Situationen beschreiben kann, von denen der Autor kaum etwas geahnt hatte. Verlernen mußte man jene Thomas Mannsche Ironie, die mich anfangs so fasziniert hatte und die im Grunde nur darin bestand, daß man die Hand vor den Mund legte und sich über gewisse Redewendungen, Unarten, Schwächen, ja sogar Gebrechen seiner Mitmenschen lustig machte und sie leitmotivisch der Prosa einfügte. Thomas Mann hat damit eine musikalische Technik Wagners auf die Literatur angewandt, nämlich das Auftreten einer handelnden Person jeweils durch ein refrainartiges Stichwort anzukündigen. Eine durchaus legitime Gepflogenheit, die übrigens bis zu Homer zurückreicht. Aber zu häufig führte sie vom Thema ab, statt zu ihm hinzuführen, und hinterließ einen etwas maliziösen, hämischen Nachgeschmack. Als Studenten in München haben wir den Namen Thomas Mann mit Ehrfurcht ausgesprochen. Sein Tonio Kröger war für meine Generation, was für eine andere einmal der Werther gewesen war. Wir waren ja alle verirrte Bürgerssöhne mit dem Heimweh nach der guten Stube, und wir waren alle auf der Suche nach einer Lisaweta, der wir unsere unglückliche Liebe zu einem blonden Engel beichten konnten.

Ich wollte Thomas Mann nie kennenlernen, ich traute mir nicht zu, ihm gewachsen zu sein, aber ich liebte seine Kinder. Ich liebte Erika, die immer interessant, immer literarisch mit etwas Neuem beschäftigt war. Sie schrieb und war Schauspielerin. Sie nahm Stellung, sie war unabhängig und stolz und sagte den Leuten ihre Meinung. Und ich liebte Klaus, weil er nett sein konnte, einfach nett, kameradschaftlich und freundschaftlich. Manche hielten ihn für einen Snob, weil er mit Namen um sich warf, »name-dropping« heißt das im Englischen. Er wurde von einem Prominenten zum anderen weitergereicht, hatte in Paris mit Gide gespeist, an der

Riviera mit Annette Kolb und seinem Onkel Heinrich, er war gerade auf dem Weg zu Huxley nach Kalifornien. Aber er hatte es nicht nötig, mit ihnen zu protzen, er führte sie nur an, er zitierte sie in dem Dialog, den er mit sich und der Welt führte, sie waren Zeugen und Mitwisser seiner engagierten Zeitgenossenschaft. Elisabeth, die Jüngste und Munterste von allen, fuhr in einem winzigen, offenen Fiat durch Zürich, und die Gassen der Stadt widerhallten von ihrem Gelächter. Einmal entschloß sie sich, nach Paris zu fahren, und ich entsinne mich, daß ich während der Fahrt die Tür zuhalten mußte, weil sie sonst aus dem Wagen gefallen wäre.

Thomas Mann hatte viele Gesichter, viele Eigenschaften, und ich dachte mir immer, daß jedes seiner Kinder eine von diesen Eigenschaften vertrat. Golo das Gelehrsame, Erika und Klaus das Künstlerische, das Musische, das Spielerische, ja sogar das Leichtsinnige und Abenteuerliche. Elisabeth das herzhaft Burschikose, Monika und Michael das Nachdenkliche.

Die Audienz

Auf der Terrasse von Thomas Manns Haus in Küsnacht war der Kaffeetisch gedeckt. Die silbernen Löffel, die silberne Zuckerdose leuchteten in der Sonne. Die Kinder standen hinter ihren Stühlen in Erwartung ihres Vaters und unterhielten sich leise miteinander. Mann hatte sich eine Tageseinteilung auferlegt, von der er selten abwich. Er stand um acht Uhr auf, ging mit seinem Hund spazieren, um neun Uhr saß er an seinem Schreibtisch und arbeitete bis zwölf, dann wieder ein Spaziergang mit dem Hund. Um ein Uhr gab es Mittagessen. Ein kleines Mittagsschläfchen, dann die Beantwortung der Korrespondenz, um fünf Uhr Tee mit den Kindern. Es war fünf Uhr, die Kinder standen hinter ihren Stühlen und warteten auf ihn.

Er sah anders aus, als ich erwartet hatte. Ich hatte mir den Autor des Tonio Kröger eher fragil vorgestellt, zarter, ein wenig leidend, an der Realität leidend, an sich selbst, an seinen Kindern, aber Thomas Mann trat fest auf, ging mit festen Schritten auf den Tisch zu, bei aller Sensibilität wirkte sein Gesicht doch eher robust, fleischlich. Er gab mit einem Kopfnicken seinen Kindern ein Zeichen zum Hinsetzen. Die Kinder flüsterten noch immer miteinander und warteten darauf, daß der Vater das Wort an sie richtete. Golo schien mir in Anwesenheit des Vaters besonders schweigsam zu sein, beinahe scheu. Klaus war etwas zutraulicher, obwohl er keinen Augenblick die Distanz, die ihn von seinem Vater trennte, zu vergessen schien, während Erika ihm eine aus Liebe und Achtung gemischte Nonchalance entgegenbrachte. Es schien mir, als ob Thomas Mann Wert darauf legte, sogar ein Gespräch mit seiner Familie wie eine Buchseite zu komponieren. Da wurde nicht durcheinander geredet, jeder kam an die Reihe zu gegebener Zeit. Thomas Mann hielt Audienz, er erteilte das Wort, er hörte zu, er kommentierte, er sorgte dafür, daß niemand zu kurz kam. Er verteilte die Portionen seiner Liebe gleichmäßig wie ein Küchenchef, der mit einem großen Suppenlöffel die Teller auffüllt. Es ging alles sehr gepflegt zu. Es wurde sogar gelacht, aber niemals zu laut. Es wurde sogar improvisiert, aber niemals über das Ziel hinaus. Thomas Mann sprach druckreif. Er brach das Brot der Grammatik mit den Seinen und verteilte es huldvoll über die Teller. Einmal wandte er sich zu mir.

»Und was hören Sie denn von der Lotte Goslar, Herr Doktor?« fragte der Monarch. »Erika hat mir viel von ihr erzählt, wie geht es ihr?«

Alle sahen mich erwartungsvoll an. Es fiel mir nichts, aber auch nichts zu Lotte Goslar ein, was im Rahmen dieser Audienz von Belang gewesen wäre. Und plötzlich spürte ich, was ich häufig in solchen Augenblicken spüre, wenn es keinen Ausweg mehr gibt, den Zwang, den Felsen zu sprengen, zu schockieren, zu brüskieren, Anstoß zu erregen.

»Fräulein Goslar«, hörte ich mich sagen, »hat mir mitgeteilt, daß sie soeben einen Tanz beendet hat, in dem sie mich zeigt, wie ich morgens aus dem Bett komme und noch keinen Kaffee getrunken habe, es heißt ›Ein Häufchen Unglück‹.«

Es trat eine Stille ein. Die Kinder stießen sich unter dem Tisch an und sahen erwartungsvoll auf ihren Vater.

Thomas Mann ließ sich nichts anmerken. Er war in Gedanken bereits bei dem Manuskript, das nebenan aufgeschlagen auf seinem Schreibtisch lag.

»Vortrefflich«, sagte er und sah auf die Uhr. »Es tut mir leid, daß ich Fräulein Goslar bisher noch nicht auf der Bühne sehen konnte, aber ich werde es demnächst nachholen. Bitte richten Sie Fräulein Goslar meine herzlichsten Grüße aus.«

Er erhob sich, trank schnell im Stehen seine Tasse aus und ging festen Schrittes davon, mit der Hand seine Untertanen zum Abschied grüßend. Die Audienz war beendet.

5

Ich fuhr mit Lotte Goslar nach Ascona, wo die »Pfeffermühle« im Teatro Materno gastieren sollte, einem reizenden, kleinen Theater, das der Bankier Bacharach seiner Tochter, der Tänzerin Charlotte Bara, geschenkt hatte. Wir mieteten uns ein kleines Haus am See unterhalb der Autostraße nach Brissago, sehr billig, zwei Räume und eine Küche, ringsum eine Terrasse, auf der man am Abend sitzen konnte. Vor uns der Lago Maggiore, blinkend wie ein Schuhlöffel im Mondlicht. Der Inhaber, ein Leichenheizer aus dem Krematorium in Zürich, kam nur am Wochenende und begnügte sich mit einer kleinen Kammer, in die er sich gähnend nach einem gemeinsam verbrachten Mahl zurückzog. Es gibt in der Schweiz ein Gebäck, das man Totenfinger nennt, und Herr Löschner versäumte nicht, uns an seinen Beruf zu erinnern, indem er uns am Morgen zum Frühstück einen Korb voller Totenfinger hinstellte. Er liebte es, den gemeinsamen Imbiß durch heitere Geschichten aus dem Krematorium zu würzen und mit Details aufzuwarten, die keineswegs appetitanregend wirkten und uns mehr als einmal veranlaßten, vom Tisch aufzustehen und wankend das Freie zu suchen, was jedoch Herrn Löschner nicht weiter zu stören schien. »Die Fetten brennen besser als die Mageren, die Frauen besser als die Männer«, sagte Herr Löschner kopfschüttelnd, in sich hineinkichernd. »Zuerst brennt der Holzsarg, dann die Haut, dann das weiße Fleisch. Mein Gott, wie sie mit den Armen und Beinen um sich schlagen, wenn es ihnen zu heiß wird. Die Gliedmaßen fallen zuerst auf den Rost, dann der brennende Kopf. Die Haare sind schon beim Hereinschieben des Sarges versengt. Übrig bleiben der Rücken und die Beckenknochen, manchmal muß man mit dem Hammer nachschlagen, um sie zu zerkleinern.«

Es roch eigentümlich in Herrn Löschners Haus am See. Ich konnte mich mitunter des Verdachtes nicht erwehren, daß er möglicherweise Knochen und Knöchelchen beiseite schaffte und sie aus Liebhaberei zu Reiseandenken und dergleichen verarbeitete. Der Verdacht kam mir zum ersten Mal, als ich auf seinem Spind ein Bierseidel in Form eines Totenschädels sah. Aber Lotte beruhigte mich sofort. Lotte ist ein Mensch, der keine Geheimnisse aufkommen läßt, jedenfalls nicht im Leben. In der Kunst ist sie voller Geheimnisse, und die Grenze zwischen Kunst und Leben ist bei ihr nicht leicht zu ziehen. Zweimal in unserem Haus am See habe ich mich vor ihr gefürchtet. Einmal wachte ich in der Nacht auf und stellte fest, daß das Bettlaken, auf dem ich schlief, unter mir verschwunden war. Es war Mitternacht, da hörte ich einen dumpfen Fall. Ich machte behutsam die Tür zum Nebenzimmer auf und sah Lotte, in ein Bettlaken gehüllt, vor dem Spiegel stehen, grimassierend und einen neuen Tanz ausprobierend. Sie hatte eine Eingebung gehabt und, während ich schlief, das Laken unter mir fortgezogen, weil sie es brauchte. Ein andermal stand sie mit aufgeklebter Nase, roter Perücke und Stoßzähnen, im Badeanzug vor dem Herd und rührte nachdenklich in einem Suppentopf. Es war sehr still in der Küche; über dem Lago Maggiore lag der Dunst eines heißen Sommertages.

In der Tür stand ein junger Mann aus einem Lebensmittelgeschäft, der soeben eingetreten war. Er sah die Erscheinung am Kochherd und rannte schreiend aus dem Haus, Lotte aber rührte ungerührt weiter. Sie hatte nichts bemerkt, war gerade mit einem sehr schweren Schritt in Gedanken beschäftigt.

Die Vorstellung im Teatro Materno war ein Erfolg. Ich hatte mir einen Schnurrbart wachsen lassen, der mir nach Erikas Ansicht das Aussehen eines bolivianischen Seeoffiziers gab. Außerdem hatte ich ein Loch in der Hose, das ich dadurch verdeckte, daß ich die Hand auf das Knie, wo sich das Loch befand, legte. Ich hatte für Therese Giehse ein Chanson geschrieben, »Das Megaphon«, und gehofft, daß sie es mit derselben Naturgewalt herausschmettern würde wie das Lied von der Dummheit, das Erika ihr geschrieben hatte. Aber Therese Giehse hatte es sich anders überlegt. Sie war auf die, wie sich später herausstellte, abwegige Idee gekommen, das Lied unsichtbar zu singen, nämlich hinter einem Paravant, um damit den unmenschlichen, unpersönlichen Charakter der Propaganda, symbolisiert durch das Megaphon, hervortreten zu lassen, was sich jedoch als ein Trugschluß erwies. Als der Vorhang aufging, sah man eine mit geheimnisvollen Zeichen bedeckte Leinwand auf einer Staffelei, hinter der jemand etwas zu singen schien, woraufhin der Vorhang wieder langsam zugezogen wurde. Keine Hand rührte sich, aber die anderen Nummern waren vorzüglich. Lotte Goslar bewies im Stehen, Sitzen und Liegen, daß ein Genie wie sie auch auf kleinstem Raum die Vorstellung von Größe, Zeit und Ewigkeit erwecken kann. Sybille Schloss war zauberhaft schön und verrucht und kaltschnäuzig in einem Sketch mit ihrem Partner Pahlen, und Erika sang, wenn es über dem Lago Maggiore fröstelte, ihr »Warum ist es so kalt?« in die Welt hinaus.

Der Beifall eines sehr eleganten Publikums brachte mich insofern in Verlegenheit, als ich mich nur mit einer Hand an ihm beteiligen konnte, mit der anderen mußte ich, in gebückter Haltung, das Loch auf dem Knie bedecken. Einmal vergaß ich, was ich meinem Aussehen als bolivianischer Seeoffizier schuldig war und legte einer Dame, die mir gerade vorgestellt worden war, im Überschwang beide Hände auf die Schultern. Doch fügte es sich, daß in diesem Augenblick gerade Lotte neben mir stand und mit ihrem Fächer das Loch im Knie verdeckte.

Spät in der Nacht gingen wir beide im Mondschein die Straße nach Brissago hinunter. Autos mit jungen Leuten fuhren vorbei, die Lotte wiedererkannten und Bravo, Bravissimo riefen. Sie schwenkten ihre Hüte, warfen ihr Blumen zu, applaudierten im Wagen stehend. Dann verschwanden sie in der Dunkelheit, die zurückblieb, um auf uns zu warten.

»Wovon sollen wir leben?« sagte ich. »Gewiß, du wirst mit der ›Pfeffermühle‹ gastieren, du wirst um Deutschland herumfahren, Prag, Zürich, Wien, Amsterdam, vielleicht auch Paris oder Rom, aber ich möchte dich nicht mehr begleiten, wie heute abend, als ich die Koffer für dich trug, die Koffer mit den Masken, den Kostümen, den Perücken, falschen Nasen, falschen Zähnen, den Filzpantoffeln, den Glöckchen, den bunten Lappen und Fetzen. O, ich beklage es nicht, ich habe es gern getan. Ich liebe deinen Humor, deine Kunst, ich verehre dich, ich bewundere dich, aber ich habe noch einige wichtige Dinge zu tun. Ich muß schreiben. Ich muß dort sein, wo geschrieben wird, wo man hungert, wo man die Wahrheit verbreitet, wo man den Kampf gegen Hitler formuliert, wo man Entbehrungen auf sich nimmt, wo Opfer gebracht werden.«

Sie blieb stehen.

»Und ich muß tanzen. Ich bin mit dem Tanz verheiratet. Ich kann nicht mehr ohne ihn leben. Ich tanze im Schlaf, ich tanze, wenn ich an dich denke. Ich bin ein Zigeuner, ich habe keine Bleibe. Ich ziehe von Stadt zu Stadt. Zu wissen, daß es dich gibt – mehr brauche ich nicht.«

Wir stiegen nun die kleine Treppe hinunter, die zum Haus des Leichenheizers am See führte.

Es waren nur ein paar Stufen.

Ich brauchte nun nicht mehr die Hand auf mein Knie zu legen. Es gab nichts mehr zu verbergen zwischen uns.

Am nächsten Tag fuhr die »Pfeffermühle« nach Holland und ich nach Paris.

II

Sie sind Moralist, und Sie beobachten die Welt;
Sie haben nur eine Sorge, zu sehen, was ist...
Charles-Augustin Sainte-Beuve

Der junge Mann, der nachts im Central Park spazieren ging, weil ihn das Schicksal der Emigranten, die er interviewte, nicht schlafen ließ – er hieß Lothar Pankok – hielt mir sein Mikrophon vor den Mund. Seine Hand zitterte ein wenig, ich hatte ihm, auf seinen Wunsch, bereits um zehn Uhr morgens einen Whisky geben müssen.

»Sie haben in Ihrem Roman ›Die Wenigen und die Vielen‹ das Hotel ›Helvetia‹ in der Rue de Tournon sehr ausführlich beschrieben. Meine Nachforschungen haben ergeben, daß die Inhaberin Madame Chollet hieß und sich großer Beliebtheit bei ihren Gästen erfreute, und Autoren wie Alfred Wolfenstein, Johannes R. Becher, Joseph Roth, Gustav Regler und viele andere gehörten zu ihren Dauermietern.

Ich möchte Sie bitten, einige der Personen, die in Ihrem Roman auftreten, zu identifizieren. Dies vor allem in Hinblick auf die Exilforschung, die, wie Sie vielleicht gehört haben, neuerdings erhebliche Fortschritte zu machen beginnt.«

»›Die Wenigen und die Vielen‹ war nicht nur ein Schlüsselroman, es war nicht nur autobiographisch, denn ich habe beides, die Wahrheit und die Dichtung, mehr als üblich durcheinander gemischt. Bei einigen Figuren habe ich mich bemüht, sie mit großer Sorgfalt dem Leben nachzubilden, z. B. meine Eltern, meine Schwester, meinen Schwager, die an chronischem Stockschnupfen leidende Gouvernante, Fräulein Engelhardt, Professor Frenzel, Herausgeber der ›Gebrauchsgraphik‹, der bei mir Sebalt heißt, am Krieg als Kampfflieger bei der Richthofenstaffel teilnahm und mir zur Flucht verhalf, indem er mich am Anhalter Bahnhof durch die bereits von der SA bewachte Sperre schob und schnarrte: ›Hauptmann Frenzel, der Mann steht unter meinem persönlichen Schutz.‹ Körner ist eine Zusammenziehung von zwei kommunistischen Funktionären, Alfred Kantorowicz und Otto Katz, der später, als Geistlicher verkleidet, unter dem Namen André Simone das Geld der spanischen Republik in Sicherheit brachte. Zum Dank für seine Treue zur Partei wurde er in einem Schauprozeß in Prag zum Tode durch Erhängen verurteilt, nachdem er in einem Schlußwort vor Gericht ausdrücklich darum gebeten hatte: ›Ich will nur noch den Strick.‹

Als Nathalia Asch tritt in meinem Buch Ruth Fischer auf, die einmal eine führende Rolle in der KPD spielte und in Amerika als fanatische Trotzkistin einen einsamen Kampf gegen Stalin führte. Sie war eine ungewöhnliche Frau, die als erste eine Art Dadaismus in der Politik praktizierte, die sie nicht ganz ernst nahm und doch wieder so ernst, daß sie sich nicht scheute, ihre beiden Brüder, den Brecht-Komponisten Hanns Eisler und den Berufsfunktionär Gerhard Eisler, politisch zu kompromittieren.«

In New York war ich regelmäßig Gast einer kuriosen Tafelrunde, in der man sich spöttisch mit ›Genossen‹ und ›Genossinnen‹ anredete und Ruth Fischer, die einstmals Lenin nahe gestanden hatte, die Weltgeschichte im Geiste ihres insgeheim immer noch bewunderten Lehrmeisters klassenkämpferisch analysierte. Mir erscheint heute die kleine, ironische Frau mit den zarten Kinderhändchen, die sich so oft zur proletarischen Faust geballt hatten, wie eine Märchenfigur aus einer politischen Sagenwelt, in der Hirngespinste die Völker verwüsteten und Ideen wie Sonnenblumen zerpflückt und in alle Winde zerstreut wurden ...«

Lothar Pankok machte mir ein Zeichen, stellte das Mikrophon ab und legte eine neue Kassette ein.

»Was wollen Sie noch von mir hören, Herr Pankok?« fragte ich.

»Alles«, sagte er. »Die Welt des Exils ist für uns die Brücke in eine Vergangenheit, die wir nicht kennen. Deshalb bin ich nach New York gekommen – um mehr über ein Deutschland zu erfahren, das man uns vorenthalten hat. Wer war Dr. Blank? Wer war Borinski? Kannten Sie Alfred Wolfenstein? Von ihm stammt die schöne Gedichtzeile: ›Geboren wurde ich an vielen Tagen‹. Erzählen Sie weiter.«

»Doktor Blank hieß in Wirklichkeit Hans-Theodor Joel und war bis 1933 Korrespondent des ›Berliner Tageblatt‹ in Madrid. Borinski war mein guter Freund Jutrosinski, ein Antiquar, der über ein ungewöhnliches Wissen verfügte, ein wunderbarer Mensch mit einer entsetzlich langen Nase, die ihm das Aussehen eines gütigen, weisen, etwas traurigen Papageis gab. Er ist beim Einmarsch der Deutschen aus seinem Lager in Frankreich nach London geflohen und hat sich dort einige Jahre später das Leben genommen. Wenn ich an Jutrosinsky denke, dem die Natur so übel mitgespielt hatte, fühle ich mich irgendwie schuldig: ich glaube, ich habe ihm nie genug dafür gedankt, daß er mich oftmals, wenn ich nichts zu essen hatte, in eines der kleinen Restaurants am Boulevard Raspail, in denen er zu verkehren pflegte, mitnahm und mir liebevoll, beinahe zärtlich zusah, wenn ich die erlesenen Speisen, deren Namen er mit Andacht aussprach, in mich hineinschlang.

Um ganz offen zu sein, lieber Herr Pankok, ich denke nicht gern an diese Pariser Zeit zurück, weil die Erinnerung an sie mit soviel Kläglichkeit und Ohnmacht und Armut verbunden ist, weil das Leben in dieser Stadt der kulinarischen Freuden, des Überflusses, der Schönheit, des Geists und der Anmut so vielen Entbehrungen, Demütigungen, Entmutigungen ausgesetzt war, weil man so achtlos dahinlebte, von einem Croissant zum anderen, und der Aussichtslosigkeit seiner Existenz nur eins entgegensetzen konnte: sein Talent, seine Zuversicht, seinen Glauben. Solange man schrieb, lebte man noch, solange man schrieb, hatte Hitler noch nicht gesiegt. Die Worte, die ich mit leerem Magen in dem winzigen Zimmer in dem Hotel ›Helvetia‹ zu Papier brachte, waren ebenso wichtig in dem Abwehrkampf gegen unsere Vernichtung wie die Ereignisse auf dem Kriegsschauplatz …

Sie fragen mich immer wieder, lieber Herr Pankok, wovon ich in Paris eigentlich gelebt habe, und ich habe versucht, es Ihnen zu erklären. Überleben ist ein Beruf, der gelernt werden muß wie jeder andere. Wenn ich mich mittags um halb eins vor das Café des Deux Magots oder das Café de Flore stellte, konnte ich wohl damit rechnen, daß ich jemandem begegnen würde, der mich kannte. Ich konnte mich an seinen Tisch setzen und mir einen Kaffee bestellen und ein Croissant, konnte wohl auch damit rechnen, daß er oder irgend jemand anderer am Schluß für mich bezahlen würde. Außerdem gab es ja eben im Hotel ›Helvetia‹ die gute Madame Chollet, die in viele Emigrantenromane eingegangen ist. Es roch, wenn man an der Küche vorbeiging, nach den herrlichsten Gerichten, und man ging hinein, nahm sich einen Stuhl und sagte: ›Ach bitte, setzen Sie es auf die Rechnung.‹ Die Rechnungen, zum größten Teil unbezahlt, schwollen an, und es gehörte das Genie eines Bankdirektors dazu, sich den Betrag auszurechnen, der nötig war, um Madame Chollet jeweils bei guter Laune zu halten. Und alle paar Monate geschah es dann, daß der Moment kam, da man mit gepackten Koffern die Treppe herunterkam, um sich von ihr zu verabschieden, worauf sie, sich die Augen wischend, einem den Koffer abnahm und sagte: ›Ah, mon petit, vouz restez, je vous en prie.‹

Wenn ich Ihnen jetzt von Wolfenstein erzähle, so muß ich Sie zunächst enttäuschen. Ich muß Ihnen von dem Film erzählen, den wir zusammen schrieben. Wir waren damals noch sehr verstört und sehr ratlos. Wir hatten uns noch nicht an die Verstörtheit und die Ratlosigkeit gewöhnt, das kam erst später. Wir brauchten Geld, und mit Gedichten konnte man kein Geld verdienen. Wir kamen also auf die Idee, einen Film zu schreiben, eine Komödie natürlich, schlimmer noch, einen Schwank – was denn sonst. Das konnte doch nicht so schwer sein. Man mußte sich etwas einfallen lassen, irgend etwas, das sich leicht verkaufen ließe. Nett. Anspruchslos. Gefällig. Wir schrieben also einen Film, der einen Einfall hatte, den wir für komisch hielten: Die Geschichte eines Mannes, der sein Hotel vergessen hat. Er ist in eine fremde Stadt gekommen und weiß nicht mehr, wo er wohnt. Was sich da an Verwechselungen in Badewannen, in Betten, auf Korridoren abspielt, entbehrte jeder von uns so ernstlich angestrebten Komik, doch wir fanden es köstlich. Wir schlugen uns lachend auf die Schenkel, gingen am Abend Arm in Arm prustend durch die Straßen von Paris und leckten uns, in Gedanken an eine Mahlzeit, die nun ja wohl nicht mehr fern sein würde, bereits die Lippen. Das Leben war wieder einigermaßen erträglich. Wir hatten zu tun.

Die Geschichte von dem Mann, der sein Hotel vergessen hat, ist natürlich nie gedreht worden. Es ist auch nicht weiter wichtig. Ich dachte nur, ich sollte es im Hinblick auf das, was später kam, erwähnen.

Beim Einmarsch der Deutschen beging Alfred Wolfenstein Selbstmord, nicht weit von dem kleinen Hotel, in der Rue de Vaugirard, in dem auch ein anderer deutscher Dichter, Ernst Weiss, etwa um die gleiche Zeit, seinem Leben ein Ende machte.«

Nachwort zu Alfred Wolfenstein

Alfred Wolfenstein war der Typus des dichtenden Intellektuellen seiner Zeit. Schwarze Hornbrille, hochgewachsen, beschwörende Hände, Augen, die halb geschlossen waren, als blendete ihn das

Licht, ein Ergriffener, ein Ekstatiker, ein der Welt Entrückter, der das Schicksal seiner Generation, ihren Rausch und ihre Tragik, ihr tragisches Verlöschen auf beispielhafte Weise vor Augen führte. »Geboren wurde ich an vielen Tagen«, heißt eine seiner Zeilen, aber genauer gesagt war es der 28. Dezember 1882 in Halle an der Saale. 1914 erschien sein erster Lyrikband »Die gottlosen Jahre«. Kurt Pinthus nahm einige seiner Gedichte in seine berühmte ›Menschheitsdämmerung‹ auf, ein Buch, das Literaturgeschichte machte, weil es eine neue Form des Dichtens präsentierte, die den Leser ansprang, ihn an sich riß, ihn überwältigte und am Abenteuer der Sprache teilnehmen ließ. Ein Gedichtband nach dem anderen folgte. Wolfenstein schrieb Theaterstücke. Er übersetzte Verlaine, Rimbaud, Nerval, Hugo. Er gab eine Anthologie von berühmten Gedichten der Weltliteratur heraus, viele von ihm selbst übersetzt. Wolfenstein war ein lyrischer Mensch. Er vereinigte in sich all das, was den Expressionismus kennzeichnete. Die Sprachekstase, den Glauben an die Utopie, an eine Vermenschlichung des Menschen. Ein von ihm kurz nach dem Ersten Weltkrieg herausgegebenes Jahrbuch hieß: »Die Erhebung«. 1933 floh er aus Berlin. Zuerst nach Prag, dann nach Paris. Bei Kriegsausbruch wird er auf der Flucht durch Frankreich an der Loire verhaftet und nach Paris zurückgebracht, wo er in dem berüchtigten Gefängnis »La Santé« an dem Roman eines jungen Menschen seiner Zeit schreibt, den er nach seinem Sohn Frank benennt. Nach seiner Entlassung verbirgt er sich jahrelang in Bauernhöfen und in Ställen. Er war 58 Jahre alt, als er sich das Leben nahm, ein schwerkranker Mann, der genug hatte.

I

Im Frühjahr 1938 fand in Zürich unter Mitwirkung von 800 Schweizer Arbeitersängern die Uraufführung des Chorwerkes ›Jemand. Eine weltliche Kantate‹ statt. Meine Freunde am Zürcher Schauspielhaus hatten mir den Auftrag verschafft, ein Festspiel zum 1. Mai für den Arbeitersängerverband der Schweiz zu schreiben. Der Gedanke an gewisse Kundgebungen sozialistischer Verbrüderung hatte mich zunächst ein wenig abgeschreckt. Sie bestanden meist darin, daß der Kapitalismus durch einen feisten Mann im Frack dargestellt wurde, in der einen Hand den Geldsack mit dem Dollarzeichen, in der anderen eine Peitsche, mit der er auf ein halbnacktes, am Boden kriechendes Proletariat einschlug. Ich nahm die vierundzwanzig Holzschnitte des Flamen Masereel, »Die Passion eines Menschen«, in der die Geschichte eines Arbeiters von der Wiege bis zum Tode durch Erschießen erzählt wird und benutzte sie zu einem Chorwerk, das nach Art der Matthäuspassion, oder besser der Brechtschen Lehrstücke, aufgebaut war. Ein Sprecher erzählte die Geschichte dieses Mannes, den ich »Jemand« nannte. Dazu gab es Chöre, Sprechchöre, Lieder und Chansons. Die Bilder sollten auf eine große Projektionswand übertragen werden, die zugleich die Brandmauer einer Fabrik darstellte, dazu achthundert Schweizer Arbeitersänger. Das Bühnenbild sollte Wolfgang Roth entwerfen, der Assistent von Teo Otto war, mit der Musik wurde ein junger ungarischer Komponist, Tibor Kasicz, betraut. Inzwischen war meine Aufenthaltserlaubnis für die Schweiz wieder abgelaufen. Die Versuche, sie zu erneuern, mißlangen. Ein junger Dichter, Emil Gerber, brachte mich in einem Bauernhaus in Küsnacht unter. Nicht weit von dem Bauernhaus wohnte er mit einer Freundin, die Malunterricht in einem Heim für Epileptiker erteilte. Ich fuhr zu dem Bauernhaus am Zürichsee, wo man mir eine Dachstube zuwies, die leider nicht geheizt werden konnte. Die Nächte waren so kalt, daß am Morgen das Wasser im Krug gefroren war, was mich zu den beiden Anfangszeilen in einem Song meines Chorwerks »Jemand« inspirierte. »Wenn die Nächte kälter werden und im Krug das Wasser gefriert ...« Manchmal sah ich beim Schein einer Petroleumlampe die Nebel vom Zürichsee durch die Dachstube wandern. Wenn ich mich ins Bett legte, zog ich alles an, was ich besaß: Unterwäsche, Hosen, Jacken und Mäntel. Ich entsinne mich, daß ich einmal zwei Stühle über das Bett legte, weil ich trotz allem noch vor Kälte zitterte. Die Mahlzeiten nahm ich bei Emil Gerbers Freundin ein, wo wir von einer ihrer Patientinnen, einer Epileptikerin, bedient wurden. Sie fiel häufig zu Boden, wand sich in Krämpfen, man mußte ihr mit Gewalt das Geschnetzelte entreißen, bevor man sich zu Tisch setzen konnte.

Ich wagte es nicht, am Tage auf die Straßen zu gehen aus Angst, man könnte mich verhaften und, wie es damals zu geschehen pflegte, über die deutsche Grenze stellen. Man verfuhr ein wenig unsanft mit den Flüchtlingen, die keine Aufenthaltserlaubnis hatten. Man jagte sie wieder dorthin zurück, woher sie gekommen waren, oder man behandelte sie nach Ausbruch des Krieges als feindliche Ausländer und steckte sie in ein Lager. Ich schrieb den »Jemand« in vier Wochen und schickte Tibor Kasicz das Manuskript. Er arbeitete langsam. Kasicz gehörte zu jenen genialen Naturen, denen nicht immer etwas, mitunter aber doch etwas so Bedeutendes einfällt, daß man sich bei ihnen für den Gedankenmord, den man bereits begangen hatte, entschuldigen möchte. Es gibt einige musikalisch überwältigende Passagen in diesem von ihm vertonten Chorwerk, vor allem jenen grandiosen Schlußchor: »Rettet den Menschen, rettet den Menschen, rettet die Welt vor der Barbarei«, in dem ein bereits von Hitler zum Schweigen gebrachtes Europa zum Widerstand gegen ihn aufgerufen wird.

Frans Masereel war aus Paris gekommen, um der Aufführung beizuwohnen. Die Lichter verdunkelten sich, die Silhouette einer Fabrikstadt tauchte auf der Bühne auf, die von einem gigantischen Holzschnitt beherrscht wurde. 800 Männer begannen leise das Lied vom »Jemand« zu singen:

»Wer geht durch die Welt ohne Hemd und Kragen, wer muß seine Haut zu Markte tragen?«

Der erste Holzschnitt ging langsam in den zweiten über. Der Vorleser, Heinrich Gretler, begann auf seinem Rednerpult eine Erzählung:

»Im Anfang war ein Fensterspalt,
in einer Mietskaserne,
da sah ein Mensch, der Jemand hieß
zum ersten Mal die Sterne.«

Nach der Aufführung gab es eine Feier im Beisein Masereels, der Mitwirkenden sowie des Präsidenten der Sozialdemokratischen Partei der Schweiz, Ernst Nobs, der eine Rede hielt auf den Künstler, der aus Paris gekommen war, um einem historischen Ereignis beizuwohnen, den Meister der Holzschneidekunst, der uns ein Bildwerk von erschütternder Menschlichkeit gezeigt hatte.

»Und nun komme ich zu dem Dichter des Abends, dem Manne, der diese Bilder in Worte umgesetzt hat, die bleiben werden – ich meine natürlich den Autor des Jemand, dessen Namen wir alle kennen, hier sitzt er, unser Freund und Genosse, Heinrich Sahl.« Die Hände meiner Freunde, die sich bereits zum Applaus angeschickt hatten, blieben in der Luft stehen. »Hans! Hans!« riefen einige Beherzte. Nobs ging mit der Überlegenheit des Parteivorsitzenden, der auf jeden Einwand gefaßt ist, darüber hinweg, winkte mit der Hand ab, als wollte er sagen: »Ich weiß schon, laßt mich nur machen. Ich werde bei Gelegenheit darauf zurückkommen.« Was auch geschah. Am Schluß nahm er mich bei der Hand und stellte mich den Anwesenden vor. Ich verneigte mich ein wenig verstört. Die Musik spielte einen Tusch.

Im Herbst desselben Jahres 1938 fand eine Serie von Vorstellungen in einem eigens dazu erbauten Zelt am Bellevue statt, das 4000 Personen faßte. Die Vorstellungen wurden durch Lautsprecher übertragen, die über die ganze Stadt verteilt waren. Ich hatte die für einen Ausländer im Exil seltene Genugtuung, daß ich, ein Fremder, ein Flüchtling ohne Aufenthaltserlaubnis, meine Worte in den engen Gassen von Zürich widerhallen hörte: »Rettet den Menschen, rettet den Menschen, rettet die Welt vor der Barbarei.«

Damals schrieb ich an den Prinzen zu Löwenstein:

»... Ich habe versucht, eine Stimmung auszudrücken, die heute noch in vielen Menschen arbeitet. Ich wollte die ›Idee des Proletariats‹ zum Gegenstand einer Zeremonie machen, die durch die Strenge ihrer Form und durch die Strenge ihrer Gesinnung den Zuhörer ganz unrealistisch-abstrakt ergreifen sollte, und ich habe mich deshalb auch nicht gescheut, bestimmte ›doktrinäre‹ Begriffe und Vorstellungen noch einmal demonstrativ herauszustellen. Wenn Sie wollen, ist dieser Jemand zu einem Schwanengesang einer Epoche geworden, aber ich glaube doch, daß darüber hinaus bereits gewisse Vorzeichen in eine andere Zukunft weisen, das Lied vom Menschen zum Beispiel und einiges andere.«

Um jene Zeit, da ich in einem Bauernhaus am Zürichsee den »Jemand« schrieb, begann auch meine Freundschaft mit Ignazio Silone, einem der führenden Kommunisten Italiens, der 1930 in die Schweiz entfloh, ein Jahr später aus der Partei austrat und das Wort vom ›roten Faschismus‹ prägte. Er lebte zuerst in Davos, dann in Zürich, wo er in einem mit kostbaren Gemälden, Wandteppichen, Skulpturen moderner Meister ausgestatteten Hause eines Großindustriellen und Philanthropen, des unvergesslichen Marcel Fleischmann, Zuflucht fand. Dort, lungenkrank, in einem Fremdenzimmer, schrieb er zwischen echten Renoirs und Cézannes »Brot und Wein«, ein Buch, das jene, die von der Wirklichkeit des Kommunismus enttäuscht und entsetzt waren, aufs tiefste beeindruckte und auch mein Leben entscheidend beeinflussen sollte. Ich werde nie jene Nächte mit Silone unter den Bäumen im Lampenlicht eines Zürcher Biergartens vergessen, wo er leise und im gebrochenen Deutsch des Italieners zu uns sprach, dennoch stark und fest und mit der ihm eigenen, unverkennbaren Dialektik. In meiner Erzählung »Die Schuld«, in der ich ihn in der Person des Sanders auftreten lasse, habe ich versucht, den Eindruck, den er auf mich machte, zu beschreiben: die Melancholie seiner Erscheinung, die wie geistesabwesend nach innen gerichtetenAugen, die hüstelnde Stimme, die zarten, aber ausgeformten Hände, die sich wie die eines Dirigenten beim Reden bewegten. Sicher ist, daß es nicht zuletzt sein Einfluß war, der mich bewog, nach meiner Rückkehr nach Paris aus dem Vorstand des Schutzverbandes deutscher Schriftsteller im Exil auszutreten und mich jenen anzuschließen, die, wie Arthur Koestler und später Manès Sperber und Gustav Regler, den Bruch mit einer Bewegung vollzogen, die sie nicht mit ihrem Gewissen vereinbaren konnten.

Silone war ein Seher, ein Verkünder, ein in die Politik verirrter Heiliger, der von einer Erneuerung des Kommunismus aus dem Geist des Urchristentums träumte. »Brot und Wein« war ein pädagogisches Buch, das aus den Fehlern und Niederlagen der Vergangenheit die Richtlinien für eine Verinnerlichung und Vermenschlichung der revolutionären Bewegung bilden wollte. Es zeigte den Auseinanderfall von Idee und Wirklichkeit, Praxis und Theorie des Sozialismus, und indem es die Vorgänge und Methoden, die dazu geführt hatten, noch einmal zur Diskussion stellte, wollte es eine neue Generation dazu erziehen, die Begriffe noch einmal zu überprüfen, nichts mehr als ›gegeben‹ hinzunehmen. Es war ein Katechismus für integrale Revolutionäre.

Silone legte hier jene so lange verschüttete ethische Wurzel des Sozialismus bloß, die im Verlauf des organisierten Kampfes um die politische Macht nur noch als sentimentale Reminiszenz an die Humanitätslehren des 19. Jahrhunderts fortwirkte. Das ›beispielhafte‹ Leben, das Silone vom Revolutionär forderte, findet seine historische Parallele in dem Leben der Heiligen und der großen christlichen Märtyrer, und wie sie muß der revolutionäre Mensch bereit sein, seinen Glauben an das Absolute mit dem Einsatz seines Lebens zu besiegeln. Einmal fällt sogar die Bemerkung, der politische Revolutionär, der für die soziale Befreiung der Menschheit kämpfe, sollte eine Tonsur tragen, um den an ihn ergangenen Auftrag auch äußerlich kenntlich zu machen. Der Sozialist wird somit zum Missionar, der unter die Menschen geht, um das Evangelium der sozialen Gerechtigkeit, der Barmherzigkeit und Nächstenliebe zu verkünden.

Eine große Trauer geht durch »Brot und Wein«, Trauer um eine Idee, die sich auf dem Weg zu ihrer Verwirklichung in das Gegenteil dessen verwandelte, was sie einst denen bedeutet hatte, die sie verkündeten. »Womit soll ich eure unglückliche Generation vergleichen?« heißt es in »Brot und Wein«. »Ihr gleicht vielleicht Kindern, die auf öffentlichen Plätzen sitzen und ihren Kameraden zurufen: ›Wir haben die Flöte gespielt, und ihr habt nicht getanzt, wir haben Trauerlieder gesungen, und ihr habt nicht geweint.‹ Alles hat sich anders entwickelt, als man es euch versprochen hat.«

2

Ich fuhr nach Paris zurück und saß mit Walter Mehring und Alfred Wolfenstein im Café de Flore oder ging ins Café de la Poste, wo Joseph Roth die Nächte verbrachte und sich mit Wein, Cognac und Pernod zu Tode trank. Der Verfasser des »Hiob« war schon vor dem Exil zum Katholizismus übergetreten. Er, der die schönste Prosa seit Heine schrieb, nahm sich täglich das Leben, er vergiftete sich mit Alkohol. Einmal nahm er mich zur Seite. Sein Gesicht mit dem struppigen Schnurrbart war aufgedunsen, seine Füße geschwollen, so daß er sich die Stiefel nicht mehr zuschnüren konnte. Er mußte sich an der Messingstange der Theke festhalten, als er mir zuflüsterte: »Wissen Sie, was heute für ein Tag ist? Heute war mein Kaiser bei mir.«

»Wer?« fragte ich.

»Otto von Habsburg.«

Joseph Roth, das war das sterbende Wien, das war die sterbende Donaumonarchie im Exil. »Ich will hier blieben. Ich gehe nicht fort, ich will nicht nach Amerika!« schrie er eines Nachts, »ich bin ein Europäer und ich will mit Europa sterben, hier, auf einer Straße in Paris, vor diesem Hotel...«

Er starb, wie er gelebt hatte, trinkend, rauchend, redend, in der selben Stadt, in der Heine geschrieben hatte und begraben wurde. Mehr noch als alles andere, mehr noch als seine »Kapuzinergruft« oder den »Radetzkymarsch«, liebe ich ein winziges Stück Prosa, »Rast angesichts der Zerstörung«, das er schrieb, als er von seinem Café aus zusah, wie man das alte Hotel Foyot niederriß, in dem unter anderem Rilke gewohnt hatte.

Es gibt in jeder Emigration politische Machtkämpfe, Karl Marx hatte schon in seinen Berichten aus London darüber geschrieben. Im Grunde ging es um die Zukunft Deutschlands nach dem Sturz Hitlers, oder genauer gesagt um die Vorwegnahme des Ost-West-Konfliktes, das heißt um die Auseinandersetzung zwischen den Machtansprüchen der demokratischen und der totalitären Welt.

Willi Münzenberg war das Organisatonsgenie der Kommunistischen Partei. Er beherrschte die Pariser Exilszene. In seinem Verlag »Editions du Carrefour« brachte er das Braunbuch zum Reichstagsbrand-Prozeß heraus und faßte verschiedene Berufsgruppen, Ärzte, Journalisten, Schriftsteller zu Verbänden zusammen, die somit von ihm kontrolliert werden konnten.

Münzenberg war berühmt geworden durch seine Taktik des trojanischen Pferdes, d. h. er besetzte Schlüsselpositionen mit seinen Leuten, die dann die Politik in seinem Sinne beeinflußten. So wurde auch der Schutzverband Deutscher Schriftsteller im Exil, dessen Ehrenpräsident Thomas Mann war, insgeheim von den Beschlüssen des Zentralkommitees geleitet. Zu den Vorstandsmitgliedern gehörten damals unter anderen Anna Seghers, Alfred Kantorowicz, Bodo Uhse, Manès Sperber, Hans Marchwitza, Rudolf Leonhard.

Es fällt mir schwer, über die Vorgänge zu berichten, die zu meiner Absage an die politische Emigration und zu meinem Austritt aus dem SDS führten. Es war um die Zeit des Hitler-Stalin-Paktes, als die Hakenkreuzfahnen auf dem Kreml wehten. Am Abend ging ich ins Café de Flore, wo ich Egon Erwin Kisch traf. Ich war aufgebracht, ich war empört. »Beruhige dich«, sagte Egon Erwin Kisch, »Stalin denkt für uns.«

Da wußte ich, daß die Zeit gekommen war, eine Entscheidung zu treffen, die schon längst fällig gewesen war. Man hatte mich in den Vorstand des SDS hineingewählt, weil man glaubte, meiner sicher zu sein. Ich war ein Mann der Linken und man rechnete damit, daß ich den Beschlüssen der Partei zustimmen würde.

Eines Tages legte man mir ein Schriftstück vor, das ich unterzeichnen sollte. Es war eine Erklärung des SDS, die Leopold Schwarzschild, den Herausgeber des »Neuen Tagebuches«, als Agenten von Goebbels denunzierte. Leopold Schwarzschild hatte in einer Reihe von Artikeln die Moskauer Prozesse einer schonungslosen Kritik unterworfen und Stalin mit Hitler verglichen. Schwarzschild mußte liquidiert werden. Das geschah auf folgende Weise: Man hatte dem »Neuen Tagebuch« einen gefälschten Leserbrief zugehen lassen, angeblich von dem psychologischen Institut irgendeiner Universität im Elsass, in dem stand, daß die Angeklagten im Moskauer Prozeß ihre Schuldbekenntnisse unter dem Einfluß einer bestimmten Droge und nicht aus freiem Willen abgelegt hätten. Schwarzschild druckte diesen Leserbrief ab, ohne zu ahnen, daß er bereits vorher im »Völkischen Beobachter« gestanden hatte, womit für seine Gegner der Augenblick gekommen war, ihn politisch zu vernichten.

Ich las das Schreiben noch einmal laut vor, ich las die Namen der Unterzeichnenden, von denen mehrere bereits der Literaturgeschichte angehörten, und ich dachte an die Lebensmittelpakete, die uns kürzlich von unseren russischen Kollegen aus Moskau zugesandt worden waren, an den Speck, den Schinken, den Kaviar, den sie enthielten, ich dachte an die Eßkarten, die der Schutzverband an seine parteitreuen Mitglieder verteilte, und ich dachte, was mir passieren würde, wenn ich diese Erklärung nicht unterschriebe, und ich dachte an Schwarzschild, den ich im Grunde gar nicht so mochte. Er war ein amusischer Mensch, unzugänglich, mürrisch, für den die Wirtschaft alles war und die Ideologie nichts, ein blendender Schriftsteller natürlich auf seine Weise, ehrlich auf seine Weise, ein Mann mit Prinzipien, obwohl ich sie nicht immer teilte, ein überzeugter Demokrat, ein Politiker, ein Tatsachenmensch.

»Warum unterschreibst du nicht?« fragte Manès Sperber, ungeduldig. Ich gab ihm das Schreiben zurück. »Ich will nicht Hitler mit seinen Methoden bekämpfen«, sagte ich und war mir doch bereits der Antwort bewußt, die ich bekommen würde, der erstaunten Mienen, die halb empört und halb mitleidig auf mich herabblicken würden, auf mich, den Verräter, den Agenten einer fremden Macht, schlimmer noch, den bürgerlichen Humanisten, der noch nicht begriffen hatte, daß die proletarische Revolution nicht von wehleidigen Söhnen aus gutem Hause gemacht wird, sondern von Männern, die wissen, daß man mit dem Hammer zuschlagen muß, wenn man den Nagel auf den Kopf treffen will.

Es trat eine Pause ein. Ich dachte mir, so lange ich noch nicht unterschrieben habe, kann das Manifest nicht an die Öffentlichkeit gehen. Ich werde Schwarzschild sofort benachrichtigen und ihm nahelegen, seine Vorkehrungen zu treffen, seine französischen Freunde aufzufordern, ihn zu schützen. Er war in großer Gefahr, als politisch verdächtig verhaftet, womöglich ausgewiesen zu werden.

Die Anwesenden erhoben sich. »Ich schlage vor, daß wir die Sitzung um eine Woche vertagen«, sagte Sperber, »bis dahin wird es sich unser Freund noch einmal überlegt haben.« Ich möchte hier sofort einfügen, daß Manès Sperber einige Jahre später, wie man in seinen Memoiren nachlesen kann, aus der Partei austrat. Die Szene, die ich hier beschrieben habe, spielte sich kurze Zeit vorher ab und zeigte einen Manès Sperber, der sich noch an die Weisungen der Partei hielt und nicht davor zurückschreckte, Freunde, die sich unbequem erwiesen, politisch unschädlich zu machen. Ich fuhr zum Faubourg St-Honoré, in der Hoffnung, Schwarzschild auf der Redaktion zu treffen, erfuhr aber, daß er nicht da war und ging ins Café Weber, wo ich ihn in einer Ecke sitzen sah, zusammengesunken. Der scharfe Diagnostiker hatte feuchte Augen. Hatte er etwa geweint? Ausgeschlossen, er mußte etwas ins Auge bekommen haben. »Sie sind der einzige anständige Mensch, den ich hier getroffen habe«, sagte der scharfe Diagnostiker, nahm meine Hand und sah verlegen zur Decke. »Das war doch eine Selbstverständlichkeit«, sagte ich und versuchte, langsam meine Hand aus der seinen zu ziehen, die ganze Szene war mir etwas peinlich. Ich hatte nicht unterschrieben, weil es mir schwer fällt, meinen Namen unter eine Lüge zu setzen. Ich war ein schlechter Lügner schon als Kind, Lügen waren anstrengend. Man mußte aufpassen, daß man sich nicht in Widersprüche verwickelte. Man mußte den Eindruck erwecken, daß man die Wahrheit sagte. Man durfte nicht rot werden, man durfte nicht stammeln und stottern, man mußte sogar an seine eigenen Lügen glauben. Ein großer Lügner muß sich und die anderen davon überzeugen, daß er die Wahrheit sagt, und eben das konnte ich nicht.

Ich konnte es auch nicht in der nächsten Vorstandssitzung des SDS, in der man mir das Schreiben zum zweiten Mal vorlegte. Sie hatten es sehr eilig. Es war höchste Zeit, die Erklärung zu veröffentlichen, falls sie noch eine politische Wirkung haben sollte. Es wurde beschlossen, eine bedeutende Schriftstellerin, eine Autorin von Weltansehen, Anna Seghers, vorzuschicken, die mich bearbeiten sollte. Sie war zur Schutzheiligen der engagierten Schriftsteller erklärt worden. Sie war die Therese von Konnersreuth der KP, die in eine Art von transzendentem Singsang verfiel, wenn es darum ging, die letzten Beschlüsse des Politbüros bekannt zu machen. Sie berichtete nicht einfach, worum es ging, sie verkündete, sie hatte Gesichte. Sie entledigte sich des Auftrags mich umzustimmen mit somnambuler Eindringlichkeit, indem sie einen gefährdeten, wenn nicht gar schon gestrauchelten Freund davor warnte, den Kampf gegen Hitler durch Rückfälle in eine kleinbürgerliche Moral, die immer nur dem Klassenfeind helfe, zu sabotieren.

Nachdem sie geendet hatte, meldete sich der Arbeiterdichter Hans Marchwitza zu Wort, und dies tat er auf eine Weise, die sogar die Erleuchtete aus ihrem somnambulen Halbschlaf jäh aufweckte. »Was soll man mit einem Menschen tun, dem man bisher vertraute und der sich nun als Verräter erweist«, sagte der Arbeiterdichter Hans Marchwitza. Er beantwortete die Frage selber: »Am nächsten Laternenpfahl aufhängen!« Ich enthielt mich der naheliegenden Antwort, daß ich in dieser hängenden Position kaum in der Lage sein würde, die Erklärung zu unterschreiben. Es gab nun kein Zurück mehr für mich. Ich hatte mich festgelegt. Von Sitzung zu Sitzung spielte sich dasselbe ab. Man appellierte an mein Gewissen, man wollte mich einschüchtern, man bot mir sogar den Posten eines Korrespondenten in der in Moskau erscheinenden Zeitschrift »Das Wort« an. Ich sagte nichts mehr. Ich saß mit verschränkten Armen wie angewurzelt auf einem Stuhl und verhärtete mich, ich versteinerte. Ich ging auf nichts mehr ein. Es war mir alles ziemlich gleichgültig. Der Dialog war für mich zu Ende, ich war böse geworden. Ich wußte nur eins: Solange ich nicht unterschreibe, kann die Erklärung nicht erscheinen. Einmal kam ein Mann, den ich nicht kannte, zu einer der Sitzungen und wurde als ein Genosse aus Moskau vorgestellt. Er hielt eine Rede etwa folgenden Wortlauts: »Genossen, Hitler wird die Welt erobern, die Demokratien wehren sich nicht, teils aus Angst, teils weil sie ihn selbst an die Macht gebracht haben, um die verhaßte Sowjetunion zu vernichten, die einzige Macht auf der Welt, die entschlossen ist, seinem Treiben ein Ende zu machen. Unter uns sitzt einer, der im Begriff ist, ihr in den Rücken zu fallen. Ich frage ihn deshalb ein letztes Mal: Willst du unterschreiben oder nicht?«

Ich kann mitunter sehr eigensinnig sein, störrisch wie ein Esel, wenn es darauf ankommt. Und es kam darauf an. Der Esel sollte liquidiert werden, und nun war der Esel böse und schlug nach hinten aus. Ich unterschreibe nicht, sagte der Esel. Schade, dann wirst du die Konsequenzen zu tragen haben. Ich stand auf, ging nach Hause und schrieb einen Brief an den SDS, in dem ich meinen Austritt aus dem Vorstand erklärte und meine Mitgliedschaft aufkündigte.

Die Erklärung des Schutzverbandes Deutscher Schriftsteller, in der Leopold Schwarzschild, der Herausgeber des »Neuen Tagebuchs«, als Agent von Goebbels denunziert werden sollte, ist nie erschienen.

Als ich meinen Brief in den Kasten steckte, hatte ich eine Genugtuung wie nie zuvor. Ich war meinem Gewissen gefolgt. Ich hatte getan, was ich mir schuldig war. Eins mit mir selber. Ich sah Paris mit anderen Augen, ich war wieder frei, ein Mensch wie jeder andere. Ich war nur noch mir Rechenschaft schuldig und keiner anderen Instanz, der ich erlaubt hätte, mir zu sagen, was ich zu tun hatte. Ich glaube, die Entscheidung zur Freiheit ist fast noch wichtiger als die Freiheit selber. Es gab noch ein Nachspiel im Café Mephisto, in das Egon Erwin Kisch mich bestellt hatte.

»Glaube nicht, daß ich dich nicht verstehe. Wir sind alle mitunter etwas zu impulsiv und bereuen später, was wir getan haben. Ich finde, du hast erreicht, was du wolltest. Nach den Satzungen des SDS kann eine öffentliche Erklärung des Verbandes nur auf einstimmigen Beschluß des Vorstandes hin abgegeben werden. Das hast du verhindert. Du hast wie ein dummes, eigensinniges Kind gehandelt. Soll ich dir einen Rat geben? Unter Freunden? Komm zu uns zurück, wir brauchen dich und du brauchst uns.«

Er hatte verschmitzte Augen. Immer hing ihm eine Zigarette aus einem Mundwinkel, die beim Sprechen auf und nieder hüpfte. Er rauchte zu viel und kniff die Augen zu, wenn der Rauch sie beizte. Da sah er aus, als ob er weinte. Kisch war durch sein Buch »Der rasende Reporter« berühmt geworden, aber mehr noch durch einen verstauchten Fuß, den er sich bei der Ausübung seiner beruflichen Pflichten, als Reporter und überzeugter Kommunist, zugezogen hatte. Ich glaube, es war in einem australischen Hafen, möchte mich aber mit Rücksicht auf die Exilforschung, die auf wissenschaftlicher Genauigkeit besteht, nicht festlegen. Kurzum, er sprang über Bord, weil man ihm verboten hatte, an Land zu gehen, und verletzte sich dabei den Fuß. Der beste Einfall, den Kisch je gehabt hatte, und er lebte davon.

»Überleg' es dir noch einmal«, sagte er und nahm meine Hand. »Ich möchte nicht, daß wir gezwungen sind, dich zu bekämpfen. Wenn du willst, bring' ich die Sache wieder in Ordnung. Sofort. Du brauchst nur ein Wort zu sagen.«

Ich schwieg. Er ließ meine Hand los, beugte sich vor und stammelte, während die Zigarette in seinem Mundwinkel wie rasend auf und nieder hüpfte: »Weißt du, was du bist? du bist das Schlimmste, was einer Partei passieren kann, du bist ein ... ein ...« Er blickte wild um sich, als wäre da jemand, der ihm das Wort, das er suchte, soufflieren könnte. »Ich weiß«, sagte ich, »ein Konterrevolutionär, ein Lakai der Bourgeoisie.«

»Nein«, sagte Egon Erwin Kisch und kniff die Augen zusammen. War es der Rauch, der ihn wieder beizte, oder weinte er? Weinte er um mich, um einen, dem nicht mehr zu helfen war?

»Nein, noch etwas viel Schlimmeres – du bist ein Wahrheitsfanatiker!« schrie er.

Ich stand auf und gab ihm die Hand. »Ich danke dir, Kisch, etwas Schöneres hättest du mir gar nicht zum Abschied sagen können.«

Die Methode der KP, die Opposition zum Schweigen zu bringen, indem man sie politisch denunzierte, führte noch einmal, im Falle der »Pariser Tageszeitung«, zu erregten Auseinandersetzungen in der Emigration, diesmal im Journalistenverband. Man hatte die Abwesenheit des Chefredakteurs Georg Bernhard dazu benutzt, sich in den Besitz der Zeitung zu bringen, wiederum unter der Anschuldigung des politischen Verrats. Eine Reihe von Autoren beschloß nunmehr, 1938, einen eigenen Verband zu gründen, den Verband Freie Presse und Literatur, der folgenden Aufruf an die Öffentlichkeit erließ:

Deutsche Schriftsteller und Journalisten im Exil, in deren Vollmacht die Unterzeichneten sprechen, haben sich zu einem Bunde zusammengeschlossen.

Sie halten geistige Freiheit, moralische Sauberkeit und Verantwortungsgefühl für die Grundlage jeder öffentlichen geistigen Wirksamkeit.

Sie haben um dieser Überzeugung willen die Verbannung auf sich genommen. Sie wollen diese Überzeugung auch in der Verbannung nicht antasten lassen.

Sie wollen alle sammeln, die sich aufrichtig zu den gleichen Grundsätzen bekennen. Sie glauben, daß die Sache der deutschen Freiheit nur in dieser geistigen Haltung vor der Welt vertreten werden kann. Sie sind überzeugt, daß der Kampf gegen die Unterdrückung der Freiheit in Deutschland nur mit diesen Grundsätzen zu gewinnen ist.

Sie fordern alle Schriftsteller und Journalisten, die gleicher Gesinnung sind, auf, sich ihnen anzuschließen.

Zuschriften sind an den »BUND FREIE PRESSE UND LITERATUR (VERBAND UNABHÄNGIGER DEUTSCHER SCHRIFTSTELLER UND JOURNALISTEN IM EXIL)«, 8, rue d'Héliopolis, Paris 17, zu richten.

Hugo Bieber, Alfred Döblin, Theodor Fanta, Bruno Frank, Leonhard Frank, Konrad Heiden, Iwan Heilbut, Hans A. Joachim, Hermann Kesten, Rud. Lang, Ernst Leonard, Klaus Mann, Valeriu Marcu, Walter Mehring, Ernst Erich Noth, Karl Otten, Heinz Pol, Joseph Roth, Hans Sahl, Leopold Schwarzschild, Hilde Walter, Hans W. von Zwehl.

Der Mann im Dunkel

Das Zimmer lag im fünften Stock eines kleinen Hotels in der Rue Jacob, gleich unter dem Dach. Man mußte, nachdem die Treppe zu Ende war, noch eine Stiege hinaufgehen, durch die der Wind pfiff.

Irgendwo stand eine Dachluke offen. Daneben wohnte er, der Mann, den ich im Café des deux Magots kennengelernt hatte. Sein Name stand an der Tür: Dreyfus. Ich klopfte. Da keine Antwort kam, öffnete ich leise die Tür, die nur angelehnt war. Er erhob sich ein wenig vom Bett, auf dem er gelegen hatte. Ich bat ihn, keine Umstände zu machen. Er sah krank aus. Die Kammer, in der er hauste, war karg und verwahrlost, nur Bett und Tisch und Stuhl und eine Waschkommode, auf der ein Spirituskocher stand. Das schräge Dachfenster war mit Zeitungspapier abgedichtet. Es zog. Die Luft hier oben war kälter, die Armut ärmer, die Not bedürftiger als anderswo.

Hier also lebte der Mann, vor dem einmal Minister, Generäle, hohe und niedrige Herren gezittert hatten, der Publizist, der Mann im Dunkel, der große Gegenspieler, der alle Verbindungsmänner, alle geheimen Akten, alle belastenden Dokumente kannte, der das Material zusammengetragen hatte, das ihnen den Hals brechen sollte. Die Feinde der Republik hatten ihn gehaßt, sie haßten ihn noch immer, obwohl er längst außer Reichweite war und das Geschäft, das er aus Leidenschaft und Überzeugung betrieb, nicht mehr viel einbrachte, nachdem sie an der Macht waren.

Nun lebte er in einer Dachkammer in der Rue Jacob, ein Flüchtling unter Flüchtlingen. Der kleine Petroleumofen wärmte ihn nicht. Er hatte sich in eine Pferdedecke gehüllt und saß zusammengekauert auf der Bettkante. Das späte Licht eines Nachmittags ließ von ihm nicht viel mehr erkennen als einen kahlen Schädel und einen wallenden Vollbart, der ihm das Aussehen eines Bienenzüchters gab, oder eines Evangelisten auf einem alten, vielleicht nicht ganz echten und schon mehrfach angezweifelten Gemälde. Doch als er jetzt zu sprechen begann, trat eine Härte in sein Gesicht, eine Unerbittlichkeit, die so gar nicht zu der weichen, weiblichen Stimme paßte und zu dem Vollbart, der die untere Hälfte seines Gesichtes unkenntlich machte und wie eine unangebrachte Verkleidung wirkte, ein Fastnachtsscherz bei einer Trauerfeier. »Lesen Sie das hier«, sagte der Mann Dreyfus weich, nachdem wir uns eine Weile über Belangloses unterhalten hatten. »Ich bin da einer Sache auf der Spur ... Etwas ist im Gange, ein Geheimabkommen, verstehen Sie, die Konsequenzen sind noch nicht abzusehen. Ich habe ein Memorandum verfaßt.«

Langsam wurde es dunkel. Die Papiere, die er vor mir ausgebreitet hatte, waren kaum noch zu lesen. »Wollen Sie nicht Licht machen?« fragte ich. – »Ja, das ist so eine Sache...« meinte er. »Der Lichtschalter ist nämlich nicht in Ordnung. Man muß ihn fest gegen die Wand drücken, sonst brennt es nicht... Aber wenn wir es vielleicht mit Kleister und Zeitungspapier versuchen...« Er holte aus der Schublade eine Tube mit Klebstoff und machte sich an die Arbeit.

»Sehen Sie«, sagte er glücklich, »es brennt.«

Er setzte sich auf die Bettkante. Aber bevor ich noch zu lesen begonnen hatte, wurde es wieder dunkel, und ich konnte sehen, daß er sich erhob.

»Warten Sie«, sagte er. »Ich werde mich gegen den Schalter stemmen, bis Sie zu Ende gelesen haben.«

»Halten Sie ein«, sagte ich. »Ich werde am Tage wiederkommen.«

»Aber nein, bleiben Sie. Ich will Ihre Ansicht wissen. Oder interessiert es Sie nicht?«

»Oh doch«, sagte ich, »natürlich.«

Ich begann zu lesen. So viele scharfe, unerbittliche Gedanken standen in diesem Schriftstück, das gegen Mächte ankämpfte, die unendlich viel stärker waren als er. Politische Systeme wurden analysiert, Zusammenhänge durchschaut, Männer, deren Namen die Welt kannte, bloßgestellt – und er selbst, der große Gegenspieler, der Mann im Dunkel, kämpfte mit einem elektrischen Schalter und versuchte, der Finsternis ein paar Kilowattstunden abzuringen. »Sind Sie fertig?« fragte er. Es flackerte bedrohlich, wobei die Kammer, mitsamt ihren kargen Umrissen zeitweilig in der Finsternis verschwand oder wie vom Blitzlicht einer Momentaufnahme erhellt zu sein schien. Ich nickte. Behutsam löste er sich von der Wand. »Sehen Sie«, sagte er, und seine Augen glänzten, während er sich den Bart strich. »Es brennt noch immer. Ich werde heute nacht arbeiten können. Wenn Sie gehen, müssen Sie jede Erschütterung vermeiden, sonst wird es gleich wieder dunkel, und alle Anstrengung war umsonst...«

Ich legte die Papiere zusammen. Vorsichtig öffnete er mir die Tür, auf Zehenspitzen ging ich hinaus. Ich sah das Licht aus seiner Dachluke leuchten, als ich, noch immer auf Zehenspitzen – so schien es mir jedenfalls – durch die Rue Jacob zum Café de Flore ging.

3

Es gab eine Zeit in Paris, da war ich Van Gogh, da lebte ich, hungerte ich, verzweifelte ich wie Van Gogh. Ich war Van Gogh. Ich war arm wie Van Gogh, besessen wie er. Ich suchte wie der Maler nach den Modellen seiner Bilder und fand sie, identifizierte sie alle, ich kannte jede Zeile von ihm und jede Zeile seines Bruders Theo an ihn. Er war ein Fremder in Frankreich. Er war der einsamste Mensch, der je in dieser Stadt gelebt hat. Ich wollte ein Stück über ihn schreiben, die Auseinandersetzung zwischen ihm und Gauguin in dem gelben Haus in Arles, das abgeschnittene Ohr und so weiter. Die Landschaft der Provence gab den Hintergrund ab. Die Zypressen. Das Nachtcafé. Madame Roulin. Die ungeheuerlichen Bäume. Die Natur in Flammen. Dann gab ich es auf. Ich setzte mich hin und schrieb ein Szenario für einen Film über Van Gogh. Das war im Jahre 1937. Damals wurden die ersten Farbfilme hergestellt. Ich wollte zeigen, wie sich die Farbe bei Van Gogh entwickelte. Der erste Teil, der in seiner holländischen Heimat spielt, war in Schwarz-Weiß gehalten, das Grau-in-Grau der Kartoffelesser und anderer Bilder aus jener Zeit, die nordische Landschaft, niedriger Himmel. Dann Van Gogh in Paris. Eine Nacht am Montmartre, mit Toulouse-Lautrec, Renoir; die Mistinguette singt. Am Morgen kommt Van Gogh nach Hause, durch die Fenster sieht er plötzlich das Licht, die Farben von Paris. In diesem Augenblick wird der Film zum Farbfilm.

In einem Vorwort schrieb ich: Dies ist ein Drama der Bilder. Die Porträts, die Van Gogh von den Menschen gemalt hat, die er sah, sind die Hauptdarsteller, sie unterscheiden sich von den Modellen, die er benutzte, dadurch, daß sie »Farbe bekennen«, d. h. visionär geworden sind, d. h. lebendig.

Während ich noch an dem Van Gogh-Film arbeitete, kam ich auf die Idee, nach Auvers-sur-Oise zu fahren, wo er sich das Leben genommen hat. Ich bat U., mich zu begleiten. Als wir ankamen, erkannten wir sofort die »Mairie«, die er am 14 Juillet gemalt hatte, das kleine flaggengeschmückte Rathaus, im Takt der Marseilleise hüpfend.

Gegenüber, in dem Gasthof, die kahle Kammer im ersten Stock, in der er gestorben war. Nur ein Bett, ein Stuhl und ein Waschständer.

Es gibt Menschen, die nicht beeindruckt sind, wenn sie historische Stätten besuchen. Ich gestehe, daß Sehenswürdigkeiten wie Versailles bei mir nur einen Bildungsehrgeiz befriedigen. Aber es gibt Orte, wo man zu atmen aufhört. Delphi. Der Hölderlinturm in Tübingen. Die Akropolis.

Das Sterbezimmer Van Goghs in Auvers sur Oise. Ein Bett, ein Stuhl, ein Waschbecken. Schlafen. Sitzen. Waschen.

Ich stand lange am Fußende des gelben Bettes. »Ich möchte wissen, wo er sich umgebracht hat«, sagte ich zu U. »Komm, folge mir.«

Wir gingen die Treppe hinunter, durch das Lokal auf die Straße, dann nach rechts, eine Allee, Bäume, Sträucher. Ich fing an zu laufen. »Nicht so schnell«, rief U. Ich weiß nicht, was über mich gekommen war, ich hatte jedes der Bilder im Gedächtnis, die er gemalt hatte, und sie führten mich, es war ein strahlend heller Sommertag, und ich lief, ohne nach rechts oder links zu sehen, auf ein Feld am Ende der Allee zu und blieb stehen.

Ich erkannte es sofort. Krähen über wogendem Ährenfeld. Das letzte Bild, das Van Gogh vor seinem Tode gemalt hat.

Ich ging ein paar Schritte rückwärts, stieß gegen einen mächtigen Baum. Er hatte eine Rinde, hart und rissig wie eine versteinerte Elefantenhaut.

»Hier«, sagte ich, »hier muß es gewesen sein, hier hat er sich umgebracht. Ich kann's beschwören, es sind dieselben Krähen, dasselbe Ährenfeld, das ist derselbe Baum, den er so oft gemalt hat, sein letzter.«

Es gibt Orte, denen man anmerkt, daß hier eine Legende geboren wurde.

Auf der Insel Patmos befindet sich eine Klosterzelle mit einer Vertiefung in der Wand, die der heilige Johannes als Griff benutzt haben soll, wenn er sich aufrichtete und auf die Bucht, auf das ägäische Meer schaute und das Zeichen des Omega erblickte. Ich habe Ehrfurcht vor einer Wirklichkeit, die dazu ausersehen war,

Legende zu werden, das Authentische, das mich ergreift, wo immer es mich unmittelbar anspricht. Die Wahrheit hinter allen Lügen. Die Aura. Ich habe mir einmal aus der Bibliothèque Nationale in Paris den Jahrgang 1888 des »Petit Provençal« geben lassen und darin folgende Notiz gefunden:

»Vermischte Nachrichten –. Arles. Gestern abend erschien an der Tür des Bordells der Madame M. ein Mann namens Vincent mit einem Paket und bat, daß man es dem Mädchen Rachel übergeben sollte. Als diese das Paket öffnete, fand sie darin, zu ihrem Entsetzen, ein abgeschnittenes Ohr.«

In den Tagebüchern Van Goghs wird des öfteren ein junger Maler erwähnt, der zu seinem Freundeskreis in Paris gehörte. Als ich erfuhr, daß er noch lebte, beschloß ich, ihm zu schreiben und ihn aufzusuchen. Er empfing mich in seiner altmodischen Wohnung: ein sehr alter Mann in einer sehr alten Samtjacke, mit einem sehr langen Ziegenbart.

Ich sagte ihm, es sei mir ein ganz besonderes Erlebnis, die Hand zu schütteln, die Van Goghs Hand geschüttelt hat.

»Comment?« fragte er. Ich wiederholte es nicht und sagte statt dessen »Bonjour« und »Il fait chaud aujourd'hui, n'est-ce-pas?« Selbst das entlockte ihm keine Reaktion.

Als er zu sprechen begann, merkte ich, daß das wenige, das er zu berichten hatte, der einschlägigen Van Gogh-Literatur entnommen war, die er inzwischen emsig studiert hatte. Ich wollte ihn nicht länger quälen und erhob mich.

»Mon ami«, sagte er zum Abschied, »das nächste Mal, wenn Sie wiederkommen, werde ich Ihnen von einem Freund erzählen, der sehr berühmt geworden ist, er hieß – er hieß –«

»Van Gogh?« fragte ich zaghaft.

»Mais oui, mon ami, mais oui, vouz le connaissiez?«

Kurz vor Ausbruch des Krieges schrieb mir Erwin Piscator aus New York über den Selbstmord von Ernst Toller. Ich will den Brief später im Wortlaut zitieren, weil ich ihn für ein wichtiges Zeitdokument halte. Vorerst noch ein Wort über Ernst Toller:

Er war schön und der Typus des schwärmerischen und angeschwärmten Revolutionärs, der Poesie mit politischer Aktion verband. Er war Mitbegründer der Bayerischen Räterepublik und wurde nach ihrem Zusammenbruch zu einer fünfjährigen Festungshaft verurteilt. Nach seiner Entlassung ließ er sich in Berlin in den Salons am Kurfürstendamm und im Grunewald bewundern, aber es wäre ungerecht, ihn auf diese Rolle festzulegen und seine Gesinnung anzuzweifeln. Gewiß, er war eitel und liebte die Gesellschaft schöner Frauen, was ihn jedoch nicht hinderte, in Arbeiterversammlungen zu sprechen und für die Dinge, die ihm wichtig schienen, einzutreten, auch auf die Gefahr hin, sich dadurch die Einladung im Hause eines Mäzens zu verscherzen. In gewissem Sinne war er genau das Produkt jener zwanziger Jahre, in denen das Besitzbürgertum den Linksradikalismus salonfähig machte und in der noch eine Erscheinung wie der unvergeßliche Paul Levi möglich war, der in seiner Wohnung am Landwehrkanal das kostbarste Porzellan sammelte und sich eines Nachts mit dem Ruf »Rosa, Rosa« aus dem Fenster stürzte, nicht weit von der Stelle, wo man Karl Liebknecht und Rosa Luxemburg, die er besonders verehrte, ermordet und in den Kanal geworfen hatte.

Unter den Revolutionären jener Zeit war Toller gewiß der humanste, ein Idealist, ein Schöngeist, ein Mann von edelster Gesinnung, nobel, hilfsbereit, ein großartiger Redner, der seine Anhänger mitreißen konnte, aber auch etwas zu sehr in sich selbst verliebt, in seine oratorische Wirkung, deren er sich sehr wohl bewußt war und die er auch im Gespräch beibehielt.

Ich entsinne mich eines Vorfalls, der sich etwa um das Jahr 1938 in Paris abspielte, in seinem Hotel an der Place de l'Etoile, wo ich ihn eines Nachmittags besuchen wollte, aber nur seine Frau vorfand, Christiane, die Tochter des Kunsthistorikers Otto Grautoff, die mich aufforderte, dazubleiben und auf ihn zu warten. Sie brachte eine Flasche Cognac, die wir im Verlauf der nächsten zwei Stunden zur Hälfte leerten, als plötzlich Toller erschien, die Flasche erblickte und ausrief: »Aber Christiane, weißt du nicht, daß das ein zweihundert Jahre alter Cognac ist, den mir die Prinzessin Bonaparte verehrte. Den kann man doch nicht einfach so heruntertrinken.« Er hielt inne und sah mich erschrocken an. »Natürlich freue ich mich, daß du ihn unserem Freund angeboten hast, aber Sie werden verstehen, lieber Hans Sahl, daß ich aufgebracht bin, es ist nicht gegen Sie gerichtet...« Um seinen *faux-pas* wieder gutzumachen, den er, das konnte ich sehen, aufrichtig bedauerte, ließ er nun die Macht seiner Rhetorik spielen und zog sich virtuos aus der Affäre.

Nun der Brief Erwin Piscators, der die meisten Stücke Tollers inszeniert hatte:

Erwin Piscator

37 East 64th Street
Hotel Alrae, Apt. 17 E.
New York, June 1st, 1939

Liebes Hänschen,
Ich weiß nicht, zu welcher Stunde am 23. Mai Du Deinen Brief geschrieben hast. Vielleicht kannst Du es noch nachträglich berechnen. War es abends gegen sieben Uhr? Dann war es zur gleichen Stunde, als sich mittags um 1 Uhr in New York Ernst Toller am Haken seiner Badezimmertür aufhängte. Seine Sekretärin kam ahnungslos vom Lunch zurück, sie hatte ihn eine Stunde vorher verlassen. Beide waren damit beschäftigt gewesen, seine Koffer für die Reise nach England zu packen. Toller war die letzte Zeit sehr deprimiert, ich versuchte, ihm zu helfen. Seine Hände waren heiß – er flüchtete zu den Menschen und vor ihnen – sich lösend und anklammernd zugleich. Zwei Ärzte hatten ihn beraten, der eine riet ihm hierzubleiben und in ein Sanatorium zu gehen, der andere sagte, er solle nach England oder Frankreich gehen. Die Sekretärin erzählte: während des Packens trieb es ihn hin und her – bleiben oder wegfahren – wegfahren oder bleiben? Was tun? Was hat noch einen Zweck? Für wen? Für was? – Einer unserer süßen Kommilitonen, Leidensgenossen und Koemigranten verfolgte ihn hier seit einem Jahr, indem er behauptete, Tollers neues Stück sei ein Plagiat, noch in den letzten Tagen schrieb er ihm einen häßlichen Brief.

Als die Sekretärin zurückkam, packte sie ruhig weiter, bis auf unerklärliche Weise plötzlich ein unangenehmes Gefühl sie beschlich. Sie öffnete die Schranktür – da war nichts. Die Badezimmertür – sie war schwer zu öffnen – als sie stärker drückte, baumelte in der Öffnung ein Arm. Ernst hatte sich an dem Gürtel seines Bademantels aufgehängt, war auf einen Stuhl gestiegen, war dann aber, als er sich von dem Stuhl abstieß, anscheinend gefallen, so daß er jetzt auf dem Stuhle saß. Die Schnur hatte ihn nicht erwürgt, sondern ihm das Genick gebrochen, so daß er also einen schönen und »glücklichen« Tod gehabt zu haben scheint.

Es gibt Leute, die meinen, daß er ermordet worden sei. Diese fußen auf Untersuchungen vor dem Dies-Committee, wo ein verhafteter Nazi ausgesagt hat, daß eine hiesige Gruppe eine Selbstmordwelle unter den Emigranten entfesseln will, und Toller sei das erste Opfer gewesen. Man wird nicht recht klug daraus. Seine Sekretärin sagt, das sei nicht möglich, da man nicht mehr ins Badezimmer hinein noch hinaus konnte. Der Stuhl und der Körper versperrten den Weg so, daß kein Raum für einen anderen Menschen mehr da war.

Über meine Gefühle brauche ich Dir nichts mitzuteilen, Du wirst dieselben gehabt haben. Sein Gesicht im Sarg (ich war eine Stunde allein da) war friedlich und schön, erstaunlich einfach, soweit man das sagen darf, beruhigend. Es ging etwas »Vollendetes« davon aus.

Seine junge Frau, die in der Tell-Aufführung in Hollywood spielt (die ein großer Erfolg sein soll, wie die Zeitungen schreiben, besonders für Jessner, Deutsch, Granach), bekam Weinkrämpfe. Sie hat sehr gelitten, soll ihn sehr geliebt haben, mußte ihn aber verlassen, weil ein Zusammenleben nicht möglich war. Sie ging von ihm, weil er schon viele Selbstmordversuche gemacht hatte. Ging sie darum von ihm oder ging sie trotzdem von ihm? Das ist für Außenstehende schwer zu beurteilen.

Beantwortet das Deine Frage über die Frauen? Ist es ein Beweis oder gibt es andere? Gab es nicht auch eine Menge Frauen, die mit den Männern in den Tod gingen? Du hast anscheinend Deinen Brief angefangen, um mir eine wirkliche Frage vorzulegen. Aber die Frage verflüchtigte sich. Also kann ich Dir nicht telegraphisch darauf antworten.

Daß man am Leben so vollkommen verzweifeln kann, daß weder Marx noch Frau noch Kampf uns erstrebenswert und zweckvoll erscheinen – diesem Schauspiel haben wir gerade beigewohnt.

Machen wir uns vergeblich Vorwürfe, wenn wir sagen: Hätte ich mich mehr um Toller gekümmert, dann hätte das nicht geschehen können? Können wir nicht durch Freundschaft ersetzen, was uns das Leben anderweitig vorenthält? Diese Frage haben sich viele Freunde von Toller vorgelegt in diesen Tagen, und ich glaube, dieser Verzweifelte wäre erstaunt gewesen, welche Liebe und Achtung trotz aller Schweinereien von Einzelnen oder ganzen Gruppen ihn doch umgeben hat.

Ich kann Dir nur eines sagen, verzweifle nicht am Leben durch irgendwelche anderen Zufälligkeiten dieses Lebens. Erinnere Dich an das alte Studentenlied: Wir leben ach so kurze Zeit und sind so lange tot. Du bist so talentiert und begabt, Du bist jung – 38 Jahre ist kein Alter. Die Veränderung der Welt ist so schnell fortschreitend, daß wir tatsächlich nicht absehen können, ob nicht morgen schon alles anders ist. Laß uns also an die produktiven Tage denken, die kommen werden, auch wenn es die heutigen nicht sind.

Soviel über Hitlers Kriegschancen. Ich grüße Dich ebenso herzlich und wünsche Dir frohe Pfingsten. Du mußt mir nur umgehend mitteilen, wann das ist.

Herzlichst Dein Erwin

4

Der Krieg kam ohne viel Aufhebens, er war zu oft schon angekündigt worden, es war, als ob er sagen wollte: ich komme, um euch zu beweisen, daß ihr euch auf mich verlassen könnt. Die Männer nahmen ihre Uniformen aus dem Kleiderschrank, machten sich die Nägel und hielten sich gähnend die Hand vor den Mund. Der Himmel über Paris verdunkelte sich, Taschenlampen im Nachtlokal. Man nahm den Krieg nicht ernst – nicht so ernst wie den Krieg gegen die Hitlergegner, die nun, durch den Nichtangriffspakt, wohl oder übel zu Verbündeten Hitlers geworden waren. Wohin mit ihnen, man hatte keine Zeit, zwischen Freund und Feind zu unterscheiden, man räumte die Schlösser an der Loire aus und umstellte sie mit Stacheldraht, in Paris wurde eine Fußballarena, das Stade Colombe, als Sammellager für die aus Deutschland Geflohenen gewählt.

Ich ging mit Gustav Regler durch das verdunkelte Paris. Regler war ein Aphoristiker, er sprach sprunghaft, in Aperçus. Er war ein Ästhet, der im Spanischen Bürgerkrieg beweisen wollte, daß er keiner war. Er schrieb eine männliche Prosa, er schrieb wunderbar beredsame, beschwörende lyrische Bücher. Nach Frankreichs Zusammenbruch und dem berühmten Lager von LeVernet fuhr er nach Mexiko und sagte sich vom Kommunismus los. Ich besitze viele Briefe von Regler aus Mexiko, in denen er sich über die Feindseligkeit der Genossen beklagt. Einmal schreibt er mir, er habe eine Bombe in seinem Garten gefunden...

Damals, im verdunkelten Paris, war Regler noch kein Abtrünniger, er glaubte noch und folgte den Weisungen des Politbüros: »Ich denke nicht daran, Frankreich gegen den Faschismus zu verteidigen, so lange es nicht den Faschismus im eigenen Lande bekämpft.« Ich liebte Regler. Worte wie diese warfen die von ihm später häufig erörterte Frage auf, bis zu welchem Grade ein denkender Mensch noch denken kann, wenn er glaubt.

Am nächsten Tag begab ich mich mit einer Decke und Proviant für vierundzwanzig Stunden ins Stade Colombe, zusammen mit Tausenden von anderen Emigranten deutscher Abstammung. Wir hofften, man würde uns nach Hause schicken, nachdem man unsere Papiere geprüft hatte. Wir trugen Halbschuhe und Sommeranzüge und warteten bis zum Abend. Als es dunkel wurde, legten wir uns auf die Steinbänke der Fußballarena und schliefen ein, und als wir am Morgen erwachten, teilte man uns mit, wir wären Gefangene und würden in Kürze abtransportiert.

Wir gingen auf der Aschenbahn umher, lagen auf den Steinbänken und aßen dreimal am Tag aus einer Konserve eine Leberpastete, die in alle Poren eindrang, das Gesicht verklebte, die Haare, die Hände, die Ohren. Wir wuschen uns in einem Eimer, der jeweils für zehn oder fünfzehn Leute bestimmt war, spielten Schach mit selbstgefertigten Figuren und setzten in Gedanken Eingaben an die Behörden auf, in denen wir gegen unsere Behandlung protestierten und sofortige Entlassung verlangten. Am zehnten Tage standen Autobusse bereit, die uns zur Gare d'Austerlitz beförderten, wo verschiedene Züge auf uns warten sollten. Ich sah Walter Benjamin mit seinem hinkenden Gang den Zug entlang kommen, und wir beschlossen, um jeden Preis zusammenzubleiben. Dann wurden die Wagen von außen verschlossen. Der Zug setzte sich in Bewegung. Wir fuhren durch eine Landschaft voll von Erinnerungen, voll Erinnerungen an Ursula, meine letzte Liebe. Dieselbe Landschaft, in der wir eben noch in der Mittagshitze uns auf offenem Feld umarmt hatten oder nachts in den Herbergen, wo man die köstlichsten Fische aß und den herben Wein der Loire trank. Ich war ein verarmter König, der von seiner Maîtresse beschenkt, ausgehalten wurde. Wir liebten uns unter den Erlen der Loire, im Halbdunkel der Rue du Trocadéro in Paris, wenn sie mit geschlossenen Augen ihr Leben aushauchte, in der Dämmerstunde eines zuende gehenden Tages. Sie liebte die späten Abendstunden, sie liebte Beethovens Fünfte, von Toscanini dirigiert, sie liebte den Eiffelturm, den sie vom Bett aus sehen konnte, ihren Hund David, der uns mit heraushängender Zunge zusah.

Jeder Mensch hat sein erotisches Geheimnis, das er nur in seltenen Augenblicken preisgibt. Sie liebte es, am späten Nachmittag mit ihrem Hund David im Bois de Boulogne spazieren zu gehen. Sie fuhr zu einer kleinen Allee, die von der Hauptstraße in den Wald führte, und ließ den Wagen halten. Wir gingen langsam, Arm in Arm, in den Wald hinein, sie hielt die Augen gesenkt und ich spürte, daß sie zitterte und da geschah es – ich hörte ein Zischeln, ein Flüstern, obszöne Worte wurden uns zugerufen, flehend, beschwörend, man sollte stehen bleiben, ihnen zusehen, den Männern, die hinter den Bäumen standen, ihre Blöße zeigten und dann neben uns herliefen und vorauseilten, vor uns da zu sein, uns zu erwarten, hinter den Bäumen, zischelnd, flüsternd, ihre Blöße zeigend, flehend, »regarde, touche-moi, je t'en prie...« Sie hielt noch immer die Augen gesenkt, es war nun schon etwas dunkler geworden, wir setzten uns auf eine Bank, ich nahm sie in meine Arme, ich küßte sie und ich entblößte sie... Und es schien mir, als ob der Wald uns stöhnend betrachtete, die Stämme auf uns zukamen, »touche-moi, je t'en prie...« Dies also war es, was sie mir zeigen wollte, die Ovation, die man ihr darbrachte, den entblößten Wald, das Geheimnis, *unser* Geheimnis.

Der Zug hielt. Wir stiegen aus und begannen einen Marsch, der etwa eineinhalb Stunden dauern sollte. Benjamin fiel das Gehen besonders schwer. Er hatte inzwischen einen Jünger gefunden, einen jungen Mann, der ihn verehrte und ihm seinen Koffer auf dem Marsch abnahm. Gegen Abend kamen wir bei einem völlig ausgeräumten Schloß an, in dem es nichts, aber auch nichts gab, keine Möbelstücke, keine Tische, keine Stühle, nicht einmal einen Nagel, an dem man seine Sachen aufhängen konnte. Wir warfen uns erschöpft auf das nackte, gebohnerte Parkett und schliefen sofort ein. Stroh kam erst einige Tage später. Die nächste Zeit verbrachten wir damit, eine Latrine anzulegen und Wasch- und Duschmöglichkeiten für die 600 Insassen des Lagers zu schaffen. Ein Mann, der gern gut aß, aber hier wenig Möglichkeiten haben sollte, seinen Neigungen nachzugehen, wurde zum Koch ernannt. Man versuchte, sich in der dem Chaos abgerungenen, eben sich bildenden Lagerwelt zurechtzufinden, die eine Art Zerrbild der wirklichen Gesellschaft war und doch denselben Gesetzen wie jene unterworfen zu sein schien, denn sofort gab es eine Auslese der Tüchtigen, sowie den Drang zur Organisation, zur Ordnung und Einordnung, wobei es im Wesentlichen darum ging, für die wichtigsten Funktionen die richtigen Männer zu finden. Da Geld als Zahlungsmittel nicht in Frage kam, wurde eine Währung gefunden, die jeweils nach dem Prinzip von Angebot und Nachfrage bestimmt wurde. Ich schrieb meine ersten Lagergedichte in ein kleines Notizbuch, das ein Soldat eingeschmuggelt und dafür entweder zehn Gauloises oder drei Nägel oder einen Bleistift verlangt hatte. Man konnte auch drei Gauloises gegen einen Nagel und einen Bleistift gegen vier Gauloises usw. eintauschen. Benjamin hielt philosophische Vorträge im Freien und verlangte drei Gauloises pro Stunde oder einen Nagel oder einen Bleistift. Sein Jünger, der ihn nicht mehr aus den Augen ließ, hatte ihm unter einer Wendeltreppe, durch Vorhängen eines Kartoffelsacks, einen Schlupfwinkel eingerichtet, in den Benjamin sich zurückzog, wenn er nachdenken wollte. Dort fand auch unsere erste Redaktionssitzung statt. Benjamin hatte nämlich vor, dem Kommandanten eine Lagerzeitung in französischer und deutscher Sprache vorzuschlagen, aus der die Welt erfahren sollte, wer die Leute waren, die man hier eingesperrt hatte. In Wirklichkeit ging es ihm um etwas anderes.

Es gab im Lager zwei Filmleute, die dem Kommandanten vorgeschlagen hatten, einen Film zu drehen, »Vive la France!«, und die dafür die Erlaubnis bekommen hatten, in die nächste Stadt zu fahren, Nevers, um in der Bibliothek das nötige Material für den Film zu studieren. Zu diesem Zweck bekam jeder von ihnen eine Armbinde, die ihn ermächtigte, das Lager zu jeder Zeit zu verlassen.

»Meine Herren«, sagte Walter Benjamin, als wir uns gebeugten Hauptes, denn der Eingang zum Schlupfwinkel unter der Wendeltreppe war sehr niedrig, zur ersten Redaktionskonferenz bei ihm einfanden. »Es geht um die Armbinde, es ist eine Frage des Überlebens, nichts weiter. Nur diejenigen, denen es gelungen ist, sich eine Armbinde zu verschaffen, werden dieses Lager lebend verlassen.«

Wir knieten uns auf den Boden und tranken Soldatenbranntwein aus Fingerhüten. »Ich bitte Sie nun um Ihre Vorschläge für unsere erste Nummer.«

Ich hatte mir ein Thema ausgewählt, von dem ich wußte, daß es Benjamin sehr liegen würde. Ich nannte es »Die Entstehung einer Gesellschaft aus dem Nichts«, eine Soziologie des Lagers, abgeleitet von den Erlebnissen, die wir selbst gemacht hatten, von ersten Bemühungen, die primitivsten Bedürfnisse zu befriedigen über die Erfindung des Tauschhandels, von einer flexiblen Währung bis zum Drang nach kultureller Betätigung zum Zwecke des geistigen Überlebens.

Die erste Nummer dieser Zeitschrift ist jedoch nie erschienen, und wir haben auch nie eine Armbinde bekommen. Indessen veranstalteten wir eine Sonntagsmatinee, bei der ein junger Schauspieler unter anderem auch Gedichte von mir vortrug. Darunter die »Elegie auf das Jahr 39« die am Tage des Kriegsausbruchs im »Neuen Tagebuch« erschienen war. Bärtige, zerlumpte Männer wischten sich mit dem Unterarm die Augen, als der auf einer leeren Kiste stehende Schauspieler die Worte sprach:

Laß uns noch einmal am Ufer des dunklen Stromes ernst
beieinander sein und den Wein, den du liebst, in langsamen
Zügen, den herben, trinken, gute Gespräche führen und, ach,
den noch atmenden Mund feiern, bevor man ihn fortnimmt
und die Sirene das Ende der Welt verkündet...

Ich lief auf die Latrine, weil ich das Schluchzen der Gefangenen, das ich selbst verursacht hatte, nicht mehr ertragen konnte. Nicht weit von mir hockte ein Mann auf der Stange, der ebenfalls vor meinen Gedichten auf die Latrine geflohen war. »Wozu das Ganze«, fragte er, »der Kommandant versteht kein Deutsch, außerdem ist er ein Verbrecher. Er hat uns, dem Genfer Abkommen zum Trotz, das die Gefangenenarbeit verbietet, an ein Bauunternehmen verkauft und bekommt pro Kopf fünf Francs. Die Arbeit soll morgen früh beginnen.«

Es war bereits Oktober, wir trugen noch immer dieselben Sommerkleider wie an dem Tage, da wir uns im »Stade Colombe« zu melden hatten. Sie waren längst zerfetzt und viel zu dünn, um dem Herbstwind standzuhalten. Jeden Morgen um sechs Uhr wurden die Kräftigsten unter uns, und ich gehörte leider zu ihnen, zur Arbeit abkommandiert und von vier Soldaten mit aufgepflanzten Bajonetten zu einem Flugplatz begleitet, der etwa eine Stunde vom Lager entfernt war und ausgebaut werden sollte. Als der erste Schnee fiel, standen wir, noch immer in unseren Sommerkleidern, bis zu den Fußknöcheln im Eiswasser, schleppten die Zementsäcke zur Mischmaschine und schaufelten den Sand in sie hinein. Wir arbeiteten etwa acht bis zehn Stunden. Zwischendurch gab es eine Mittagspause, die wir im Schneetreiben unter einem Blechdach verbrachten, bis auf die Haut durchnäßt und zitternd vor Kälte, während draußen ein Soldat mit einem Eimer umherging und uns Fleischstücke zuwarf, die wir in der Luft auffingen und nach denen wir schnappten wie Seehunde im Jardin Zoologique. Am Abend fielen wir in das nasse Stroh im Schloß und schliefen sofort ein.

Es war um diese Zeit, daß die Werber der Fremdenlegion ins Lager kamen. Sie versprachen uns fünf Tage Urlaub in Paris und den Status eines französischen Soldaten, falls wir uns bereit erklärten, nach Marseille zu kommen, und uns dort nach Afrika einschiffen ließen.

Die politischen Gefangenen waren dagegen, daß man sich von der Fremdenlegion anwerben ließ, weil man nicht gezwungen sein wollte, im Namen einer »imperialistischen Macht« auf Eingeborene zu schießen. Die anderen dachten an die fünf Tage Urlaub in Paris, ich dachte an die Schlösser der Loire, an Beethovens Fünfte, den Bois de Boulogne, an einen Wald von Stämmen, die sich im Schlafe aufrichteten, die zischelten und wisperten: komm, sieh!

Kurz vor Weihnachten erklärten die Offiziere der Fremdenlegion ihre Arbeit für beendet. Nur wenige Gefangene hatten sich nicht freiwillig gemeldet. Ich selbst war mehrfach zum Kommandanten gerufen worden, der mich fragte, warum ich mich weigerte, Frankreich in der Stunde der Gefahr beizustehen. »Sie machen sich politisch verdächtig«, sagte er, »man wird Sie an die Grenze stellen und an die Deutschen ausliefern.« Aber ich änderte meine Haltung nicht. Ich war störrisch, eigensinnig, ich bockte wie damals bei den Sitzungen des Schutzverbandes, als ich mich weigerte, eine Lüge zu unterschreiben. Ich wollte nicht etwas tun, was mir nicht lag, ich wollte nicht nach Afrika, ich wollte in Europa bleiben, wo Entscheidungen fielen, die mich angingen, und ich war nicht allein. Außer mir hatten sich drei andere nicht zur Legion gemeldet, unter ihnen ein Arbeiter aus dem Ruhrgebiet, ich weiß noch seinen Namen, er hieß Bergner, der von Hitler wegen Hochverrats zum Tode verurteilt worden war und entkommen konnte.

Unter dem Gejohle der anderen, die rauchend in den Fenstern lagen und uns verhöhnten, versammelten wir drei uns jeden Morgen um sechs Uhr und traten den Marsch zum Flugplatz an, bewacht von vier Soldaten mit aufgepflanzten Bajonetten, beschimpft und bespuckt von denen, die eben noch unsere Freunde waren und die jetzt mit Flaschen und Steinen nach uns warfen. Sie waren ja nun freie Männer, mit dem Status eines französischen Soldaten, keine Gefangenen mehr, sie konnten kommen und gehen, wann sie wollten. Sie hatten sich ihre Freiheit, sie hatten sich ihre fünf Tage Urlaub in Paris teuer erkauft, und sie wußten es, sie schämten sich sogar ein wenig und konnten ihre Selbstachtung nur dadurch zurückgewinnen, daß sie jene verachteten, die sich als charakterfester erwiesen hatten.

»So sind die Menschen«, sagte der Arbeiter Bergner, als wir Arm in Arm den Marsch zum Bauplatz antraten, vier Freunde, die im Einverständnis mit sich selber waren. Wir wußten nicht, was uns erwartete, und wir hatten etwas getan, das uns entsprach, wir hatten uns selbst ausgedrückt, ohne Rücksicht auf die Folgen.

Es war ein wunderbarer Wintermorgen. Wir stampften mit unseren zerfetzten Schuhen über die Felder, wir waren die ersten, die an diesem Tage ihre Spuren im Schnee, der über Nacht gefallen war, hinterließen, die wohl noch eine Weile bleiben würden, bis der Wind sie verwehte, und wir waren glücklich...

Die Geschichte des Augustus Hamburger

Er ging wie ein Götterbote durchs Lager, den Zeichenblock unterm Arm, mit geflügelten Sandalen. Er wäre ein großer Illustrator geworden, ein großer Karikaturist, doch damit war es nun fürs erste vorbei. Er zeichnete die Mitgefangenen und bekam dafür zwei Zigaretten und einen Knopf oder eine Sicherheitsnadel oder einen Bleistift. Er zeichnete sie ohne Gehässigkeit, liebenswürdig, menschlich, er zeichnete mich, wie ich, hocherhobenen Hauptes, in Holzpantinen, einen Korb mit schmutziger Wäsche zur Pumpe trage. Er hatte auch das Programm zu der Lagerveranstaltung gezeichnet, bei der meine Gedichte vorgetragen wurden.

Eines Morgens nahm er mich beiseite. »Ich habe mich zur Fremdenlegion gemeldet«, sagte er leise. »Ich halte es nicht mehr aus. Du bekommst fünf Tage Urlaub, bevor sie dich nach Afrika einschiffen. Ich werde Carola wiedersehen. Ich werde fünf Tage mit ihr in einem Hotel an den Champs-Elysées wohnen, und dann –«

Er hatte ein milchweißes Gesicht, aus dem Bartstoppeln ragten wie Disteln.

»Ich weiß, daß du mich verachten wirst«, sagte Augustus Hamburger, »ich habe es satt, ich mache nicht mehr mit. Nicht mehr angespuckt zu werden, weil man ein ›Boche‹ ist. Nicht mehr hinter Stacheldraht zu sitzen und sich die Ohren zuzuhalten, weil man den Stumpfsinn, den sie reden, nicht mehr hören will. Ich werde sie wiedersehen, du weißt, wen ich meine.«

Ich wußte, wen er meinte. Ich hatte sie beide oft besucht, in dem kleinen Hotel an der Rive gauche, wo er mit Carola Muschler lebte, die fünfzehn Jahre älter war als er und an einem Hüftleiden litt. Tagsüber arbeitete sie für einen deutschen Hautarzt, der aber in Paris nicht praktizieren durfte, weil er keine Arbeitserlaubnis hatte und infolgedessen seine Instrumente im Küchenschrank verborgen hielt. Carola Muschler liebte Augustus Hamburger mit der Liebe einer Hinkenden, die weiß, daß sie immer ein wenig später dort ankommen wird, wo er bereits war. Sie versuchte, diesen Nachteil wieder wettzumachen, zum Beispiel mit ihrer schon etwas verblühten sommersprossigen Schönheit, die unter wehenden Gewändern sinnliche Formen ahnen ließ, was durch das Beinleiden keineswegs beeinträchtigt wurde. Im Gegenteil, es gab ihr einen zusätzlichen fragilen Reiz, der zum Mitleiden herausforderte und junge Leute wie Augustus Hamburger bewog, sie schützend in seine Arme zu nehmen, während in Wirklichkeit sie es war, die ihn beschützte, mehr noch, die ihn festhielt mit der Absicht, ihn nicht mehr loszulassen, und sich mit der Verzweiflung einer Versinkenden an ihn klammerte, obwohl er glaubte, sich an sie zu klammern. Hier also hielt der Säugling die Mutter und gab ihr die Flasche mit Cognac.

Außer ihrem beunruhigend attraktiven Beinleiden verfügte Carola Muschler über einen erlesenen Geschmack, den sie allerdings in der Geldnot des Exils kaum befriedigen konnte, weshalb sie sich mit Kimonos aus billigen japanischen Kunststoffen und imitiertem afrikanischen Hals- und Haarschmuck begnügen mußte. Jetzt arbeitete sie in einer Töpferwerkstatt für taubstumme Kinder am Boulevard Saint-Germain. Am Abend ging sie in das Café des Deux Magots, um Augustus Hamburger abzuholen. Sie saßen noch eine Weile Hand in Hand, bis die Umrisse der Kirche Saint-Germain-des-Prés in einem immer dunkler werdenden absynthgrünen Abendhimmel verschwanden. Dann gingen sie nach Hause, und Carola kochte auf einem Spirituskocher ein serbisches Reisgericht oder eine Tortilla und bestäubte den Raum mit duftenden Wasserdämpfen oder brannte eine indische Räucherkerze ab.

Als der Krieg ausbrach und Augustus Hamburger ins Lager kam, schickte sie ihm nicht das, was andere Frauen ihren Männern schickten, gestrickte Pulswärmer, wollene Unterwäsche und Sokken, sondern gezuckerten Ingwer, Riechsalz, einen Briefbeschwerer und andere Beweisstücke ihres erlesenen Geschmacks, an die er sich klammern sollte, um nicht unterzugehen in dieser Welt von Schmutz, Gestank und Geschmacklosigkeit. Sie hatte die Karikaturen, die Augustus Hamburger für den »Canard Enchaîné« gezeichnet hatte, von der Wand abgenommen und einem befreundeten Kunsthändler für eine nicht unerhebliche Summe verkauft. Manchmal saß sie allein im Café Saint-Germain, unter einem immer dunkelgrüner werdenden Abendhimmel, und zählte ihre Ersparnisse, dann humpelte sie schnell nach Hause. Sie hatte einen Entschluß gefaßt. Sie hatte Augustus Hamburger zugeredet, in die Fremdenlegion einzutreten, und wartete mit Ungeduld auf die fünf Tage.

Als er im Hotel an der Rive gauche eintrat, waren die Koffer bereits gepackt. Sie fuhren in das Hotel George V an den Champs-Élysées, wo Carola Muschler schon eine Suite im sechsten Stock reserviert hatte. Ein Hoteldiener brachte das etwas schäbige Reisegepäck, an dem hier ein Handgriff, dort eine Schlaufe abgerissen war, in ein vergoldetes Gemach, in dem ein vergoldetes Bett mit vergoldeten Posaunenengeln sie erwartete. »Unser Fürstenzimmer«, sagte der livrierte Diener und hielt Carola die Hand hin, die sie zunächst, wohl in Erinnerung an ihre sozialistische Vergangenheit, lebhaft schüttelte, dann aber, nachdem Augustus sie aufmerksam gemacht hatte, verlegen mit einem Geldschein zudeckte.

Fünf Tage und fünf Nächte verbrachten Carola und Augustus im Hotel George V an den Champs-Élysées. Nachts standen sie eng umschlungen am Fenster und sahen den angeleuchteten Arc de Triomphe und die kopfnickenden Tauben auf dem regennassen Dach und liebten sich im Angesicht der Stadt Paris, die ihnen noch fünf Tage und Nächte gehören würde. Kellner im Frack rollten mehrmals am Tage den kleinen Wagen mit erlesenen Gerichten, Austern, Hummer, Kaviar, Fasan vor das vergoldete Bett mit den vergoldeten Posaunenengeln, unter denen sie, eng beieinander liegend, sich die erlesenen Bissen gegenseitig zuführten, die Gläser mit den erlesenen französischen Weinen, an denen sie nur nippten, um nicht berauscht zu sein in ihrem letzten Appell an das Leben.

Am Vorabend seines Abtransports nach Afrika gaben Augustus und Carola ein Fest für einige ihrer nächsten Freunde, die noch in Paris übriggeblieben waren. Als sie eintraten, sahen sie Augustus im Frack stehen, neben ihm Carola in einer weißen Tunika, ein goldenes Diadem in dem schon etwas ergrauten Haar. Sie schienen sehr glücklich zu sein. Augustus hatte einen Haufen gelber Rosen im Arm und verteilte sie an die Gäste. Man aß an kleinen Tischen, gedämpfte Unterhaltung, Vivaldi und Monteverdi im Hintergrund. Augustus klopfte an das Glas: »Ich danke euch, daß ihr gekommen seid. Wir wollten uns von euch verabschieden, wir sind im Begriff, eine große Reise anzutreten, von der wir vielleicht nicht mehr wiederkommen werden. Lebt wohl, ihr Freunde.«

Zum Abschied machte er von jedem Anwesenden eine Karikatur und schenkte sie ihm.

Der gemeinsame Gang zum Fahrstuhl entbehrte nicht einer gewissen Feierlichkeit. Voran ein seltsames Paar, eine hinkende Königin, geführt von einem blutjungen Herrscher, der seinen Arm um sie gelegt hatte und sie hielt wie ein Vater sein Kind. Einer der Gäste erinnerte sich, daß er die beiden draußen, während die Türen des Fahrstuhls sich langsam schlossen, Arm in Arm, Sektgläser in der Hand, einander zutrinken sah, lächelnd, beinah heiter.

Erst am Nachmittag des nächsten Tages wurden sie von den Angestellten des Hotels gefunden. Sie hatten ein Schild »Ne pas déranger« an die Tür des Fürstenzimmers gehängt, und man hatte sie nicht gestört, weil das Hotel George V in Paris Wert darauf legte, den Wünschen seiner Gäste nach Möglichkeit entgegen zu kommen.

5

Eines Morgens wurde ich in das Büro des Kommandanten bestellt. »Sie sind entlassen«, sagte er. Der französische PEN hat für Sie interveniert. Packen Sie Ihre Sachen, Sie können gehen.«

Ich ging nach Paris, wo Madame Chollet sich die Augen wischte, als sie mich sah und umarmte. Ich fuhr in die Rue du Trocadéro, erfuhr aber, daß Madame mit unbekanntem Ziel abgereist sei und keine Nachricht hinterlassen habe ... Paris war sehr öde ohne sie.

Gerüchte wollten wissen, daß Willi Münzenberg mit Moskau gebrochen hatte und eine neue Zeitschrift herausgab, »Die Zukunft«. In der Redaktion traf ich zu meiner Überraschung Manès Sperber, in der Uniform eines französischen Prestataire, seine Gegenwart schien ebenfalls auf einen Gesinnungswandel hinzudeuten, der allerdings erst kürzlich erfolgt sein mußte. Münzenberg hatte sich im Palais eines schwedischen Barons installiert, wo man am Abend zwischen Ritterrüstungen, Hellebarden und Fahnen über die Zukunft des Sozialismus diskutierte, noch ein wenig unbestimmt, ein wenig vage wie alles in dem nachts verdunkelten Paris, das sich in einem Krieg befand, der zwar schon erklärt war, aber noch nicht begonnen hatte.

Willi Münzenberg wurde nach dem französischen Zusammenbruch tot an einem Baum hängend aufgefunden. War es ein Selbstmord oder die Rache eines ehemaligen Genossen, mit dem er gemeinsam durch Frankreich geflohen war? Ich persönlich glaube nicht an einen Selbstmord. Wer ihn kannte, kann sich nicht vorstellen, daß dieser kraftvolle, vitale Mann, der den Kampf gegen Hitler und Stalin aufgenommen hatte, sein Leben kampflos wegwerfen würde.

Mein Aufenthalt im Hotel Helvetia war nur von kurzer Dauer. Beim Einmarsch der deutschen Truppen wurden diejenigen, die noch nicht oder nicht mehr im Lager waren, aufgefordert, sich zwecks Prüfung ihrer Papiere zu melden, diesmal in einem Zirkus, von wo sie auf die übriggebliebenen Schlösser der Loire oder weiter südlich, da die Deutschen bereits im Anmarsch waren, verteilt wurden.

Es gibt eine sehr schöne Zeichnung, die der Maler Gert Wollheim von mir im Camp du Ruchard, in der Nähe von Orléans, anfertigte, kurz bevor der Kommandant den Befehl zur Räumung des Lagers gab und vierhundert Gefangene, allein oder in Gruppen, auf den Landstraßen Frankreichs vor der anrückenden deutschen Armee nach Süden flohen, zehn Tage und zehn Nächte lang, durch Dörfer, Städte, bis nach Marseille und zum Mittelmeer...

6

Ikonographie des Exils 2

Marseille als Endstation einer Massenflucht, die entweder in den Untergang oder, wenn man Glück hatte, nach Übersee führte, ist in mehreren Büchern von nicht geringer literarischer Bedeutung, zum Beispiel »Transit« von Anna Seghers, beschrieben worden. Der Zustand von Hoffnungslosigkeit, das Warten auf Gespensterschiffe, die niemals abfahren, auf Visa, die niemals ankommen würden – der Gedanke, eingeschlossen zu sein, hier, am Rande Europas, verloren zu sein, am Weg liegen bleiben und verenden –, diese letzte Etappe einer Flucht, die keine andere Zuflucht mehr zuließ als das Meer, das sich grenzenlos vor uns auftat und uns gebieterisch Einhalt zurief, habe ich in meinem Roman »Die Wenigen und die Vielen« dargestellt. Dort kann man auch nachlesen, wie einem Mann namens Kobbe zumute war, als eines Tages ein Freund auf ihn zutrat und sagte: »Im Hotel Splendide ist ein Mann abgestiegen, ein Amerikaner, mit einem Haufen Dollar und einer Liste von Leuten, die gerettet werden sollen. Ihr Name steht auch drauf. Rufen Sie sofort an. Er wartet auf Sie.« Ich sagte, mir sei nicht nach Witzen zumute, aber dann rief ich doch im Hotel an und fragte nach jenem geheimnisvollen Herrn. Er meldete sich sofort. »Wie war Ihr Name? Oh, yes, Kobbe, kommen Sie sofort herüber, ich warte auf Sie!« Als ich zehn Minuten später im Hotel ankam, standen zwei deutsche Offiziere in der Halle. Ich ging an ihnen vorbei zum Fahrstuhl, fuhr hinauf, und als ich die Tür öffnete und eintrat, kam mir ein freundlicher junger Mann in Hemdsärmeln entgegen, legte den Arm um mich, stopfte mir einige Geldscheine in die Tasche, zog mich zum Fenster und wisperte wie ein nicht sehr guter Schauspieler, der eine Verschwörerrolle spielen soll: »Wenn Sie mehr brauchen, kommen Sie wieder. Inzwischen werde ich Ihren Namen nach Washington kabeln. Wir werden Sie hier herausbringen. Es gibt Wege, Sie werden sehen, oh, es gibt Wege...« Er goß mir ein Glas Whisky ein. »Übrigens brauchen Sie einen neuen Anzug. Sie können nicht mehr so herumlaufen. Wir werden Ihnen morgen einen hübschen Sommeranzug kaufen.« Ich goß den Whisky herunter und sagte abwechselnd »Thank you very much, Sir« und »Danke vielmals« und »Merci, Monsieur«. Sie müssen sich vorstellen: die Grenzen waren gesperrt, man saß in der Falle, jeden Augenblick konnte man von neuem verhaftet werden, das Leben war zu Ende – und nun steht da plötzlich ein junger Amerikaner in Hemdsärmeln, stopft dir die Taschen mit Geld voll, legt den Arm um dich und zischelt mit schlecht gespielter Verschwörermiene: »Oh, es gibt Wege, Sie herauszubringen«, während dir, verdammt nochmal, die Tränen über die Backen laufen, ja, scheußlich, richtige, dicke Tränen, und der Kerl, der gemeine, übrigens ein ehemaliger Harvardstudent, nimmt nun auch wirklich sein seidenes Taschentuch aus der Jacke, die über dem Stuhl hängt, und sagt: »Hier, nehmen Sie. Es ist nicht ganz sauber, Sie müssen schon entschuldigen.«

Varian Fry war von einem Komitee, das sich nach dem Zusammenbruch Frankreichs in New York, unter dem Vorsitz von Thomas Mann, gebildet hatte, nach Marseille geschickt worden. Im Waffenstillstandsabkommen befand sich ein Paragraph, in dem sich die Vichy-Regierung verpflichtete, die in Frankreich befindlichen politischen Flüchtlinge auf Verlangen nach Deutschland auszuliefern. Fry war mit einer Liste von etwa hundert Namen, der sogenannten »first list« nach Frankreich gekommen und gründete in Marseille das Centre Americain de Secours. Nach außen hin war das Komitee als eine Hilfsorganisation für notleidende Flüchtlinge getarnt. Fry fragte mich, ob ich mitarbeiten wolle. Ich willigte ein. Unsere Aufgabe bestand darin, die Personen, die sich bei uns meldeten und um Unterstützung oder ein Visum nach Amerika baten, zu interviewen, ihre Personalien festzustellen, ihre Familienverhältnisse und vor allem ihre politische Zuverlässigkeit zu prüfen.

Auf die Initiative von Mrs. Roosevelt war nämlich ein sogenanntes Emergency Visum geschaffen worden, das unter Umgehung der bestehenden Einwanderungsgesetze in Fällen, in denen sich eine Person in unmittelbarer Lebensgefahr befand, sofort erteilt wurde. Der illegale Teil unserer Arbeit bestand darin, diejenigen, die von der Gestapo gesucht wurden, in Sicherheit zu bringen, zum Beispiel in einem Kloster zu verstecken oder ihnen zur Flucht zu verhelfen. Fry hatte Kontaktleute zur Unterwelt von Marseille, die uns dabei halfen. Unter ihnen gab es einen hervorragenden Paßfälscher, einen Meister auf seinem Gebiet, der gegen teures Geld die wunderbarsten Ausweispapiere anfertigte. Frys Prinzip war, die Reichen für die Armen bezahlen zu lassen. Ich entsinne mich, daß er einem geflohenen Bankier, der um vier Pässe für seine Familie ersucht hatte, so viel Geld abverlangte, daß er damit noch zwei politisch Verfolgten, die es sich nicht leisten konnten, zu Papieren verhalf.

Es gab verschiedene Fluchtwege. Der eine führte von einem Ort am Fuße der Pyrenäen über die Berge nach Spanien und von dort über Madrid zur portugiesischen Grenze nach Lissabon. Franz Werfel, Heinrich Mann, Lion Feuchtwanger wurden auf diese Weise über die Berge aus Frankreich herausgebracht. Wir mußten die sorgfältig ausgearbeitete Fluchtroute aus Sicherheitsgründen mehrfach abändern; zum Beispiel, als Lion Feuchtwanger sie bei einem Interview nach seiner Ankunft in New York allzu deutlich angedeutet hatte.

Eines Nachmittags besuchte ich das kleine Hotel, in dem die geflüchteten sozialdemokratischen Funktionäre untergebracht waren. Im Speisesaal war ein Tisch gedeckt, an dem die Familien Stampfer und Ollenhauer mitsamt den Kindern ihr Abendessen einnahmen. Auf dem Tisch stand eine dampfende Suppenterrine, und Frau Ollenhauer, die Gattin des Parteivorsitzenden, füllte die Teller mit einer mächtigen Kelle auf. Draußen liefen Spitzel durch die Stadt, kämmten Polizeikordons die Boulevards durch auf der Suche nach Leuten, die keine Papiere hatten, die geflohen waren, vogelfrei, staatenlos. Ich mache mich hier nicht lustig über den Geruch von Wohlanständigkeit und bürgerlicher Geborgenheit, der über der dampfenden Suppenterrine schwebte, über das Kleinbürgeridyll inmitten einer sich auflösenden, nicht mehr existierenden Gesellschaft, über die Unerbittlichkeit, mit der man an etwas festhielt, das längst seinen Sinn verloren hatte und denjenigen, die es bewahren wollten, zum Verhängnis wurde.

Der Versuch des Emergency Rescue Committee, wie es sich später nannte, die beiden Führer der sozialdemokratischen Partei, Breitscheid und Hilferding, außer Landes zu bringen, scheiterte auf eine tragische Weise. Fry hatte bereits mehrere Pässe für sie anfertigen lassen, die sie jedoch ablehnten. Endlich war es ihm gelungen, mit Geldern, die aus Amerika gekommen waren, ein Frachtschiff mitsamt der Mannschaft zu mieten, das sie nach Amerika bringen sollte. Am Tag vor der geplanten Abreise kam Hilferding auf uns zu. Ich sagte ihm, wie froh ich sei, daß er endlich abfahren könne. Worauf er mir antwortete: »Nein, ich fahre nicht. Vierzehn Tage auf einem Frachtdampfer – wo ich doch so leicht seekrank werde – nein.«

Ein paar Tage später saß ich mit Rudolf Breitscheid in einem überfüllten Café an der Cannebière. Breitscheid, ein auffallend gut aussehender Mann, schlank und groß, sprach mit lauter Stimme auf deutsch auf mich ein: »Ich denke gar nicht daran zu fliehen. Ich poche auf mein Asylrecht, das man mir als politischem Flüchtling gewährt hat.«

»Nicht so laut«, sagte ich, »man versteht jedes Wort am Nebentisch, wir müssen vorsichtiger sein.«

»Ich denke gar nicht daran, vorsichtig zu sein«, sagte Breitscheid. »Ich mache eure Hysterie nicht mit. Mr. Fry hat mir bereits verschiedene Pässe angeboten. Einen tschechischen, einen dänischen, was weiß ich, ich habe natürlich abgelehnt, und da hat er mir ein ganzes Schiff mieten wollen mitsamt den Matrosen – Unsinn. Ich habe ein Gesuch an Laval gerichtet und ihm erklärt, daß ich als politischer Flüchtling Frankreich legal verlassen möchte...«

»Sie haben mit Ihrem Legalitätsglauben bereits eine Republik verloren«, sagte ich, »jetzt werden Sie auch noch Ihr Leben verlieren.«

Kurz danach wurden Breitscheid und Hilferding von der französischen Polizei verhaftet und bei der Besetzung Frankreichs den Deutschen übergeben. Breitscheid wurde in ein Lager nach Deutschland gebracht, wo er später starb. Hilferding soll sofort auf schreckliche Weise umgekommen sein.

Als ich eines Tages in die Rue Grignan kam, sagte Varian Fry zu mir: »Ich habe eine Aufgabe für dich. Dr. Svienty, der Frauenarzt, soll verhaftet werden. Maurice hat es durch unseren Vertrauensmann bei der Préfecture erfahren. Du mußt sofort in sein Hotel gehen und ihm sagen, daß er verschwinden muß. Sei vorsichtig! Er wird vielleicht schon überwacht.«

Das Hotel d'Anjou stand an einem kleinen Platz im Vieux Port. Man mußte den Platz überqueren, um zu ihm zu gelangen, man konnte sich nicht heranschleichen, man mußte geradewegs daraufzugehen, auch auf die Gefahr hin, gesehen zu werden. Ich ging zu einem Telephon und wählte die Nummer, aber niemand meldete sich. Etwas später versuchte ich es noch einmal, keine Antwort...

Ich erinnerte mich einer ähnlichen Situation, damals in Berlin, 1933. Ich hatte die Nacht bei einer Freundin verbracht. Am Morgen klingelte es. Zwei Männer mit Wickelgamaschen. »Wir haben hier eine Hausdurchsuchung vorzunehmen«, sagte der eine. »Was machen Sie hier? Können Sie sich legitimieren?« Ich zeigte ihm meinen Paß, wurde zu meinem Erstaunen entlassen, nachdem die beiden leise miteinander gesprochen hatten. Ich fuhr nach Hause und überlegte mir, was ich tun sollte. Es war besser, zurückzukehren, den Unschuldigen zu spielen, um sie nicht zu gefährden. Ich ging also mit klopfendem Herzen wieder die Treppe hinauf, die ich zwei Stunden vorher in Panik heruntergelaufen war. Ich klingelte. Der eine der beiden öffnete. »Kommen Sie herein«, sagte er freundlich, »wir sind gleich fertig.«

»Fabelhaft, daß du zurückgekommen bist«, sagte sie, nachdem die beiden gegangen waren, und umarmte mich. »›Da müssen wir uns wohl geirrt haben‹, sagten sie und drückten mir die Hand, als wollten sie sich entschuldigen. Du hast mir das Leben gerettet. Ich danke dir!«

Ich überquerte den Platz und klingelte. Die Haustür öffnete sich lautlos. Ich stieg eine dunkle Treppe hinauf und klopfte an eine Tür, die halb offen stand. Ich hörte Schritte und schloß die Augen. »Nimm dich zusammen«, dachte ich, »leiste keinen Widerstand, sie sind stärker als du. Es ist zu spät, alles ist zu spät...«

Eine Frau erschien in der Tür. Ich erkannte sie sofort.

»Kann ich bitte Ihren Mann sprechen.«

»Er schläft noch.«

»Wecken Sie ihn sofort. Sagen Sie ihm, er soll in das Café de la Poste kommen, es ist eilig.«

Ich wartete nicht im Café de la Poste auf ihn, sondern ein paar

Straßen weiter. Als er auf mich zukam, drückte ich ihm einen Zettel in die Hand, auf dem stand: »Sie werden gesucht. Gehen Sie sofort in die Rue Grignan, wo Sie alles Nähere erfahren werden.«

Ein Mann in einer Mönchskutte erwartete Dr. Svienty in der Rue Grignan und brachte ihn in das Dominikanerkloster St-Antoine, wo er sich mehrere Wochen versteckt hielt, bis er auf einem von Fry gemieteten Frachtdampfer mit anderen gesuchten Passagieren nach Amerika geschmuggelt wurde. Obwohl das Emergency Rescue Committee offiziell als Flüchtlingshilfe von der Polizei anerkannt worden war, fanden nicht selten Hausdurchsuchungen statt. Aber wir hatten gelernt, uns vorzusehen. Wichtige Dokumente wurden mit Reißnägeln auf der Unterseite eines Tisches oder eines Stuhles oder auf der Rückseite eines Schranks festgemacht. Von den Gangstern in Marseille hatten wir auch gelernt, wie man geheime Nachrichten über die Grenze schmuggelt. Man schneidet eine Zahnpastatube auf, steckt den eng beschriebenen Zettel in eine Schutzhülle und das Ganze in die Tube, die man dann wieder zusammenrollt, oder man versteckt das, was man verstecken will, in einer Schuhwichs- oder Niveacremedose. Ein junger Amerikaner, der bei uns arbeitete, kam auf die Idee, sich als Bildhauer zu verkleiden und mit einem Koffer voller Gipsbüsten, in denen sich wichtige Papiere befanden, über die Grenze zu fahren. Er hatte auch eine Trompete bei sich, deren Röhren und Röhrchen mit geheimen Nachrichten vollgestopft waren.

Leider fand jedoch das Verfahren ein jähes Ende, als ein musikliebender Zollbeamter ihn aufforderte, das »Santa Lucia« zu blasen, wobei die Schriftröllchen mit den geheimen Nachrichten aus der Trompete in die Luft flogen.

Varian Fry hatte eine Lust zum Abenteuer, zum Wagnis, in diesem Sinne war er sehr amerikanisch, er hatte aber auch eine spontane Liebe zur Kunst und zu den Künstlern, für deren Sicherheit er zu sorgen hatte. Er hatte ein Schloß in der Nähe von Marseille gemietet, in dem er André Breton und seine Frau sowie andere französische Surrealisten und den trotzkistischen Schriftsteller Victor Serge untergebracht hatte. Kerzen brannten, frugale Gerichte, die man der im Lande herrschenden Hungersnot abgerungen hatte, wurden auf erlesenem Porzellan serviert, man trank erlesene Weine aus goldenen Pokalen und jeder fragte sich, wie lange noch. Einer nach dem anderen verschwand, entweder ins Gefängnis oder in die Freiheit.

Meine Arbeit im »Emergency Rescue Committee« bestand unter anderem darin, Berichte über unsere Tätigkeit zu verfassen, die Washington veranlassen sollten, die Hilfsaktionen für die Flüchtlinge zu beschleunigen.

Ich gebe diese Berichte hier im Wortlaut wieder, um zu zeigen, daß es Situationen gibt, in denen der Schriftsteller sein Talent in den Dienst einer Rettungsaktion stellen kann, die über Leben und Tod von Menschen entscheidet. Das gibt Anlaß zum Nachdenken über den Unterschied zwischen der Sprache als Mitteilung und der Sprache als Ausdruck. Es gibt eine Literatur jenseits der Literatur: die Literatur der Polizeiberichte, der medizinischen und juristischen Protokolle, der Verordnungen, der Warnungen, der Gebrauchsanweisungen. Ihre Verfasser sind keine Schriftsteller, sondern schreibende Polizeipräfekten, Ärzte, Juristen, Ingenieure, Gefängnisdirektoren, Steuerbeamte. Sie benutzen das Wort nur, um einen Inhalt zu beschreiben, wobei sie die Sprache selbst überspringen. Franz Kafka hat das Amtsdeutsch der k. u. k. österreichischen Monarchie mit den Mitteln ironischer Verfremdung in eine Prosa von makelloser Schönheit verdichtet.

Es war nicht meine Absicht, als ich meine Berichte nach Washington schickte, schön zu schreiben, und doch gehörte es zu den seltenen glücklichen Augenblicken eines Schriftstellers, zu wissen, daß er mit seinem Schreiben die Wirklichkeit verändern, in sie eingreifen konnte, anstatt sie nur zu interpretieren.

Aus den Archiven des Emergency Rescue Committee
Berichte, Memoranden, Hilferufe
aus dem besetzten Frankreich an das New Yorker Büro
Ein Tag in der Rue Grignan

Sechs Uhr früh. Eintreffen der *femme de ménage*.

Acht Uhr, die ersten Kunden.

Acht Uhr dreißig, der Warteraum ist überfüllt.

Neun Uhr, die *femme de ménage* verschwindet, die Mitarbeiter versammeln sich, das Büro wird geöffnet.

Neun Uhr zwei, der Boss. Er bahnt sich einen Weg durch die Menge der Wartenden, die ihn mit Fragen, Bitten, Drohungen empfangen, und verschwindet in seinem Arbeitszimmer, wo ihn zwei übermüdete Sekretärinnen, 14 Kabel und fünfzig SOS-Rufe aus allen Teilen der Welt erwarten.

Neun Uhr dreizehn, die Interviewer nehmen ihre Arbeit auf. Etwa sechzig Besucher warten auf ihre Vernehmung. Für jeden einzelnen Fall wird eine *fiche* angelegt, die aufs Genaueste über die persönliche Situation des Interviewten, Papiere, Gesundheitszustand, Referenzen, wann und wie und wie oft für ihn nach Washington gekabelt, wann und wie oft er unterstützt wurde usw., Auskunft gibt. In den ersten Wochen handelte es sich vorwiegend um Intellektuelle, die auf der »first list« standen. Später trafen aus allen Gegenden Frankreichs Menschen ein, die von einem amerikanischen Komitee gehört hatten, das Geld ausbezahlte und Visa nach USA vermitteln könne. Europamüde aller Länder: Deutsche, Polen, Tschechen, Rumänen, Ungarn, auch viele Franzosen, die aus politischen oder wirtschaftlichen Gründen ihr Land zu verlassen gezwungen sind, finden sich ein. Ohne Pause zieht das endlose Band des Unglücks an den Interviewern vorüber. Maler, die ihre Werke mit verlegener Hast ausbreiten und um Visa und finanzielle Unterstützung bitten. Gelehrte, Ärzte, Rechtsanwälte, die auf der Flucht vor dem Konzentrationslager in der Rue Grignan haltmachen und um irgendein Papier bitten, das sie vor der Internierung retten könnte. Oft sind die tragischsten Fälle gerade diejenigen, die nicht in den speziellen Rahmen dieses Hilfskomitees für Intellektuelle einzugliedern sind. Da ist eine Frau, deren Mann seit vierzehn Monaten im Konzentrationslager sitzt und die keine anderen Referenzen aufzuweisen hat als die Verzweiflung, die sich in ihrem Gesicht spiegelt. Man kann diesen Menschen kaum helfen. Es gibt nur noch einige wenige Komitees in Marseille, die kleine Beträge auszahlen. Beträge, die so klein sind, daß man davon nicht leben und nicht sterben kann. Sehr dringende Fälle werden in diesen Komitees mit einer besonderen Empfehlung weitergeleitet. Manchmal bedeutet das eine vorübergehende Hilfe, ein paar Tage warmes Essen, eine bezahlte Mietrechnung, niemals aber eine Lösung, denn die Lösung des Problems, deutsche Emigration, europäische Emigration, kann nicht allein von Hilfskomitees bewältigt werden, es ist eine politische, eine weltpolitische Aufgabe.

Im Vorzimmer des Boss ist inzwischen der Andrang so groß geworden, daß die Sekretärinnen alle Mühe haben, sich Gehör zu verschaffen. Hier sitzen die ansehnlichen Überreste der berühmten »first list«, für die bereits fünf Mal, zehn Mal, fünfzehn Mal gekabelt wurde, und die nun Mr. Fry täglich mit den selben Fragen bestürmen: »Wo bleibt die Autorisation? Warum hat man uns in New York vergessen? Was sollen wir tun?« In den Klagechor dieser Verzweifelten stimmen jene anderen ein, die bereits im Besitz des amerikanischen Papiers sind, aber das spanische Visum nicht bekommen haben oder nicht bekommen können. Vergebens bemühen sich der Assistent und Dolmetscher, die neuen Fälle von den alten zu sondern und den Boss an die laufenden Verabredungen zu erinnern. Ein Besuch beim portugiesischen Konsul, Intervention beim Präfekten zugunsten eines bekannten Dichters, der bei einer Straßenrazzia verhaftet und in ein Lager verschleppt wurde usw.

Gegen halb zwei Uhr verlassen die letzten Kunden das Büro. Der Boss setzt seinen Hut auf und überläßt der *femme de ménage* das mit Zigarettenstummeln, Papierfetzen und Büroklammern bedeckte Schlachtfeld.

Drei Uhr, die *femme de ménage* verschwindet. Der Boss, eine rote Nelke im Knopfloch, erscheint. Er hat mit dem brasilianischen Konsul einen Aperitif genommen und mit dem siamesischen Konsul zu Mittag gegessen und scheint guter Dinge. Die inzwischen eingetroffene Post belehrt ihn eines Schlechteren. Aus Spanien wird die Verhaftung von drei Passanten mit Transitvisa gemeldet, sofortige Hilfe notwendig. Ein Anwalt in Madrid muß gefunden werden, der sich der Angelegenheit annimmt. Aber welcher spanische Anwalt in Madrid hat noch den Mut, sich deutscher Flüchtlinge, die in Spanien eingesperrt wurden anzunehmen?

Drei Uhr dreißig bis sieben Uhr, Konferenz sämtlicher Mitarbeiter und Interviewer. Die am Vormittag aufgenommenen Fälle werden diskutiert, Richtlinien festgelegt, Briefe verlesen. Es wird eine Liste angelegt von Personen, die das amerikanische Papier bereits besitzen, die das portugiesische, das spanische oder das Visum zur Ausreise schon haben oder nicht haben usw.

Es wird eine Liste all derer in Auftrag gegeben, die interviewt sind und Pakete bekommen sollen, warme Sachen, Zigaretten, Lebensmittel. Der Besuch einer amerikanischen Dame wird gemeldet, die sich bereit erklärt, die Paketaktion zu übernehmen und französische Kreise dafür zu interessieren. Eine andere Liste soll dazu dienen, für einige gefährdete Politiker und Schriftsteller das Ausreisevisum in Vichy zu erwirken. Es werden sehr viele Listen angefertigt, verworfen, umgeschrieben. Listen wären überflüssig, wenn das Komitee in New York schneller, sorgfältiger, gewissenhafter arbeitete. Die Mitarbeiter, die mit der Materie vertraut sind und den Kabelverkehr zwischen hüben und drüben kennen, können sich nicht des Eindrucks erwehren, daß sie seit geraumer Zeit von New York im Stich gelassen werden.

Sieben Uhr, die rote Nelke im Knopfloch des Boss ist verwelkt. Es wird der Auftrag gegeben, eine neue zu besorgen. Für den späten Abend ist eine intime Zusammenkunft im Hotel Splendide vorgesehen. Einmal nicht von Visa de Speciaux, Visa de Sortie, von Konzentrationslagern sprechen. Es erscheint Charly, der verkündet, daß ein bedeutender Dichter soeben zusammengebrochen sei, ferner sei die spanische Grenze gesperrt, und das berühmte, heiß ersehnte Schiff würde ganz bestimmt nicht abfahren. Man beschließt, die intime Zusammenkunft bis auf Weiteres zu vertagen. Sieben Uhr zehn, die *femme de ménage* erscheint und betrachtet stumm den Friedhof begrabener Hoffnungen.

Drei Fälle

Erstens: Von den Fällen, die dem Komitee in Marseille zur Bearbeitung vorliegen, ist der des ehemaligen sozialistischen Redakteurs L. von besonderer, tragischer Bedeutung.

L. war in Deutschland Redakteur mehrerer großer Parteiblätter, wurde 1933 von den Nazis verprügelt und floh über Frankreich nach Spanien. Er lebte zunächst unbehelligt einige Zeit auf den Balearen, wurde jedoch bei Ausbruch des Spanischen Bürgerkrieges von den Rebellen verhaftet und floh nach Italien, wo er sich seinen deutschen Paß verlängern ließ. Einige Monate später kehrte er nach Frankreich zurück und arbeitete hier in den verschiedenen politischen Organisationen der Emigration. 1938 organisierten die Engländer einen Geheimsender, der auf einem Schiff im Ärmelkanal installiert war. Er war als Speaker auf diesem Schiff tätig und sprach von da aus täglich zum deutschen Volk.

Auf Intervention einer hohen Stelle, auch Leon Blum hatte sich für ihn eingesetzt, wurde er zunächst in ein Lager überwiesen. Es gelang aber trotz seinem schlechten Gesundheitszustand nicht, ihn zu befreien. Er blieb im Lager, weil er sich in Italien seinen deutschen Paß hatte verlängern lassen. Deshalb galt er als suspekt. Von Zeit zu Zeit wurde er ins Spital gebracht, wenn das Fieber über 38,5 stieg. Sobald es sank, wurde er ins Lager zurückgeschickt. Dieses Spiel wiederholte sich ein halbes Dutzend Male. Er hatte sich freiwillig zur Fremdenlegion und zu den »Prestataires« gemeldet, wurde aber aus gesundheitlichen Gründen abgewiesen. 1939 kam er in das Suspektenlager LeVernet, wo er bis heute interniert ist. Es fehlt ihm an Lebensmitteln, an Seife, seine Krankheit verschlimmert sich von Tag zu Tag.

Anfang Juni verschafften ihm amerikanische Freunde ein »Visum special« für die Vereinigten Staaten. Fünfmal wurde er vom amerikanischen Konsul in Marseille vorgeladen, aber der Lagerkommandant verweigerte ihm die Erlaubnis, nach Marseille zu fahren und sein Visum abzuholen. Seit drei Wochen läuft ein Gesuch um ein bis zwei Tage Urlaub in Vichy. Bis heute ist noch keine Antwort erfolgt. Inzwischen droht die Frist für das amerikanische Visum abzulaufen. L. wurde im Jahre 1936 von den Nazis ausgebürgert. Seine Frau und sein dreijähriges Kind leben in der Schweiz.

Zweitens: Der Fall des Nervenarztes Dr. B., der in Berlin als Vertrauensarzt politischer Kreise eine Rolle gespielt hatte, aus einem deutschen Konzentrationslager nach Paris geflüchtet war und dort seine Praxis langsam wieder aufgebaut hatte. Dr. B. wurde zu Beginn des Krieges in ein Lager gebracht, blieb dort vier Monate, wurde freigelassen und kehrte nach Paris zurück, wo er große Mühe hatte, seine ärztliche Tätigkeit fortzusetzen. Die Mehrzahl seiner Patienten, deutsche Emigranten wie er, waren interniert. Außerdem durften deutsche Ärzte in Frankreich schon vor dem Kriege nicht praktizieren, sie mußten schwarz arbeiten. Zweimal machte die Polizei bei Dr. B. Hausdurchsuchungen, konnte aber nichts finden, weil B. die Instrumente im Schrank versteckt hatte. Vier Monate lang schlug sich B. in Paris durch. Zu Beginn der

Offensive gegen Holland, im Mai 1940, wurde er als Spion verhaftet und wieder ins Lager gebracht. Als die Deutschen sich dem Camp näherten und fast schon die Mauern erreicht hatten, wurde das Lager fluchtartig geräumt. Nach dem Waffenstillstand wurden die Entflohenen, die über die verschiedenen Städte und Ortschaften Südfrankreichs verstreut waren, wieder interniert. Inzwischen war seine Frau nach Marseille gekommen und bemühte sich von dort aus um seine Befreiung. Dr. B. ist 49 Jahre alt. Mehrere Anträge auf Befreiung wurden von der Lagerkommandantur abgelehnt. Da beschloß die Frau, ihn illegal herauszubringen. Es gelang Dr. B. mit ihrer Hilfe, nach Marseille zu entkommen und dort einige Wochen ohne Papiere zu leben. Da sie über keine Mittel verfügten und nur das besaßen, was sie auf dem Leibe hatten, mußte Geld auf irgendeine Weise beschafft werden. Während Dr. B. sich in seinem Hotelzimmer verborgen hielt, um den täglichen Straßenrazzien zu entgehen, verschaffte sich die Frau die notwendigen Geldmittel bei französischen Freunden. Alles war nun zur Flucht vorbereitet, die Koffer waren gepackt, da erschien die Polizei und verhaftete Dr. B. Er verbrachte drei Tage im Polizeigefängnis von Marseille und wurde dann ins Lager zurückgebracht. Es besteht bis auf weiteres keine Hoffnung, ihn aus dem Lager herauszubringen. Aber seine Frau hat nicht aufgehört, für seine Befreiung zu kämpfen.

Drittens: Einer von hundert Fällen, die für das Komitee »leider nicht in Frage kommen«. Im Büro erscheint eine junge Dame, die erzählt, daß ihre beiden Eltern, ebenso ihre Großmutter, vor wenigen Tagen aus Süddeutschland in das Lager von St-Cyprien transportiert worden seien. Die Großmutter ist 73 Jahre alt, der Vater 56, die Mutter 54. Sie schreiben, daß sie nichts zu essen haben und bitten um Unterstützung.

Der Interviewer, der den Tatbestand aufnimmt, sieht sich genötigt, der Frau klarzumachen, daß der Fall »leider nicht für das Komitee in Frage kommt«, weil es sich um ein ausgesprochenes Intellektuellenkomitee handele und über diesen Rahmen hinaus keine Geldbeträge zur Verfügung stünden ...

Aus einem Brief eines Lagerinsassen in Argèles: »... und haben wir jetzt so wenig zu essen, daß Rattenfleisch bereits eine Delikatesse geworden ist.«

Das Schicksal der politischen Emigration in Frankreich hat seit dem 1. März 1941 eine verhängnisvolle Wendung genommen. Während man in den ersten acht Monaten nach dem Waffenstillstand noch hoffen durfte, daß die politischen Gegner Hitlers, Mussolinis und Francos, die sich nach Frankreich geflüchtet hatten, von der Pétain-Regierung nicht ausgeliefert würden, muß nunmehr gesagt werden, daß diese Hoffnungen leider unbegründet gewesen sind. Mitte Februar ist zwischen der spanischen und der französischen Regierung ein Abkommen getroffen worden, wonach alle noch im unbesetzten Frankreich sich aufhaltenden Flüchtlinge »repatriiert«, d. h. ausgeliefert werden sollen. Parallel zu diesem Abkommen wurde ein ähnliches zwischen der deutschen und der französischen Regierung getroffen. Dieses Abkommen ist allerdings noch nicht so präzisiert wie das spanisch-französische. Fest steht jedoch, daß die französische Regierung sich verpflichtet hat, die ihr namentlich von der Gestapo bezeichneten »Ressortissants allemands«, gleichviel ob sie ausgebürgert sind oder nicht, zu verhaften und an Deutschland auszuliefern. Man präsentiert also keine Auslieferungslisten mehr, da man befürchtet, daß dadurch die Betroffenen rechtzeitig gewarnt werden könnten, sondern die Auslieferung erfolgt nominativ, d. h., die Gestapo verlangt von der Sureté die Verhaftung des Emigranten X., wohnhaft in Y., und seine Auslieferung innerhalb der nächsten 24 Stunden.

Dieses Abkommen sollte am 1. März 1941 in Kraft treten. Aber schon vor dem ersten März trat ein Ereignis ein, das die Zusammenarbeit der deutschen und der französischen Polizei zum ersten Mal erschreckend sichtbar machte: die Entführung Breitscheids und Hilferdings aus Arles und ihre Auslieferung an Deutschland. Damals glaubte man noch, daß dieser in der Geschichte des Asylrechts beispiellose Vorgang ohne Wissen der amtlichen französischen Stellen erfolgt sei. Heute weiß man, daß es sich um einen offiziellen Akt handelte und daß Breitscheid und Hilferding die ersten unglücklichen Opfer der neuen Auslieferungspolitik wurden, die zwischen Herrn Abetz und Admiral Darlan vereinbart worden war. Die Namen Hilferdings und Breitscheids zeigen im übrigen die Linie an, welche die Gestapo in Zukunft zu verfolgen gedenkt. Es geht nicht mehr um Devisenvergehen oder um persönliche Racheakte, es geht um die politische Emigration. Inzwischen haben die Verhaftungen ihren Fortgang genommen. Als ich Marseille am 2. März verließ, wurde uns von einer Seite, die als gut unterrichtet gelten darf, mitgeteilt, daß in den letzten Tagen etwa 60 Emigranten verhaftet worden waren. Namen waren leider noch nicht bekannt, sollten aber am nächsten Tage ermittelt werden. Es ist damit zu rechnen, daß noch Hunderte von Verhaftungen folgen werden. In wenigen Monaten, vielleicht sogar Wochen wird das Problem der deutschen Emigration in Frankreich liquidiert sein.

Ein ähnliches Abkommen für die italienische Emigration steht bevor.

Welche Konsequenzen ergeben sich nun für die weitere Arbeit des Komitees in Marseille? Es ist klar, daß der Schwerpunkt mehr als bisher auf die illegale Arbeit hinter den Kulissen verlegt werden muß. Vor allem geht es darum, die am meisten Gefährdeten sofort in Sicherheit zu bringen. Mit Hilfe von Beziehungen, die in den letzten Monaten mehr und mehr ausgebaut wurden, ist es jetzt möglich, alle, die in Gefahr sind, sofort zu verstecken. Außerdem ist in den letzten Tagen eine Verbindung aufgenommen worden, die es uns ermöglicht, zehn Stunden, bevor die Gestapo einen Auslieferungsantrag stellt, den Namen des Gesuchten zu erfahren und ihn in Sicherheit zu bringen. Ob diese Verbindung dauerhaft ist, wird sich allerdings erst erweisen müssen. Zu alledem ist aber Geld nötig, sehr viel Geld, um Beamte zu bestechen, Geld, um mit bestimmten Organisationen, die sich berufsmäßig mit Menschenschmuggel befassen, zusammenzuarbeiten; Geld für illegale Grenzübertritte, falsche Papiere usw. Es müssen also in Amerika *sofort große Beträge flüssig gemacht werden*. Zweitens muß erreicht werden, *daß Washington sofort die schon vor Monaten beantragten und immer noch nicht bewilligten Danger Visas an die zuständigen Konsulate kabelt*. Es dürfte sich zunächst nur etwa um 100 bis 120 handeln, und es ist unverständlich, daß dies bisher noch nicht erreicht werden konnte. Drittens sind die amerikanischen Konsulate in Marseille, Lyon und Nizza anzuweisen, daß sie in Zukunft den Verfolgten in Frankreich in jeder Weise entgegenkommen und ihnen nicht mehr wie bisher unüberwindliche Schwierigkeiten bei der Erteilung des Visums auferlegen. Viertens muß die amerikanische Öffentlichkeit alarmiert werden. Man muß erneut Propaganda machen für ein Schiff, das die Leute aus Europa abholt, wenn möglich aus Marseille (?). Vor allem aber muß eine große Pressekampagne entfesselt werden. Berichte über »die Hölle von Gurs«, die Totenstadt, wo die Sterblichkeitsziffer nunmehr 600 pro Monat beträgt. Die Entrüstung über das Schicksal der politischen Emigration in Frankreich muß bis zu den höchsten Stellen getragen werden mit dem Hinweis darauf, daß nur sofortige Hilfe retten kann und daß alle bürokratischen Formalitäten beiseite gelassen werden müssen. Acht Monate lang ist das Problem nicht mit dem Ernst behandelt worden, den es verdient. Man hat sich Hoffnungen hingegeben, die sich als trügerisch erwiesen haben. Jetzt muß unverzüglich gehandelt werden.

Aus einem Brief an Thomas Mann

Lissabon, 17. 3. 41

...

Aus New York hörte ich, daß ich es vor allem Ihrer Intervention und den Bemühungen Ihres Sohnes Klaus zu verdanken habe, daß mein Visum doch noch – und fast möchte ich sagen rechtzeitig – eingetroffen ist. Dafür danke ich Ihnen von Herzen. Und vielleicht freut es Sie auch zu hören, wie in jenem dunkelsten Winkel Europas Ihr Name zum Inbegriff aller Hoffnungen auf Rettung und Hilfe geworden ist. ... Es sind noch nicht alle gerettet worden. Viele der Wertvollsten sitzen noch in den Camps. Ich nenne Ihnen nur die Namen Willi Wolfradt, Harry Kahn, Ernst Busch. Andere, wie Otto Klepper, Alfred Wolfenstein, Wilhelm Uhde, sehen einem ungewissen Schicksal entgegen ... Die Situation der politischen Emigration in Frankreich hat sich seit dem 1. März entscheidend verändert. Sie finden anbei einige Berichte, die ich nach meiner Ankunft in Lissabon geschrieben habe und die Ihnen ein Bild dieser Situation vermitteln sollen. Ja, es steht schlecht um die, die noch dort sind, und ich bitte Sie, ich beschwöre Sie, alles zu tun, was in Ihrer Macht steht, um die am meisten Gefährdeten dem Zugriff der Gestapo zu entziehen ... Das ist das Wichtigste, was ich Ihnen, von hier aus, sagen wollte. Ein zweiter Punkt betrifft die Person des Leiters des

»Centre americain« in Marseille, Varian Fry. Er kam lächelnd nach Marseille, ein sympathischer junger Mann, kultiviert, liebenswürdig, kameradschaftlich, mit einer roten Nelke im Knopfloch. Er liebte die Kunst, die Menschheit und die traurigen Reste der einstmals so berühmten französischen Küche und des französischen Weinkellers. Aber die Ereignisse und die Situation, in die er gestellt wurde, haben diesen Menschen verwandelt. Er ist eine bedeutende Erscheinung geworden. In neun Monaten mühevollster, konsequenter Arbeit hat Fry aus dem Comitée in Marseille das gemacht, was es heute ist: eine G.m.b.H. zur Rettung bedrohter Menschen, und dies unter den Augen der Gestapo und der französischen Sûreté, man bedenke! Fry hat dabei sehr geschickt die legale Fassade der Visenverteilung und der finanziellen Beihilfe benutzt, um dahinter das illegale Geschäft des Menschen-Fortschaffens und -Versteckens ungestörter betreiben zu können. Eine Meisterleistung!...

Lassen Sie mich schließen, indem ich der Hoffnung Ausdruck gebe, ihnen möglichst bald in mündlichem Kontakt ein Bild der letzten europäischen Wirklichkeit entwerfen zu dürfen. Es ist zwar sehr schwer, in absehbarer Zeit einen Schiffsplatz zu bekommen, man hat mir aber versprochen, daß ich Ende dieses oder Anfang des nächsten Monats von Lissabon abfahren werde.

Indem ich Sie bitte, Ihrer Gattin, sowie Klaus, Erika, Mady und Golo meine herzlichsten Grüße zu übermitteln, bin ich

Ihr sehr ergebener

7

Im Hafen von Lissabon lagen Schiffe, die nicht mehr oder nur noch selten ausfuhren. In den Cafés saßen Flüchtlinge aus allen Ländern, die auf ein Visum warteten und sich in vielen Sprachen Gehör zu verschaffen suchten. Da saßen die Schwarzhändler und boten Schiffskarten an für kleine portugiesische Dampfer, die vierzehn Tage brauchten, um nach Amerika zu fahren.

Man glaubte in Sicherheit zu sein... Man konnte essen, man

konnte sich die Haare schneiden, ja sogar sich maniküren lassen. Umarmungen in rauchigen Schifferkneipen am Hafen mit Freunden, denen es ebenfalls gelungen war, zu entkommen. Man stieß auf Amerika an und verabredete sich, sofort nach der Ankunft gemeinsam den neuen Chaplin-Film »Der Diktator«, der soeben in New York uraufgeführt wurde, zu besichtigen. Die Sicherheit war jedoch trügerisch. Solange man noch nicht das amerikanische Visum hatte, war man noch in Europa, und Hitler hatte fast ganz Europa besetzt. Warum sollte er Portugal verschonen? Man mußte sich beeilen. Man mußte sich einen Schiffsplatz sichern, bevor es zu spät war. Man mußte zur Hicem gehen. Die Juden Amerikas sorgten sich um uns. Die Hicem bezahlte die Überfahrt, die Hicem bezahlte das Hotel und den Friseur, die Hicem bezahlte den Kuchen, den man in sich hineinschlang, das Obst, die Schokolade, alles Eßbare, bis man es erbrach. Die Hicem bezahlte den Arzt und die Apotheke, die Pillen gegen die Angst, die Schlaflosigkeit, sie bezahlte auch, nachdem mit einer Verspätung von mehr als drei Wochen das amerikanische Visum eingetroffen war, die Schiffskarte, die ich endlich, wenige Stunden vor Abfahrt des kleinen portugiesischen Dampfers, im Café D'Oro erhandelt hatte.

Ich stürzte in mein Hotel, packte meine Sachen, fuhr zum Hafen und bestieg mit heraushängendem Hemd und einem Koffer, der sich unterwegs halb geöffnet hatte, die »SS Guinee«, kurz bevor die Planke eingezogen wurde.

Bevor man das letzte Tau löste, schrieb ich ein Gedicht:

Küste, die mich nicht mehr findet,
Stadt, um die mein Blick noch kreist,
wie aus Ankertiefen windet
aus Versunkenem sich mein Geist.
Und dies Tau, das mich noch bindet
an die Welt, die mich gebar,
an das Festland, mit dem schwindet
alles, was Europa war.
Sprache und Musik der Landschaft,
Weltentrücktheit, Schwärmerei
und, in gräßlicher Verwandtschaft,
dunkle Todesraserei.

Das Geheimnis meiner Jahre,
Worte, die ich sprach als Kind,
letztes Tau, das mich noch bindet,
wenn wir längst hinüber sind.

III

Der Mensch soll um der Güte und Liebe willen
dem Tode keine Herrschaft einräumen über seine Gedanken.

Thomas Mann

I

Amerika war bereits vor meiner Ankunft ein Teil meines Bewußtseins gewesen. Das Amerika Charly Chaplins, Buster Keatons und Harald Lloyds, das Amerika der Brownstone-Häuser, der Drugstores, der Wohnpaläste, aus denen jeden Augenblick ein Clark Gable, eine Katherine Hepburn, ein Spencer Tracy heraustreten könnte. New York war eine stehengebliebene Dekoration in einem Filmatelier, in dem gleichzeitig das Närrische und das Erhabene, das Tragische und das Alberne abspulte. New York war das Drehbuch für eine Stadt von morgen, die ein zürnender Gott, nachdem sie sich als allzu schwierig erwiesen, bis auf weiteres vertagt hatte.

Um über das Amerika, das uns erwartete, zu berichten, bedarf es einer besonderen Erzähltechnik. In Europa war man von Land zu Land geflohen, trotzdem gab es eine Kontinuität – man sprang von Eisscholle zu Eisscholle; als man in Amerika ankam, sprang man ins Meer. Wir waren nicht gekommen, um uns zu bereichern. Amerika war für uns die letzte Zuflucht, ein Provisorium, das nur so lange bestehen würde, wie Hitler bestand.

Im Folgenden sollen die Stationen eines Überlebens dargestellt werden, das sich von Tag zu Tag vollzog, sprunghaft, zusammenhanglos, unverbindlich und doch dramatisch wie das Land selber. Europa war einmal die Mutter gewesen, jetzt hatte sich die Mutter nach Amerika geflüchtet, sie hatte sich am Hudson angesiedelt, am Delaware, am Pazifischen Ozean. In Kalifornien lebten Strawinsky und Milhaud, Thomas Mann, Franz Werfel, Brecht und Döblin, in New York sah ich Erwin Piscator wieder, lernte George Grosz kennen und Hermann Broch. Es gab politische Versammlungen, wo Dinge diskutiert wurden, die längst anderswo entschieden worden waren, man traf sich, um nicht den Kontakt mit der deutschen Problematik zu verlieren. Man nahm kurzfristige Jobs an, die einem zugetragen wurden. Einmal wurde ich von der CIC nach Washington gerufen, um auf meine Eignung als Dolmetscher, als Verfasser von Flugschriften, die vermittels von Katapulten in die feindlichen Reihen geworfen werden sollten, oder als Geheimagent geprüft zu werden. Ein andermal verbrachte ich ein Jahr damit, daß ich in einem Büro der amerikanischen Luftwaffe aeronautische Dokumente, die man in Deutschland beschlagnahmt hatte und von denen ich kein Wort verstand, ins Englische übersetzte ... Darüber wird später noch ausführlich zu sprechen sein. Auch über die politischen Auseinandersetzungen, die sich innerhalb des Exils abspielten. Der Kampf um die Zukunft des Sozialismus, der bereits in Paris begonnen hatte, ging weiter. Man entzweite sich mit Freunden, die man literarisch bewunderte, aber politisch bekämpfen mußte. Die Illusion einer Aussöhnung mit den Gegnern der Demokratie, sofern sie sich nur fortschrittlich gebärdeten, das Mißtrauen der Intellektuellen gegen eine Gesellschaft, die ihnen immerhin noch die Freiheit gestattete, ihr Mißfallen auszudrücken – dies alles brachte es mit sich, daß man sich aus Protest in ein Niemandsland gedrängt sah, in ein Exil im Exil.

Ich wohnte in einem möblierten Zimmer am Riverside Drive, in dem außer meinem Bett noch ein Stuhl und ein Tisch Platz hatten. Mein Essen bereitete ich mir auf einem Spirituskocher. Von meinem Fenster aus konnte ich die Schleppkähne auf dem Hudson sehen, die schwerfälligen Vergnügungsdampfer, die um die Insel herumfuhren, und die Schnellboote der Küstenwache. Am Abend traf man sich im Drugstore an der Ecke und tauschte Erfahrungen über die »neue Welt« aus: Chaplins »Diktator« war eine Enttäuschung gewesen, ein jüdisches Komitee zahlte Taggelder aus, dieser oder jener hatte eine Stelle als Deutschlehrer an einer Universität gefunden und wunderte sich darüber, daß sich die Studenten sein schlechtes Englisch gefallen ließen. Wenige Tage nach meiner Ankunft machte mich Lotte Goslar mit einem Freund bekannt, einem Drukker, der Luxusausgaben von bibliophiler Schönheit herstellte. Er lud mich zum Essen ein.

»Und wovon gedenken Sie in Amerika zu leben?« fragte Joe Blumenthal.

»Ich möchte einen Band meiner Gedichte herausbringen«, sagte ich.

Joe Blumenthal legte Messer und Gabel hin, rief den Kellner und bestellte eine Flasche von dem besten französischen Wein, den das Hotel aufzuweisen hatte.

»Auf deutsch?« fragte er. »Das ist das Kurioseste, das mir seit langem begegnet ist. Die andern, die herüberkommen, erklären, sie würden alles tun, um ein paar Dollars zu verdienen, Teller waschen, Fenster putzen, Autos abspritzen, Hunde spazieren führen. Amerika ist mit Deutschland im Krieg, und da kommen Sie und wollen einen Band deutscher Gedichte herausbringen. Das gefällt mir. Ich werde Ihnen tausend Prospekte drucken, und wenn wir genug Subskriptionen bekommen, das Buch herausbringen.«

Ich stellte einen Werbetext zusammen, in dem sich Paul Tillich, Erwin Piscator, Bruno Frank und Erich von Kahler über meine Lyrik äußerten, schickte ihn Joe Blumenthal zu, der tausend Prospekte auf feinstem Papier druckte und, nachdem 250 Bestellungen eingegangen waren, mit der Drucklegung des Buches begann. So entstanden »Die hellen Nächte«.

Etwa um dieselbe Zeit lud mich ein Freund, den ich schon aus Berlin kannte, der Schauspieler Hans Heinrich von Twardowsky, zu einem Drink an der Bar von Sardi's ein, wo die Leute vom Theater zu verkehren pflegten. Ein soeben aus Frankreich geretteter Schriftsteller war damals noch eine Sensation, und die Männer an der Bar umringten mich, fragten mich aus, tranken mir zu. Alle redeten mich mit meinem Vornamen an, und ich dachte mir, was für freundliche Leute, was für ein freundliches Land. Ein kleiner, dicker, bebrillter Mann, der für eine Filmgesellschaft Manuskripte schrieb, brachte mich in einem Taxi nach Hause. Beim Abschied küßte er mir die Hand und fragte mich, ob er mich wiedersehen dürfe. Er schickte mir Rosen, Schokolade und die »Duineser Elegien« auf englisch in mein kleines möbliertes Zimmer am Riverside Drive und lud mich zum Essen ein, was ich, wenn auch zögernd, akzeptierte. Bei einer dieser Mahlzeiten erzählte ich ihm von einer Filmidee, die er sofort aufgriff, worauf wir am nächsten Tag zu einer Agentin bestellt wurden, die den kleinen, dicken, bebrillten Mann aufforderte, diese Idee, die sie vorzüglich fand, zu Papier zu bringen, und zwar auf englisch. Was nun geschah, war ein Inferno. Der kleine, bebrillte Mann trank, was zur Folge hatte, daß er jede Selbstbeherrschung verlor, wenn wir zusammen an dem Exposé arbeiteten, und dies, obwohl er mir geschworen hatte, daß er mich niemals anrühren würde. Meistens endeten diese Sitzungen damit, daß ich aus dem Zimmer lief und er mich durch die Straßen von New York bis zur nächsten Subway-Station verfolgte, wo ich mich seinen Blicken entziehen konnte. Nach einigen Monaten wurden wir in das dramaturgische Büro einer großen Filmgesellschaft bestellt, wo uns ein Herr, die Beine auf dem Tisch und die Zigarre im Mund, erklärte: »I like your story. I'm going to buy it, but you must change it completely. I'll get you a check for 500 Dollars.«

Der kleine, bebrillte Mann schrieb eine Fassung nach der anderen, die jedoch von unserem Auftraggeber nicht akzeptiert wurden, nicht zuletzt deshalb, weil sie schließlich kaum noch etwas mit dem Original zu tun hatten. Es blieb mir also nichts anderes übrig, als den Mitarbeitervertrag, den ich mit ihm abgeschlossen hatte, aufzulösen, was allerdings zu höchst unerfreulichen Vorkommnissen führen sollte. Eines Tages wurde mir ein Exemplar der »Hellen Nächte« zugeschickt, das offenbar mit einem Messer durchschnitten war. Auf der Titelseite befand sich die Zeichnung eines Mannes, der an einem Baum hing, darunter stand: »So geht es allen Verrätern.« Nicht genug damit, fand ich jeden Morgen im Vestibül des Hauses, in dem ich wohnte, eine Postkarte, auf der ich als Nazi denunziert und aufgefordert wurde, unverzüglich das Land zu verlassen.

»Ich will nichts gegen ihn unternehmen«, sagte ich dem Anwalt, der mir geraten hatte, die Polizei zu verständigen. »Er ist krank. Er liebte die Kunst Europas und fühlte sich von ihr abgewiesen. Ich bedauere ihn, ich bedaure ihn aufrichtig.«

So endete eine Episode im Leben eines nach Amerika verschlagenen Lyrikers, der sich geweigert hatte, Teller zu waschen oder Hunde spazieren zu führen.

»We fight back« war eine deutsche Sendereihe, die von Manfred George und Ernst Joseph Aufricht im Krieg gegründet worden war. Einakter von Brecht, Ödön von Horvath, Ferdinand Bruckner wurden dort in deutscher Sprache gesendet. Es war nicht so sehr eine Propagandawaffe gegen die amerikanischen Nazis als ein Mittel der Identifizierung. Wir wollten sagen, wer wir waren, es war unser Beitrag zum Krieg. Das Hörspiel »Urlaub vom Tod« hatte ich ursprünglich für die »Treasury Star Parade« geschrieben, eine Sendereihe des Finanzministeriums, die für die Zeichnung von Kriegsanleihen werben sollte. Immerhin war es erstaunlich, daß im Krieg ein Hörspiel auf englisch über alle amerikanischen Stationen gesendet werden konnte, in dem ich die These von der Kollektivschuld zurückwies und einen Unterschied machte zwischen Deutschen und Nazis. »Wir sind alle Gefangene, Deutschland ist ein einziges Konzentrationslager«, entgegnet der Vater dem Sohn, der als ein »Toter auf Urlaub« von der russischen Front heimkehrt und von ihm Rechenschaft fordert.

In der englischen wie auch in der deutschen Version spielte Joseph Schildkraut den Sohn. Ich saß in der Abhörkabine, als ich plötzlich zu meinem Schrecken vernahm, wie eine nicht von mir geplante Mädchenstimme sich mit den Worten »Darling, o Darling, I missed you so much« in den Dialog einmischte und den »Toten auf Urlaub« mit dem Liebesgirren einer amerikanischen Soap-opera begrüßte. Die Rolle war auf Veranlassung von Joseph Schildkraut in das Hörspiel hineingeschrieben worden, weil er seiner Geliebten einen Gefallen tun wollte.

Als am Schluß die zur Abhörprobe geladenen Gäste applaudierten und der Regisseur den Autor zu einem Drink einlud, um mit ihm weitere Hörspielpläne zu besprechen, hörte man diesen nur fassungslos stammeln:

»But the girl, the girl!«

»Was haben Sie gegen das Mädchen?« fragte erstaunt der Regisseur.

»I hate her! Take her out! At once!«

Womit sich eine weitere Mitarbeit des Autors an den vom Regisseur geplanten Projekten erübrigte.

Die Zerreißprobe

Durch die Straßen von Washington fährt ein Lastwagen mit fünfzehn Männern in Uniform. Es ist ein geschlossener Planwagen, so daß sie nicht sehen können, wohin man sie fährt. Es sind Zivilisten, die man in Uniformen gesteckt hat. Sie sind erst vor kurzem in Washington angekommen, und ein Major im Pentagon sagt ihnen: »Meine Herren, ich danke Ihnen, daß Sie gekommen sind. Tun Sie bitte Ihre Wertsachen, Ihre Ausweispapiere, alles, was Ihre Identität verraten könnte, in diesen Briefumschlag, den ich vor Ihren Augen versiegeln werde. Sie sind von jetzt an nicht mehr der, der Sie waren.

Sie haben einen neuen Namen, den ich Ihnen hier auf diesen Zettel schreibe. Bitte begeben Sie sich nach nebenan, in die Kleiderkammer. Geben Sie Ihren Anzug ab. Sie bekommen dafür die Uniform eines GI. Erwarten Sie weitere Befehle. Viel Glück.«

Er gab mir einen Zettel. Von nun ab hieß ich Hank. Ich ging in die Kleiderkammer, gab meinen Anzug ab und schlüpfte in die Uniform eines GIs, die mir viel zu groß war. Danach ging es ins Freie. Draußen standen etwa fünfzehn Männer, ebenfalls in GI-Uniformen, die ihnen entweder zu groß oder zu klein waren. Sie sprachen kein Wort und versuchten den Blicken der anderen auszuweichen. Ein Offizier forderte uns auf, einen Lastwagen zu besteigen. Wir fuhren davon. Nach einer Weile schienen wir Washington zu verlassen. Es roch nach Feldern, Wiesen und frisch gemähtem Gras. Plötzlich hielt der Wagen, wir stiegen aus und befanden uns im Hof einer großen Farm. Eine Anzahl von Offizieren trat auf uns zu, begrüßte uns händeschüttelnd. Auch einige Zivilisten standen herum, wahrscheinlich CIA-Leute, und unterhielten sich leise.

Aus dem Farmgebäude kam langsamen Schrittes ein Major, blieb vor uns stehen, salutierte und hielt eine Ansprache: »Meine Herren«, sagte er, »ich freue mich, Sie hier begrüßen zu können. Ich nehme an, Sie wissen, warum Sie hier sind. Sie werden drei Tage lang für gewisse Jobs, die wir für Sie haben, geprüft werden. Dabei werden mitunter Methoden zur Anwendung kommen, die Sie gewiß als unfair empfinden werden, und wir bitten Sie von vornherein um Verzeihung. Vergessen Sie aber nicht, daß wir es mit einem gefährlichen Feind zu tun haben, daß wir Sie Situationen aussetzen, von denen wir annehmen müssen, daß Sie ihnen nicht gewachsen sein werden. Vor allem aber eins: unter keinen Umständen dürfen Sie Ihre Identität verraten, was auch immer kommen möge. Nicht nur Ihr Leben steht auf dem Spiel, sondern auch das derer, die Sie durch eine unbedachte Äußerung aufs höchste gefährden könnten. Vergessen Sie nicht, wir sind in einem Krieg, in dem nicht nur mit Kanonen geschossen wird, sondern auch mit Worten. Das ist alles, was ich sagen wollte. Ich wünsche Ihnen viel Glück. Darf ich Sie bitten, sich in einer halben Stunde zu einem kleinen Abendessen im Speisesaal einzufinden.«

In einem hellerleuchteten Saal mit vielen Spiegeln war ein langer Tisch gedeckt. Man löffelte schweigend eine Suppe. Keiner sprach ein Wort, aus Angst, es könnten sich daraus vielleicht Anhaltspunkte zu seiner Person ergeben. Es öffneten sich die Türen. Einige junge Mädchen kamen herein und setzten sich herausfordernd zwischen die Gäste. Wir aßen schweigend weiter. Das Mädchen neben mir stocherte in einem kalten Spaghettigericht. Ich fühlte, wie sie mich aus ihren Augenwinkeln beobachtete. »Wie war doch gleich Ihr Name«, sagte sie, die Zerstreute spielend. »Hank«, sagte ich, ohne aufzublicken. »Und mein Name ist Debbie«, sagte sie. »Angenehm«, sagte ich. »Sehr angenehm«, sagte sie, worauf wir beide zu lachen begannen. Erst jetzt merkte ich, wie schwer es ist, eine Unterhaltung zu führen, ohne von sich selbst zu sprechen. Manche Menschen tragen mit ihrer Sprache ihre Lebensgeschichte auf der Zunge; einen Akzent, der sich mit dem anderen mischt und den Ort der Geburt ahnen läßt, manchmal auch den letzten Wohnort. Ich bewunderte den Sweater, den das Mädchen trug. »Ach, den hab' ich im Ausverkauf bei Bloomingdale's gekauft«, sagte sie und schlug sich sofort mit der flachen Hand auf den Mund. Ein anderer wollte von einem Theaterstück erzählen, das vor seiner Uraufführung in New York gerade in Philadelphia ausprobiert wurde, und verstummte mitten im Satz. Bevor wir auseinandergingen, klopfte der Major noch einmal ans Glas und bedankte sich für die »cooperation«.

»Gute Nacht, Debbie«, sagte ich.

»Gute Nacht, Hank«, sagte das Mädchen.

Am nächsten Morgen, nach dem Frühstück, begab ich mich zu der Scheune, wo gemäß dem Stundenplan, der jedem von uns am Abend vorher überreicht worden war, der erste Test stattfinden sollte. Die Scheune lag an einem Fluß, über den eine kleine Holzbrücke führte. Als ich mich näherte, kam ein Offizier aus dem Gebüsch, der salutierte und mir erklärte, was ich zu tun hatte:

»Leutnant Hank, Sie haben diese Brücke gegen eine heranrükkende deutsche Patrouille zu verteidigen und, falls notwendig, in die Luft zu sprengen. Ich gebe Ihnen fünfzehn Minuten Zeit, eine Sprengladung unterhalb der Brücke zu befestigen, die Zündschnur zurückzuführen bis zum diesseitigen Ufer und den Zündkasten mit dem Hebel hinter diesem Baum zu verstecken. Ich gebe Ihnen einen Mann als Untergebenen, der Ihre Befehle auszuführen hat.« Er klatschte in die Hände. Aus dem Gebüsch trat ein junger Soldat und salutierte. Der Offizier sah auf die Uhr. »Achtung«, sagte er, »es geht los.« Er zog seine Pistole, feuerte einen Schuß in die Luft ab und verschwand. Ich machte mich sofort an die Arbeit. Ich nahm das Ende der Zündschnur zwischen meine Zähne und kroch auf allen vieren über die Brücke. Ich hatte noch nicht das Ende der Brücke erreicht, als ich meinen Untergebenen hinter mir rufen hörte: »Herr Leutnant, darf ich mal austreten? Ich komme gleich wieder zurück.« Ich drehte mich um und sah, daß der Mann seinen Platz verlassen hatte und im Begriff war, sich ins Gebüsch zu begeben. »Halt«, rief ich, »halt, halt, halt, untersteh' dich, deinen Posten zu verlassen. Komm' sofort zurück, auf der Stelle.«

Er gehorchte. Ich kroch weiter und war bereits im Begriff, die Sprengladung an der Brücke zu befestigen, als ich ihn wieder hinter mir rufen hörte, mich noch einmal umdrehte und feststellte, daß der Mann verschwunden war. »Kreuzdonnerwetter«, schrie ich auf deutsch, wobei mir die Zündschnur entglitt. Wenn ich nur wüßte, wie man auf englisch flucht, ging es mir durch den Kopf. Ich sprang auf. »Du Sauhund«, schrie ich, »du verflixter, komm' sofort zurück oder ich lasse dich wegen Befehlsverweigerung vor ein Kriegsgericht stellen.« Ich packte ihn, ich warf ihn zu Boden. »Unterstehen Sie sich, einen amerikanischen Soldaten zu schlagen«, schrie er. »Wir sind hier nicht in Nazi-Deutschland.« Er gab mir einen Fußtritt, und ich war im Begriff, einen Stein vom Boden zu nehmen. Da kam der Offizier lachend aus dem Gebüsch, klatschte in die Hände und rief: »Stop, stop, stop, die fünfzehn Minuten sind vorbei.« Ich stand auf, beschämt, klopfte mir den Staub von den Hosen. Jetzt kam der Untergebene auf mich zu, gab mir die Hand: »Entschuldigen Sie«, sagte er, »seien Sie mir nicht böse, ich mußte es tun, Sie haben sich gut gehalten.«

Nach dem Mittagessen mit anderen, denen man die soeben erlittenen Niederlagen ansehen konnte, übergab mir eine Ordonnanz ein Schreiben, das folgendermaßen lautete: »Sie sind soeben um zehn Uhr nachts in einem Zimmer des Pentagon verhaftet worden, weil sie in Geheimakten der United States geblättert haben. Begeben Sie sich sofort auf Zimmer 307. Wir geben Ihnen fünf Minuten Zeit, sich ein Alibi auszudenken, das Sie von dem naheliegenden Verdacht, im Dienst einer feindlichen Macht zu arbeiten, befreit.«

Als sich fünf Minuten später die Tür von Zimmer 307 öffnete, sah ich mich einem Gerichtshof gegenüber. Vier Männer saßen hinter einem langen Tisch, drei in Talaren und einer in Uniform. »Angeklager Hank«, schrie der Uniformierte, »heben Sie die Hand zum Schwur und sprechen Sie mir nach, was ich Ihnen sage. ›Ich, Angeklagter Hank, schwöre hiermit, daß ich die Wahrheit und nichts als die Wahrheit sagen werde.‹ Setzen Sie sich.«

Es trat eine kleine Pause ein. Die drei Beisitzer blätterten stirnrunzelnd in Papieren, in Aktenstücken, die vor ihnen auf dem Tisch lagen. Einer von ihnen erhob sich und sprach zu mir herunter: »Angeklagter Hank, wollen Sie uns bitte mitteilen, was Sie um zehn Uhr nachts im Zimmer 2017 des Pentagon zu suchen hatten? Ich mache Sie darauf aufmerksam, daß Sie unter Eid stehen, ferner, daß Sie wegen Spionageverdachts verhaftet wurden. Was haben Sie zu Ihrer Entlastung vorzubringen?«

Ich sah zur Decke. Es war mir auf dem Weg zum Zimmer 307 nichts, aber auch nichts eingefallen. Der Mann in Uniform, ich glaube, er hatte Majorsrang, trommelte mit dem Bleistift auf der Tischplatte. Die drei Beisitzer blickten finster auf mich herab. Ich spürte, daß ich etwas sagen mußte, und ich beschloß, etwas zu sagen, irgend etwas, um die Sache nun endlich in Gang zu bringen. Ein Wort würde schon ein anderes ergeben. Dabei konnte ja auch einiges passieren, z. B. könnte das Licht im Haus plötzlich ausgehen oder der Stuhl, auf dem einer der Beisitzer saß, zusammenbrechen. »Angeklagter Hank«, sagte jetzt der Major, »warum waren Sie nachts um zehn Uhr im Pentagon? Was hatten Sie dort zu suchen?« »Jemand hat mich dorthin bestellt«, sagte ich mit fester Stimme.

Der Major spitzte die Lippen mäuschenhaft: »Und wer hat Sie dort hinbestellt, Angeklagter Hank, wenn ich fragen darf?«

»Das kann ich Ihnen leider nicht mitteilen«, antwortete ich, »weil ich sonst ein Staatsgeheimnis verraten würde.«

»Herr Hank, Sie scheinen sich des Ernstes Ihrer Lage nicht bewußt zu sein. Wissen Sie, was mit Verschwörern im Krieg geschieht? Sie werden erschossen. Ich frage Sie nochmals, wer hat Sie nachts um zehn Uhr in das Pentagon bestellt?«

»Thornton Wilder«, sagte ich. Ich nannte einen Namen, irgendeinen, der mir gerade einfiel. Ich hatte sein Stück »Our Town« vor kurzem in New York gesehen, außerdem hatte ich irgendwo gelesen, daß er als Intelligence-Officer mit der US-Army nach Europa gegangen war.

Ich konnte nicht ahnen, welche Verwirrung dieser Name in diesem Augenblick anrichten würde.

Die vier Männer hinter dem Tisch sahen einander schweigend an.

»Wer ist Thornton Wilder?« fragte schließlich der Offizier. Einer der Beisitzer flüsterte ihm etwas zu. Man fragte mich dann, beinahe väterlich:

»Meinen Sie etwa den Autor von ›The Bridge of San Louis Rey‹ und ›Our Town‹?« Ich nickte.

»Und warum hat Sie dieser Mr. Wilder ausgerechnet um zehn Uhr nachts ins Pentagon bestellt, Angeklagter Hank?« fragte der Major. »Ich bin mit Mr. Wilder befreundet«, log ich. »Er weiß, daß ich Italien gut kenne. Ich kenne vor allem die Küste. Ich kenne Rapallo, Lerici, Anzio. Wilder wollte mit mir über die mögliche Landung amerikanischer Truppen in Italien sprechen, er wollte von mir wissen, welcher Ort dafür am geeignetsten wäre.« Ich hatte bereits bemerkt, daß ein Beisitzer nach dem anderen die Hand vor den Mund hielt und zu kichern begann. Jetzt gab es kein Halten mehr. Sie prusteten los, klatschten sich auf die Schenkel, wischten sich die Tränen aus den Augen. Da hatte sich der Major wieder gefaßt. »Angeklagter Hank, wir werden Ihre Angaben nachprüfen lassen. Inzwischen halten Sie sich bitte zur Verfügung des Gerichts. Wir werden Sie nach Bedarf wieder rufen lassen. Es wäre hiermit die Verhandlung bis auf weiteres vertagt.«

Im Speisesaal sah ich Debbie, die verweint aussah. »Ich hab' total versagt, Hank«, sagte sie. »Wissen Sie, was mir passiert ist? Eine Aufgabe bestand darin, als Privatsekretär für einen Mann zu arbeiten, der im Verdacht stand, Geheimdokumente in die Sowjetunion zu schmuggeln. Ich sollte einige Papiere, die ich für wichtig hielt, mit einer winzigen Kamera, die man mir gegeben hatte, photographieren. Der Mann hat mich dabei überrascht, und ich habe die Nerven verloren und zu weinen begonnen. Der Mann war dann noch sehr nett zu mir und hat sich bei mir entschuldigt.«

Ich tupfte ihr die Tränen mit meinem Taschentuch ab. »Haben Sie noch nicht begriffen, warum wir hier sind, Debbie?« fragte ich. »Sie stellen uns Aufgaben, von denen sie wissen, daß wir sie nicht bewältigen können. Worauf es ihnen ankommt, ist festzustellen, wie wir uns benehmen, wenn wir versagen. Sie wollen unser Verhalten unter Streß studieren. Sie stellen Zerreißproben an, um zu wissen, wie wir sie überstehen.«

Danach gab es andere, harmlosere Tests, die lediglich den Zweck verfolgten, die Beobachtungsgabe, das Erinnerungsvermögen, das Gedächtnis für Details zu prüfen. So wurde man z. B. am Morgen in ein Zimmer geführt und aufgefordert, sich jeden Gegenstand genau einzuprägen, um zu berichten, was sich inzwischen geändert hatte, wenn man am Abend wieder in dasselbe Zimmer geführt wurde. Es hatte sich nicht viel geändert. Es waren dieselben Gegenstände, nur die Form, die Farbe oder die Firma war eine andere geworden. Statt eines Kamelhaarmantels, hing am Abend ein Pelzmantel im Schrank. In derselben Vase waren am Abend nicht mehr Veilchen, sondern Gänseblümchen. Aspirin, das am Morgen auf dem Nachttisch gewesen war, hatte sich in Pyramidon verwandelt. Ich erinnere mich, daß am Morgen auf dem Tisch eine Wermutflasche stand und daneben ein Glas, das nach Whisky roch, und am Abend eine Whiskyflasche mit einem Glas, das nach Wermut roch.

Erwähnt werden sollte noch, daß jede Stunde des Tages, auch während der Mahlzeiten, mit einem Test besetzt war. Die Opfer dieser psychologischen Kriegsführung taumelten von einem Nervenzusammenbruch zum anderen. Man sah ergraute Gelehrte als aschfahle Engel sitzen, kopfschüttelnd, sich an die Brust schlagend: »Ich bin ein Wurm, ich bin ein Wurm, ich bin ein Nichts, meine Mutter hat mich umsonst geboren.« Es gab unerwartete Ausbrüche einer Zerrüttung, die sich am letzten Abend in einer Abschiedsfeier entlud, bei der man sich gegenseitig unter den Tisch trank und sich gemeinsam mit den Kleidern auch der falschen Identität für immer entledigte.

Am Morgen des vierten Tages wurde ich zum Major gerufen, der mir erklärte: »Sind Sie bereit, in vier Wochen nach London zu fliegen? Wir werden Ihnen den Rang und das Gehalt eines Majors geben. Alles Weitere wird sich finden. Für einen Schriftsteller gibt es ja eine ganze Reihe von Möglichkeiten. Zum Beispiel können Sie Flugblätter schreiben, die dann in Katapulten über die feindlichen Linien geschossen werden. Sie können als Dolmetscher bei Gefangenenverhören verwendet werden und als Verbindungsoffizier am Aufbau einer neuen, demokratischen Presse in den von uns besetzten Gebieten mitarbeiten. Für Spionagearbeit und ähnliche Dienste, die Geistesgegenwart und eine schnelle Entschlußfähigkeit verlangen, würde ich Sie nicht unbedingt empfehlen, dazu sind Sie mir ein wenig zu nervös. Können Sie in vier Wochen reisefertig sein?«

Der Major hatte eine kurze Shagpfeife im Mund, die aus seinem Gesicht herausstand wie eine zweite Nase oder ein verkrüppeltes Glied, das zuweilen rauchte und erkaltete und dann wieder angezündet werden mußte, wobei man die Hände kuppelartig darum legte, betend, bewahrend wie ein Heiligtum.

»Sir«, sagte ich, »als deutscher Schriftsteller würde ich es als eine große Auszeichnung betrachten, wenn die USA mir meine Gedichte mit Katapulten über die feindlichen Linien schleudern würden, aber Flugblätter verfassen, in denen ich eine Meinung äußern muß, die ich nicht vertreten kann, ist eine andere Sache. Darf ich ganz offen mit Ihnen sprechen, Sir, ich bin mit der Außenpolitik der Vereinigten Staaten nicht einverstanden. Man will der deutschen Opposition keine Chance geben, man will die deutsche Revolution nicht, weder in Washington noch in Moskau oder London. Ich bin nicht nur als Jude aus Deutschland geflohen, sondern auch als ein Gegner Hitlers, der entschlossen ist, ein verabscheuenswürdiges Regime zu stürzen. Ich möchte nicht in der Uniform eines amerikanischen Majors vor meine Landsleute treten und ihnen sagen, was sie zu denken haben. Ich möchte nicht als Sieger nach Deutschland kommen, sondern als Befreier.«

Der Major nahm seine Pfeife aus dem Mund, und es schien mir, als ob er sich damit seiner Männlichkeit beraubte. Wenn ein Mann in gehobener Stellung seine Pfeife aus dem Mund nimmt und sie neben sich auf den Tisch legt, so wird er über etwas nachdenken. Der Major wollte über etwas nachdenken. Er betrachtete seine Pfeife liebevoll von allen Seiten wie ein Baby seinen Schnuller, steckte sie dann wieder in den Mund und lutschte daran.

»Natürlich haben Sie ein Recht darauf, mit der Politik Franklin D. Roosevelts nicht einverstanden zu sein«, sagte er schließlich, »dies ist ein freies Land, und Sie werden noch hinreichend Gelegenheit haben, Ihrer Meinung bei der diensttuenden Stelle Geltung zu verschaffen.«

»Glauben Sie wirklich, Sir«, sagte ich, »daß ich fünf Minuten vor der Landung amerikanischer Truppen in der Normandie die Möglichkeit haben werde, die Außenpolitik Franklin D. Roosevelts zu ändern? Selbstverständlich bin ich jederzeit bereit, als Soldat zu kämpfen, wenn ich dazu aufgerufen werde, aber in diesem Falle – geben Sie mir bitte noch etwas Bedenkzeit.«

Der Major erhob sich, gab mir die Hand. »Überlegen Sie es sich noch einmal. Ich gebe Ihnen eine Woche Zeit.«

Er klopfte mit dem Zeigefinger auf den Tabak in seiner Pfeife. Ich war entlassen.

Eine Woche später teilte ich ihm in einem eingeschriebenen Brief mit, daß ich aus Gewissensgründen sein Angebot, für das ich ihm herzlichst danke, leider nicht annehmen könne.

2

Es gab eine Coca-Cola-Maschine in dem Büro der amerikanischen Luftwaffe, in dem ich als Übersetzer von Dokumenten, die man in Deutschland beschlagnahmt hatte, arbeitete.

Sie beherrschte den Raum wie ein Altar, der zur Andacht einlud. Sie gab Trost, sie gab Trost dem Major, der sie dort hatte aufstellen lassen, um seine Leute bei guter Laune zu halten. Von Zeit zu Zeit stand einer der Männer von seinem Tisch auf, ging zur Coca-Cola-Maschine, zog sich eine Flasche, öffnete sie und trug sie auf Zehenspitzen heim zu seinem Tisch. Der Major sah zu, daß seine Leute nicht verdursteten, und verdiente an ihrem Durst, indem er die Coca-Cola-Maschine vermietete und seine Prozente einstrich. Die Amerikaner hatten, als sie Deutschland besetzten, bei den Firmen »Messerschmitt« und »Junkers« aeronautische Dokumente beschlagnahmt, die nun registriert und übersetzt werden sollten. Sie waren in einem von Fremdwörtern chemisch gereinigten Deutsch geschrieben, das Ingenieuren, die seit längerer Zeit in Amerika lebten, unverständlich war und deshalb, in Zusammenarbeit mit Sprachforschern, zuerst ins Deutsche, dann ins Englische übertragen werden mußten. Ihre Tätigkeit bestand darin, sich in Ratespielen zu ergehen, die zu Phantasiegebilden von noch nicht dagewesener Originalität führten, etwa in der Art von Paul Klees »Zwitschermaschine« oder den Sprachhalluzinationen eines Kurt Schwitters. Die engagierten Ingenieure und Philologen, meist Emigranten, wurden für den technologischen Dadaismus, den sie in einem Büro in Wall Street fabrizierten, fürstlich bezahlt. Man durfte sogar sechs Tage im Monat krank sein oder sich, wenn einem Bargeld lieber war, den hierfür ausgesetzten Betrag am Monatsende auszahlen lassen. Man konnte sich nun endlich einen Anzug im Ausverkauf leisten, alle Schulden bezahlen, Arztrechnung, einmal in der Woche anständig essen gehen.

Ich saß mit Louis Coser, der später die hervorragende Zeitschrift »Discent« herausgab, und mit dem Germanisten Claude Hill an einem Tisch. Wir nahmen die Schecks in Empfang, die schweigend vor uns hingelegt wurden, tranken Coca-Cola und übertrafen einander in Übersetzungsvorschlägen und Redewendungen wie etwa »Überschallgeschwindigkeitssteuerung« oder »Schwierigkeiten bei Belastungsversuchen mit Ersatzstoffen im Zerreißprobenkanal mit gekoppelter Zielwirkung«. Ein Jahr lang führte ich das Dasein von Millionen Menschen, die am Morgen in überfüllten Zügen zur Arbeit fahren, mit der linken Hand die New York Times entfaltend, mit der rechten die Schlinge über sich ergreifend, um am Abend erschöpft, aber im Bewußtsein ihrer Zugehörigkeit zu einem Gemeinwesen, das man Gesellschaft nennt, in entgegengesetzter Richtung zurückzufahren.

Als das Jahr schon fast um war, kam eines Tages ein Luftwaffengeneral in unser Büro, ließ uns zusammenrufen und verkündete mit heiterer Miene, man sei nunmehr so weit, das Büro zu schließen. Von den Tausenden von Dokumenten, die man in Deutschland beschlagnahmt hatte, waren nun mehr als die Hälfte übersetzt, registriert und der amerikanischen Industrie zur weiteren Verwendung zur Verfügung gestellt worden. Allerdings bezweifelte er den strategischen Wert der geleisteten Arbeit. »Um ganz offen zu sein, meine Herren, ich habe einige Dokumente gelesen, die Sie übersetzt haben, und ich muß Ihnen gestehen, daß ich seit ›Alice in Wonderland‹ nicht mehr so gelacht habe. Das ist immerhin eine Leistung. Ich danke Ihnen, meine Herren. Good Bye.«

Ich fuhr mit Louis Coser nach Provincetown, an der Nordspitze von Cape Cod, wo einst die Pilgrims landeten, eine der schönsten Landschaften Amerikas, die bereits Thoreau in seinem Buch »Walden« beschrieben hat und die in der Verbindung von Meer, Wäldern und Seen und in ihrer meilenweiten Dünen- und Strandeinsamkeit viele Künstler und Dichter bewogen hat, sich hier anzusiedeln: den Literaturkritiker Edmund Wilson, den Maler Edward Hopper, Schriftsteller wie Norman Mailer, Dos Passos, Waldo Frank. Da waren die Leute um die »Partisan Review«, um »Commentary« und den »New Leader«, Anarchisten, Trotzkisten, Surrealisten. Sie lebten verborgen in den Wäldern. Ich war froh, eine freiheitliche Linke zu finden. In Europa war man entweder Kommunist oder Faschist, aber hier war man gegen die Gewalt, in welcher Form auch immer, die des Staats oder einer Partei. Da lebte man verborgen in den Wäldern an einem See, über den die Kraniche zogen, oder auf einer Düne, in einem ehemaligen Eisenbahnwaggon, den sie sich zu einer Wohnbaracke umgebaut hatten, und fütterte die Waschbären, die nachts die Mülleimer umstürzten und durchwühlten. Tagsüber schrieben sie, malten, musizierten, schwammen, aber am Abend wurde getanzt, getrunken, gebadet im Mondschein. Da lag man naß unter Sternen und liebte sich, da brannten die Lichter auf den Dünen, da tanzten braungebrannte Mädchen in bunten Kostümen, Blumen im Haar. Da war man voll des Weines und des politischen Zorns, da stießen Linksabweichler bacchantische Morddrohungen gegen vermeintliche Gegner aus oder hielten sie weinend umschlungen. Um Mitternacht wurden Schüsseln, nein, Bottiche mit Reis und Seetieren herumgereicht, mit Muscheln und Krabben und Tintenfischen, Musik dröhnte aus Lautsprechern ins Meer hinaus, wo ganz fern in der Dunkelheit das Schiff, vielleicht aus Europa, vorbeifuhr mit acht Segeln und fünfzig Kanonen, ein Licht, so klein wie ein Zündholzkopf kurz vor dem Verlöschen ...

Cape Cod, das war für mich, der ich aus dem Faschismus kam, die Freiheit, das war das grenzenlose, überwältigende Berauschtsein von der Natur, vom Meer, vom Menschen, vom Wein, von der Lust und von der Liebe und vom Geruch der Mädchen – Cape Cod, das war die Nähe zum Menschen, die Nähe zur Wahrheit, die in kleinen Hütten wohnte, in selbstgewählter Armut inmitten von Reichtum und Überfluß. Wie schön erschienen mir diese Menschen, in diesem meinem ersten Sommer auf Cape Cod, wir fuhren halbnackt und bärtig, in zerbeulten Wagen, in denen die Sitzkissen fehlten, über die Waldwege, eifernd, diskutierend, unerbittlich, in ihrem Kampf gegen die Unerbittlichkeit, boshaft, aggressiv, wenn es sein mußte, aber doch, bei aller Hartnäckigkeit, die Vielfalt der Meinungen genießend, sie auskostend... Damals lernte ich sie alle kennen, die einen Namen hatten, und es ging ja alles so zwanglos zu. Alle Türen standen offen, und der Wind wehte in die Besucher hinein, der Sturm, und die Häuser auf den Dünen, in den Wäldern hatten viele Kammern und Matratzen, man schlief auf dem Boden oder auf einem Dach, man aß und trank mit den anderen, und die anderen sorgten dafür, daß man zu essen und zu trinken hatte, man wurde beklopft, ausgehorcht, weitergereicht, man wurde zugelassen, man gehörte dazu.

Es ergab sich, daß ich Rosamunde Wilson kennenlernte, die Tochter des bedeutenden Literaturkritikers Edmund Wilson, der für den New Yorker schrieb. Wilson war ein beleibter Herr, der mich immer an gewisse Prospekte denken ließ, in denen Kochrezepte für Leute, die dünner werden wollten, veröffentlicht wurden und dies in einer Gegenüberstellung von zwei Bildern, »Vorher« und »Nachher«, illustrierten. Wilson war ein ständiges »Vorher«, dem kein »Nachher« folgte. Indessen erlaubte seine Beleibtheit keineswegs, von der äußeren Harmonie, die sie ausstrahlte, auf eine innere zu schließen. Edmund Wilson war ein schwieriger Mensch, der seine Schwierigkeiten hinter einer Sprachmauer von Einfachheit und Präzision zu verbergen suchte. Das makellose Englisch, das er schrieb, hatte seine Opfer gefordert, es war ihm nicht reif in den Schoß gefallen, sondern mußte jedesmal neu erkämpft, neu geprägt werden. Er gehörte zu jenen seltenen Kritikern, die fähig sind, das Problematische einer literarischen Erscheinung mit der Geduld eines Bastlers langsam zu entknoten und Schicht für Schicht abzutragen. Sein Stil gab der Sprache ihre ordnende Würde wieder. Er forderte sie auf, nicht überwältigt zu werden, sondern das Unbewältigte zu bewältigen. Seine Besprechungen im »New Yorker« waren nicht das letzte, aber doch wohl das beste Wort, das über ein Buch gesagt werden konnte, und es war meist besser geschrieben als das Buch selber, das er besprach.

Eine Zeitlang holte ich Edmund Wilson jeden Nachmittag zu einem Spaziergang in den Wäldern von Wellfleet ab. Er liebte die Provokation. Das Gespräch wäre sonst zu langweilig gewesen. Aber einmal geschah die Provokation auf Kosten eines Autors, den ich liebte. Der Name Franz Kafka war damals in aller Munde. Jeder, der etwas auf sich hielt, mußte mindestens einmal einen Meisteressay über ihn geschrieben haben. Ich nehme an, daß auch Edmund Wilson dies bereits mehrfach getan hatte, aber Literaturmoden in Amerika kommen und gehen. Dies geschah nun auf unserem Spaziergang, bei dem er nicht müde wurde, mir nachzuweisen, daß die Kunst Franz Kafkas nichts anderes sei als eine einzige, ins Literarische verdrängte Neurose, an der Kafka selbst, ein lebensunfähiger Mensch mit einem Vaterkomplex, litt und nicht einmal imstande war »to get himself a girl«. Ich weiß nicht, ob Edmund Wilson je einen solchen Aufsatz veröffentlicht oder ob er ihn nur in Gedanken konzipiert hat, um zu sehen, wie ich darauf reagierte, und der Diskussion um einen bereits zu Tode geredeten Autor neues Blut zuzuführen. Ich erinnere mich noch sehr gut an dieses Gespräch, weil es mich enttäuschte, meine persönliche Beziehung zu Edmund Wilson beeinträchtigte.

In seinem Haus lernte ich den Herausgeber von »Politics«, Dwight McDonald kennen, den ich bewunderte, weil für ihn der Geist des Widerspruchs eine sittliche Forderung zu sein schien, wie für andere der der Zustimmung und Versöhnung. Für Dwight war die Technik des Zweifelns eine Art von sokratischer Methode, den Gegner auszuhorchen, ihn auf die Probe zu stellen und der Wahrheit dadurch näher zu kommen, daß er diejenigen, die ihrer nicht würdig zu sein schienen, erledigte. Dwight hatte den Mut, während des Krieges eine Zeitschrift herauszugeben, die zugleich anarchistisch, trotzkistisch, pazifistisch war, radikal jeder Halbwahrheit, jedem Denkausfall auf den Grund gehend, in aller Unerbittlichkeit. Er selbst war oft ungerecht, aggressiv boshaft, aber ein glänzender Schriftsteller und bereit, jederzeit einen Irrtum einzugestehen und zu berichtigen. Ich habe für »Politics« einen Aufsatz über Kurt Tucholsky geschrieben. Ich glaube, es war der erste, der über ihn in Amerika erschienen ist, mit Proben aus seinen Werken, übersetzt von Ralf Mannheim wie mein Aufsatz.

3

Im Hause von John Dos Passos, in Provincetown, machte ich eine Beobachtung, die mich nachdenken ließ über das Verhältnis des Dichters zu der Gesellschaft, in der er lebt. Ich kam aus einem Europa, in dem bis zu dem verhängnisvollen Jahr 1933 der Dichter eine beispielhafte Figur gewesen war, er repräsentierte den Geist einer Nation. Ein André Gide, ein Thomas Mann sprachen für ihr Land, wenn sie schrieben, sie waren sich ihrer Bedeutung bewußt. Aber in Amerika war selbst ein Autor von Weltruf sich gewiß, daß er es nicht mit dem Ruf eines Rockefeller oder Vanderbilt aufnehmen konnte, und bis heute ist der Künstler in Amerika ein Zuspätgekommener geblieben, mit dem man sich erst beschäftigt, wenn alle anderen Bedürfnisse befriedigt worden sind. Er wird erst in dem Augenblick interessant, wenn er als Kunde auf dem Grundstücksmarkt oder als Käufer von Wertpapieren in Erscheinung tritt. Es ist gewiß kein Zufall, daß im Sonntagsblatt der »New York Times« die Sonderbeilage für Kunst, Theater, Musik, Tanz usw. die Überschrift »Art and Leisure« trägt, d. h. Kunst und Entspannung oder, wenn man boshaft sein will, Kunst und Müßiggang.

Im Deutschland der zwanziger Jahre wurde John Dos Passos neben Joyce und Proust zu den wichtigsten Autoren des Auslands gerechnet. Bücher wie »Manhattan Transfer« und »Der 42. Breitengrad« haben in ihrem Nebeneinander der verschiedenen Formen der Wirklichkeitsbewältigung eine Revolution des Romans herbeigeführt. Bei Dos Passos spielten sich die Erzählungen auf verschiedenen Ebenen ab, die einander ergänzten: als Reportage, als Dichtung, als Tatsachenbericht und als Zeitungsnachricht.

Er hat dem Roman eine epische Dimension gegeben, die uns begeisterte. Ich hatte seit Jahren auf den Augenblick gewartet, ihm dies einmal mitteilen zu können.

Der Sonntagnachmittag verlief, wie in Millionen amerikanischer Häuser ein Sonntagnachmittag mit Gästen zu verlaufen pflegt. Mit dem nicht immer berechtigten Stolz des Amerikaners auf seinen individuellen Geschmack bestellte sich jeder der Gäste seinen Drink, als wäre es eine Entscheidung auf Tod und Leben. Der eine wollte einen Whisky mit Eis, aber ohne Soda, der andere einen

Cinzano, aber nicht mit einer Zitronenscheibe, sondern mit einer Olive, der dritte eine »Bloody Mary«, der vierte einen Screwdriver, und so weiter... Dos Passos hörte andächtig zu, sprach jede Bestellung nach, als wäre es eine Liturgie, dann verschwand er und kam nach einer halben Stunde mit einem riesigen Tablett voller Gläser zurück und händigte jedem das Verlangte aus, als hätte er es auswendig gelernt. Hier der Tom Collins für Sie, Mrs. Hutchinson, und hier der Cinzano mit einer Olive für Mr. McPherson, wenn ich mich nicht irre. Damit war das Zeremoniell beendet, und der zwanglose Teil der Unterhaltung begann. Man knabberte an Brezeln und Salzstangen, tauchte rohen Blumenkohl und Karottenstücke in weiße, breiige Flüssigkeiten, wobei man sich die Fingernägel besudelte und sie heimlich am Tischtuch abwischte, sprach über den letzten Leitartikel der »New York Times«, über den neuesten Buchtitel, bedauerte den Unfall der Nachbarin, die aus irgendeinem Grunde den Fuß verstaucht hatte, steckte sich zum Abschied noch eine Selleriestaude in den Mund oder eine unerwartet bittere Olive und machte sich zum Aufbruch bereit. Ich war der letzte, der dem an der Tür stehenden Gastgeber die Hand drücken und ihm für die »lovely party« danken sollte. Dies war nun der Augenblick, auf den ich einen Nachmittag, nein Jahre, gewartet hatte, und ich nutzte ihn auf eine Weise aus, die den Gastgeber, der mir bereits seine Hand entgegenhielt, erschrocken zurückweichen ließ. »Mr. Dos Passos, ich kann nicht von Ihnen Abschied nehmen, ohne Ihnen zumindest gesagt zu haben, wie sehr man Sie in Europa verehrt, und was Sie mir, was Sie meiner Generation bedeutet haben. Sie haben gemeinsam mit Joyce und Proust dem Roman eine neue Dimension gegeben. Sie haben die Gleichzeitigkeit des Geschehens an vielen Orten, im Bewußtsein sehr verschiedener Menschen aufgezeigt – und...« Schon bei den ersten Worten hatte ich bemerkt, daß ich Dos Passos in tödliche Verlegenheit gebracht hatte. Er drehte sein rotbraungebranntes Gesicht mit den abstehenden Ohren und der glattrasierten, ebenfalls rotbraungebrannten Kopfhaut von einer Seite zur anderen, während er abwehrend seine Hände erhob und »Thank you, thank you very much, thank you, thank you indeed« stammelte. Aber ich ließ ihn nicht los. Etwas war über mich gekommen. Ich drängte den armen, völlig aus der Fassung gebrachten Mann in eine Ecke und redete weiter auf ihn ein, begeistert von meinen eigenen Worten, die ihn nur noch verlegener machten, bis ich schließlich von dem Unglücklichen abließ und den Leuten folgte, die schon am Ausgang auf mich warteten.

4

Die Abneigung amerikanischer Autoren, über ihre Arbeit zu sprechen, habe ich später noch bei anderer Gelegenheit erfahren, in Yaddo und in der McDowell-Kolonie, zwei Künstlersiedlungen, in denen Maler, Musiker, Autoren ungestört arbeiten konnten. Yaddo war ein efeuumranktes Schloß in der Nähe von Saratoga Springs, das ein ehemaliger Eisenbahnkönig den Künstlern nach seinem Tode überlassen hatte. Man schlief in Prunkgemächern, nahm die Mahlzeiten in einem kostbaren, gemäldegeschmückten Festsaal ein und verbrachte den Tag in einem Studio im Walde, das einem zugewiesen war und wo keiner den anderen stören durfte. Um die Mittagszeit wurde dem jeweiligen Inhaber des Studios eine Lunchbox vor die Tür gestellt, in der sich Sandwiches, eine Apfelsine, eine Banane und eine Thermosflasche mit Kaffee befanden. Nach dem von einer Wiener Köchin zubereiteten Abendessen begab man sich in die Schloßkapelle des verstorbenen Eisenbahnkönigs, um sich Platten von Komponisten, die sich gerade in Yaddo befanden, anzuhören, oder spielte, bis es dunkel wurde, auf dem Rasen Krocket oder Volleyball.

In dem Sommer, als ich in Yaddo war, freundete ich mich mit einigen der besten Autoren beim Kroket oder beim Fruchteis an, mit William Carlos Williams, der wunderbaren Carson McCullers, dem schwarzen Dichter Langston Hughes und der Chinareisenden Agnes Smadley. Aber auch sie schienen es vorzuziehen, weniger über Literatur als über die Klatschgeschichten, die damit zusammenhingen, zu sprechen und über ihre eigene Arbeit höchstens mit einem resignierten Achselzucken.

Der Dichter Theodor Roethke, ein schwerer Mann, der auf mächtigen Gummisohlen durch die Zeit schritt, war ebenfalls kein Freund des literarischen »shop talk«.

Er kam aus Wisconsin und beroch mich, wie ein Auerochs vielleicht ein Kaninchen beriecht. Wir wurden Freunde. Wir saßen, nachdem die andern schlafen gegangen waren, im Speisezimmer der Kolonie und sprachen, nein, nicht über Literatur, nicht über seine Oden oder seine »Elegie auf Jane«, die ich übersetzte – »Vergessen Sie nicht, lieber Freund, daß in Wisconsin noch vor fünfzig Jahren die wilden Tiere hausten«, sagte er – sondern über die Zubereitung von Bier und Maplesirup. Spät in der Nacht hatte der Dichter aus Wisconsin eine großartige Idee: Wir schlichen uns im Dunkel der Nacht in den Waschraum und vertauschten sämtliche Zahnbürsten, Waschlappen und Rasierpinsel. Es begann bereits zu tagen, als wir, erschöpft von unserer schöpferischen Zusammenarbeit, kichernd in die Betten fielen. Ich hatte mir Roethkes Vertrauen als Übersetzer erworben, ich hatte mich als ein »good sport« erwiesen. Hätte ich versucht, mit ihm über seine Literatur zu sprechen, ich wäre in seinen Augen ein Spielverderber und ein »bore« gewesen.

Die Einsamkeit des amerikanischen Menschen überhaupt, die David Riesman in seiner Untersuchung »The Lonely Crowd« darstellte, hat Autoren wie Theodor Roethke und Carson McCullers geprägt, und es ist gewiß kein Zufall, daß sie in ihrem Roman »The Heart is a Lonely Hunter« zwei Taubstumme, sozusagen stellvertretend für den Mangel an Kommunikation, in einer amerikanischen Kleinstadt zeigt.

Meinen Aufenthalt in Yaddo verdankte ich einer Empfehlung von Hermann Broch, den ich bei Erich von Kahler in Princeton kennengelernt hatte. Broch war es auch, der mir riet, mich mit zwei Kapiteln meines Romans »Die Wenigen und die Vielen«, den ich in Yaddo begonnen hatte, an einem Preisausschreiben zu beteiligen, das der Verlag Houghton Mifflin veranstaltet hatte, was mir den zweiten Preis und eine Option des Verlages auf das Buch einbrachte.

Ich möchte mehr über Broch sagen, aber auch wenn ich einen ganzen Abend und eine ganze Nacht über ihn redete, so würde es mir kaum gelingen wiederzugeben, was man empfand, wenn man ihm begegnete.

Bei der Trauerfeier für Hermann Broch in New York sagte Erich von Kahler über ihn: »Er war *der* Bruder.«

Broch, ein Fabrikant aus Wien, war zum Schriftsteller geworden, weil er den Menschen näher sein wollte. Er kam von der Philosophie her, und sein Schreiben war eine Fortsetzung des Denkens mit anderen Mitteln. Unter dem Einfluß von Joyce, dem er einen denkwürdigen Essay gewidmet hat, gab er der Technik des Assoziierens einen neuen Inhalt: der Zerfall der Werte in unserer Zeit. In seiner »Schlafwandler«-Trilogie und vor allem im »Tod des Vergil« entwickelt er eine Art von Denksinnlichkeit, eine aus Farbtupfen zusammengesetzte, abstrahierte Wirklichkeit, der in der Malerei etwa der Pointillismus Seurats oder Signacs entsprechen würde. Broch bedient sich dabei einer sehr eigenartigen Technik. Er stellt dem Leser, wenn er ihm etwas beschreiben will, eine Auswahl von Worten zur Verfügung, von denen er sich das, was ihm eben am meisten zusagt, aussuchen kann. Ihn interessiert nicht mehr das *mot juste*, das einzig mögliche Wort, um das es noch einem Dichter wie Flaubert ging, er ist skeptisch genug, zu wissen, daß es dieses Wort nicht gibt. Es gibt nur Annäherungen an das, was dem Dichter vorschwebt, wie es nicht eine Wahrheit gibt, sondern viele Wahrheiten. Einfach alle sind sie gleichberechtigt in diesem quasi demokratischen Pluralismus der Sprache. In einer Epoche, die vom Zerfall der Werte angenagt ist, sind die Begriffe austauschbar, das Eine ist ebenso wichtig wie sein Gegenteil, Ja und Nein heben sich auf, sind Komplementärfarben, die einander ergänzen, Fragmente in einer Fragment gewordenen Zeit.

Broch ist somit ein Autor der »offenen Form« wie auch Joyce, Döblin, Günter Grass, um einen Begriff von Heinrich Wölfflin aus seinen kunsthistorischen Grundbegriffen auf die Literatur anzuwenden. Im Gegensatz etwa zur geschlossenen Form Stendhals, Thomas Manns, Gottfried Kellers. Die offene Form ist flexibel, labil, veränderlich, sie kann sich nicht auf Traditionen berufen, sie muß sich jeden Augenblick neu entdecken. Jean Star-Untermeier, Brochs amerikanische Übersetzerin, die fünf Jahre ihres Lebens damit verbrachte, den »Tod des Vergil« ins Englische zu übertragen, verglich den dichtenden Broch und seine Anstrengung an der Schreibmaschine mit Laokoon, der sich von den Schlangen, die ihn umstricken, zu befreien versucht. Kaum ein anderer Schriftsteller läßt so sehr die Verlockung durch die Sprache und die Mühe, ihr zu widerstehen, erkennen wie Broch. Seine Prosa zeigt den Dichter im Kampf mit der Sprache, der sich überhäuft mit Vorschlägen, wie man der Wirklichkeit sprachlich habhaft werden kann, indem er einen Sprühregen von Assoziationen zur Verfügung stellt. Aus rauschenden Kaskaden einer Gedankenlyrik tritt etwas hervor, dem man den Schmerz über die Unvollkommenheit des Gesagten, der bei Broch fast zu einer Art Weltschmerz wird, anmerkt. Bleibt es eben doch nur die Annäherung an eine Welt, mit der man sich vereinigen möchte, die Annäherung an das Ich, nicht aber Vermählung mit dem Anderen, Einswerden von Geist und Wirklichkeit, von Körper und Seele. Man muß den »Tod des Vergil« laut lesen, um zu merken, daß es ein großes Gedicht in Prosa ist, ein Gedicht der Schwermut, der tiefen Melancholie darüber, daß nur die Anstrengung zählt, die Lust zur Wahrheit mehr als die Wahrheit selber.

In zahlreichen Briefen an mich taucht immer wieder ein Gedanke auf, der mich bei einem Autor seiner Bedeutung stets wunderte: »Man weiß ja als Schriftsteller nie, ob das, was man geschrieben hat, Blödsinn ist oder nicht.« In seinem Empfehlungsschreiben an einen amerikanischen Verleger pries er das »Element des Unmittelbaren«, das mich angeblich auszeichnete und auf das ich mir im Grunde niemals viel eingebildet hatte. Im Gegenteil: ich mißtraute meiner Unmittelbarkeit, weil sie sich leicht der Kontrolle entzog, und beneidete einen Schriftsteller wie Broch um seine Kompliziertheit, die ich für wichtiger und profunder hielt. Während Broch mich eben um das beneidete, was ihm nicht gegeben war, das Spontane, das Unbekümmerte, ja sogar Gewissenlose, die Eingebung, die um ihrer selbst willen genossen werden möchte, abenteuerlich und deshalb neu. Er berauschte sich manchmal an Bildern und Gleichnissen in meinen Gedichten, mit denen ich selbst keineswegs einverstanden war, weil sie nur das Resultat einer lyrischen Eingebung waren und nicht, wie bei Broch, Destillat einer geistigen Erkenntnis. Musizieren um der Musik willen lag ihm nicht. Er hat sich die Sprache erarbeitet, er mußte sich an ihr erhitzen und doch kühl bleiben, kritisch, distanziert. Er hatte das königliche Amt des Formulierens übernommen in einer Zeit, die sich der Formulierung entzog, und er versuchte ihr beizukommen, indem er ein wissenschaftliches Werk über den Massenwahn verfaßte. Und auch das ist in seinen Briefen nachzulesen, dieser Versuch, dieses Bemühen, das Irrationale zu rationalisieren, das Unbewußte bewußt zu machen. Es gelang ihm nicht ganz. In den wunderbaren Büchern Hermann

Brochs lebt die schmerzliche Schönheit einer zu Ende gehenden Literatur fort, die sich aus der Kompliziertheit von gestern eine Einfachheit von morgen retten wollte.

Ikonographie des Exils 3

Einer Exilforschung, die Wert auf Authentizität legt, seien folgende Plätze als historische Stätten der Emigration zur Besichtigung empfohlen: Das Café Eclair, in dem Wiener Konditorwaren, die in New York Seltenheitswert besitzen, von exilierten Professoren, die dort als Kellner engagiert waren, den Gästen aus Übersee mit Schlagobers sowie Aperçus von Karl Kraus und Alfred Polgar serviert wurden, wobei es das Schicksal wollte, daß heute der Gast den Kellner und morgen der Kellner den Gast bediente. Das Schreibmaschinengeschäft von Charles Osner in der Amsterdam Avenue, wo man sich seine Farbbänder kaufte und die Gelegenheit dazu benutzte, sich mit dem Inhaber und seiner liebenswerten Frau über die Zukunft der sozialistischen Idee zu unterhalten und sich gleichzeitig deutsche Umlaute in amerikanische Schreibmaschinen einbauen ließ. Das Westside-Beerdigungsinstitut, wo man sich versammelte, um Hannah Arendt, Siegfried Kracauer, Paul Zucker die letzte Ehre zu erweisen, während man auf der Ostseite, jenseits des Central Park, von der Elite, den Großen dieser Welt wie Max Reinhardt oder Strawinsky im Beisein der Presse und unter Beteiligung einer prominenten Trauergemeinde Abschied nahm. Die Galerien, von J. B. Neumann, Nierendorf, Kurt Valentin, Hugo Berg, Zaberski bis zur Galerie St-Etienne und Jean Lefèvre. Die Cafeterias, eine der segensreichsten Erfindungen, die leider aus dem Stadtbild New Yorks verschwunden sind, die aber damals die Illusion eines Caféhauses in einer desillusionierten Welt aufrecht erhielten ... Um die Athmosphäre zu studieren, die Umwelt, in der die Emigranten lebten, sollten Exilforscher auch den schmalen Weg längs des Hudson River entlanggehen, zwischen 72nd Street West und 100Street, wo wir uns gegen Abend trafen, wenn am gegenüberliegenden Ufer die Lichter von New Jersey angezündet wurden. Da standen wir und starrten über die niedrige Böschung hinunter auf die in der Strömung vorbeitreibenden Überbleibsel eines Tages, auf die

Dinge, die ihren Zusammenhang verloren hatten wie wir und die weitertrieben, irgendwohin, an das Ende aller Flüsse – ein Büstenhalter, ein Schuh, ein Hut, ein Präservativ. Hier schrieb Hannah Arendt über die Banalität des Bösen und Hermann Broch seinen »Tod des Vergil«. Da zweifelten und verzweifelten Karl August Wittfogel, Norbert Mühlen, Heinz Pächter, Otto Fedel, Hermann Borchardt. Da wurde der »Aufbau« herausgegeben, da gab es ein Atelier, in dem der Maler Josef Floch sein privates Europa am Broadway weiterspann.

Am Samstagabend ging man zu Erika Labrune, in die Charles Street unweit des Frauengefängnisses, wo in heißen Sommernächten die jungen Männer lachend den obszönen Zurufen der Mädchen aus den offenen Fenstern zuhörten, die sich an der Gesellschaft rächten, indem sie Unzucht mit dem Wort trieben, nachdem man ihnen den Leib eingesperrt hatte. In den zwei möblierten Zimmern der Erika Labrune saßen die Unbehausten, tranken kalifornischen Wein und sprachen über die Bücher, die sie schreiben, die Bilder, die sie malen, die Symphonien, die sie komponieren wollten. Einer von ihnen, Howard, ein bärtiger Mann, der wegen eines Fußleidens am Stock gehen mußte, war ihr Favorit. Er durfte sogar auf der Couch liegen bleiben, wenn die anderen kamen, ihre Huldigungen in horizontaler Lage entgegennehmend. Es war mitunter sehr voll in den zwei möblierten Zimmern mit den unscheinbaren Möbeln, den zerschlissenen Teppichen und den Stühlen, deren Beine schon etwas zu wackeln begannen. Aber die Gäste, die auf den Stühlen saßen, waren keineswegs unscheinbar. Sie hatten etwas zu sagen, sie stellten etwas dar, auch wenn sie keine Namen hatten, aber wenn sie einen Namen hatten, hießen sie Erich Maria Remarque oder Bruno Krauskopf oder Veit Valentin. Ehepaare wurden in der Charles Street nicht geduldet. Erschienen sie wider Erwarten, wurden sie in getrennten Zimmern untergebracht. Erika liebte die Einsamen, die Problematischen, die Verzweifelten, sie war die Außer-Landesmutter einer Gesellschaft von Flüchtlingen, für die sie sorgte, denen sie dies oder jenes verschaffte, was sie brauchten, ein Paar Schuhe, einen Anzug, einen Job. Nicht wenige unter den Gästen hatte sie auf einem Schiff zwischen Amerika und Europa oder in Ascona oder Portofino kennengelernt. Wenn ihr ein Gesicht gefiel, sprach sie es an und lud es in die Charles Street ein. Sie hatte ein wunderbares

Talent, Menschen zusammenzubringen, sie aufeinander neugierig zu machen. Ehen wurden hier nicht geschlossen, sondern gebrochen. Sie las es den Freunden vom Gesicht ab, was sie brauchten, und sie wollte, daß jeder das bekam, was er verdiente. O geliebte Margrit, Heroine aus Wien, die du alles spielen mußtest, das Falsche und das Echte, den Klassiker und den Reißer, deine Liebe zu mir hast du richtig gespielt, echt, aufrichtig, leidenschaftlich, mit großen, dramatischen Auftritten – du hast deine Verzweiflung gespielt, dein Elend. Jenes Elend einer Schauspielerin ohne Theater, ohne eine Rolle im Leben und auf der Bühne. Emigriert und ausgehalten in New York von einem vermögenden Greis, der es sich leisten konnte, dich in einem Wohnkäfig mit einem Doorman vor der Tür, in einem Haus auf der Eastside festzuhalten, während er selbst sein dürres Gebein in der Sonne den Haifischen zum Fraße anbot, die seitdem jenen Teil Floridas mit Grauen meiden. Erika Labrune hatte uns in einer dieser heißen Julinächte zusammengebracht, da die Zurufe der Mädchen aus dem benachbarten Frauengefängnis uns die Stichworte lieferten auf unserem Nachhauseweg und uns wachhielten, bis wir endlich einschliefen, im Morgengrauen. In ihrem Eisschrank wartete ein mächtiger, mit Bindfäden zusammengebundener und mit braunem Zucker angeräucherter Virginiaschinken, den ihr der Greis aus Florida geschickt hatte und mit dem er Sie an sich binden wollte. Und wir lebten von diesem Schinken, er gab mir Kraft, sie zu lieben, die Unersättliche. Er ging mit uns auf Reisen, von Manhattan bis zum Lake Iroquois in Vermont, wo wir in einem Bungalow wohnten und nachts die Fledermäuse, die um unser Lager tanzten, mit Tennisschlägern zu vertreiben suchten. Dort, im Staate Vermont, erlebte ich etwas, das ich später in meinem Stück »Hausmusik« verwenden sollte. Ich sah, während ich auf einer Wiese in Margrits Armen lag, einen Schwarm von gelben und weißen Schmetterlingen der gleichen Art, Kohlweißlinge und Zitronenfalter. Sie flatterten in der Luft umher, und wenn sie sich zu Boden setzten, setzten sich die Weißen zu den Weißen und die Gelben zu den Gelben. Das fiel mir auf. Wußten denn die Weißen, daß sie weiß und die Gelben, daß sie gelb waren? Hatten sie einen Farbensinn? Haßten die Gelben die Weißen und die Weißen die Gelben, wollten sie unter sich bleiben? In meinem Stück, das von dem Schicksal einer jüdischen Familie in Deutschland handelt, sieht Marianne, als sie sich das Leben nimmt, nichts als gelbe Schmetterlinge in ihrem Hotelzimmer – es gibt nun keine Konflikte mehr, keine Verfolgungen, sie ist nun endlich unter ihresgleichen.

Emigrierte Schauspieler hatten es schwer, sich in Amerika durchzusetzen, bestenfalls gab man ihnen Rollen, die einen deutschen Akzent verlangten. So kam es, daß in Hollywood die Verfolgten ihre Verfolger zu spielen hatten. Überlebende von Auschwitz konnten von Glück sagen, wenn sie die Rolle eines schmucken SS-Offiziers bekamen. Ein Schauspieler namens Martin Kosleck verdankte eine Filmkarriere dem Umstand, daß er Joseph Goebbels zum Verwechseln ähnlich sah.

Eines Tages rief Margrit mich von Philadelphia an, sie rief um Hilfe. Sie bat mich, sofort zu kommen. Sie flehte mich an, sie war in Tränen. Ich traf sie in der Halle des Hotels, in dem sie wohnte, sie war betrunken und lachte in einem fort. Etwas war geschehen. Ein neues Stück von Tennessee Williams wurde in Philadelphia ausprobiert, man probiert oft Stücke in anderen Städten wie z. B. Philadelphia aus, bevor sie nach New York kommen. Tennessee Williams hatte Margrit für die Hauptrolle auserwählt, er fand ihren deutschen Akzent interessant, weil sie eine etwas abenteuerliche, exotische, geheimnisvolle Frauenfigur darstellen sollte. Sie hatte es geschafft. Dann tauchte eines Tages eine junge, hochbegabte amerikanische Schauspielerin in Philadelphia auf, Geraldine Page, und es sprach sich herum, daß der Autor sie aus New York hatte kommen lassen, aber er hatte nicht den Mut, es Margrit zu sagen. Er ließ sie weiter spielen, vierzehn Tage lang, während unten, in der ersten Reihe, bereits die andere saß, die die Rolle übernehmen würde und jede ihrer Bewegungen beobachtete.

Sie schluchzte.

»Komm«, sagte ich, »wir fahren sofort nach New York zurück. Du darfst hier nicht länger bleiben.«

Tennessee Williams' »Süßer Vogel Jugend« wurde ein großer Erfolg am Broadway und machte die bereits ein wenig berühmte Geraldine Page noch berühmter.

Es ist nun endlich an der Zeit, von Marion zu sprechen, die ich ebenfalls bei Erika Labrune kennenlernte. Marion, das Blumenmädchen aus San Francisco, das abstrakt malte und Philosophie studierte und in einer kleinen Wohnung in Greenwich Village lebte, wo man auf Kissen am Boden hockte und geheimnisvolle Kräfte in sich spürte, wobei es mitunter zu unliebsamen Zwischenfällen kam, z. B. daß einer plötzlich aus dem Fenster kletterte und sich draußen mit den Fingerspitzen festhielt, was die anderen jedoch kaum zu stören schien. Es war etwas heidnisch Triebhaftes um Marion, eine Hingabe an den Augenblick, der bei ihr niemals derselbe war. Sie kam aus einer Landschaft Amerikas, in der man die Moderne, das Erbe Europas, abstrakte Kunst, Marx, Freud, Lenin, Einstein, Schönberg, mit einer Unerbittlichkeit aufgriff, die keinen Widerspruch duldete. Wo eben noch Büffelherden gejagt wurden, erstanden Hippie-Dörfer und Supermärkte, wo man über den Ladentisch die Lyrik von Dylan Thomas deklamierte und unter ihm LSD verkaufte. Die Cowboys der abstrakten Kunst schwangen ihr Lasso und zwangen denjenigen, der noch am Gegenstand festhielt, in die Knie. Die Discothek wurde zum Drugstore für eine Jugend, die bereits mit der Lebensmüdigkeit kokettierte, bevor sie überhaupt wissen konnte, was Leben ist. Man ergriff voneinander Besitz, in einem Taumel der Ohnmacht, als wäre es bereits fünf Minuten nach zwölf und man müßte alles, was man versäumt hatte, was Generationen vor ihnen bereits versäumt hatten, nachholen.

Marion war nach New York gekommen und hatte von der Stadt Besitz ergriffen wie einst die Holländer, die Manhattan den Indianern für ein paar Silberdollars abgekauft hatten. Sie entdeckte, was bereits andere für sie entdeckt hatten, aber nun gehörte es ihr und sie genoß es, sie holte nach, was Generationen von Puritanern in der Liebe versäumt hatten. Sie holte es sich, im Handumdrehen. Sie verschlang es. Sie haßte Vorbereitungen. Keine Daunendecken, keine schwellenden Polster, kein Bach oder Mozart als Hintergrundmusik für klopfende Herzen und fliegende Pulse. Sie liebte die Überraschung, das fieberhafte Enthüllen. Die Randgebiete des Erotischen. Der ungeeignetste Augenblick war der geeignetste, der härteste Stuhl der bequemste. Souverän nahm sie von den Möglichkeiten, die sich ihr boten, Besitz, rauchend, beherrscht, beinah geistesabwesend und doch ungeheuer beteiligt. Man war geneigt, ihr zu applaudieren wie einer Akrobatin nach einer staunenswerten Leistung auf dem Trapez, wenn sie mit Kußhänden im Badezimmer verschwand. Manchmal, im Sommer, wenn es zu heiß wurde im

Zimmer, schliefen wir auf dem Dach und liebten uns unter einem tigergelbgefleckten Gewitterhimmel, in der Glut einer immer heißer werdenden Nacht, die sich nie abkühlte. Die Stadt schien uns zuzusehen, wenn sie vor mir über der Brüstung lag und mit ihren Fingerspitzen fast schon den Wolkenkratzer jenseits der Straßenschlucht berührte.

Nachwort zu Marion

Sie sah sehr blaß aus. Sie schwankte hin und her zwischen den Menschen, die willenlos in den Lederschlaufen der Subway hingen. Es roch nach Mundwasser und billigen Parfums. Die Zugtüren öffneten und schlossen sich wie unausgeschlafene Augen. Sie sah an mir vorbei, als sie endlich zu sprechen anfing:

»Er hat gesagt, daß er mich um Punkt acht Uhr an der Nordseite der Subwaystation ›Queensboulevard‹ erwarten würde. Wenn alles vorbei ist, wird er mich zu einer Taxihaltestelle an der 125. Straße fahren. Wie spät ist es?«

»Sieben Minuten vor acht.«

»O Gott, er hat gesagt, daß ich mit niemandem darüber sprechen darf. Hier ist seine Karte: Dr. Wachsman. Für den Fall, daß mir etwas passiert.«

»Es wird nichts passieren.«

»Das sagst du! Hast du das Geld bei dir? Gib es mir.«

Ich nahm die Hand aus der Schlaufe, um das Geld aus der Tasche zu nehmen, und wurde bei einer Wendung des Zuges gegen sie geschleudert. Sie schrie auf:

»Du tust mir weh.«

»Es war deine Entscheidung, nicht meine. Du wolltest es, ich nicht. Ich hasse diese unüberlegten Entschlüsse.«

»Ich habe es mir sehr genau überlegt. Ich will kein Kind. Es ist noch zu früh.«

»Ich komme mit dir. Du kannst nicht allein gehen.«

»Er hat gesagt, daß er sofort umkehren wird, wenn er sieht, daß mir jemand folgt. Wie spät ist es?«

»Eine Minute vor acht, aber ich glaube, meine Uhr geht etwas vor.«

»Wir sind da.«

Ich wollte sie am Arm festhalten, aber sie riß sich los. Die Augen des Zuges öffneten sich langsam, sahen einen Augenblick ins Leere, schlossen sich wieder. Sie war fort.

Ich fuhr nach Hause, ich räumte das Zimmer auf, ich machte das Bett, kaufte ein. Fruchtsäfte, Obst, Gemüse, Vitamine. Ich setzte mich in einen Stuhl und begann zu lesen. Aber ich sah immer nur ihr bleiches Gesicht im Morgengrauen der Subway zwischen 8th Street und Queensboulevard. Sie versuchte, tapfer zu sein, und ich mußte es büßen. Sie haßte mich, wie ein Kind die Süßigkeit haßt, wenn es zuviel davon gegessen hat. Sie hatte sich den Magen an mir verdorben, aber sie sagte es mir nicht, sie ließ es mich nur fühlen.

Sie blieb drei Tage und drei Nächte bei mir. Ich kochte für sie, ich pflegte sie, ich holte die Medikamente für sie aus der Apotheke, ich fühlte ihren Puls, ich führte sie zum Badezimmer und wartete draußen auf sie, bis sie wieder zurückkam und sich hinlegte. Sie war sehr schwach, sprach wenig. Nachts schlief ich neben ihr auf der Erde und küßte die Fingerspitzen ihrer herunterhängenden Hand. Sie wehrte es kaum ab, sie schlief viel und aß kaum. Sie sah zur Decke, hatte den Arm unter den Kopf gelegt. Einmal strich sie mir mit der Hand über das Haar, stand auf, zog sich an und ging fort.

Auf ihrem Wege nach New Mexico schickte sie mir drei Postkarten, auf denen indianische Stickereien, tätowierte Krüge, exotische Sträucher und Bäume abgebildet waren, einmal auch einen kurzen Brief, in dem sie mir schrieb, daß sie auf dem Wege nach Taos war, wo die Zen-Buddhisten leben, die Mystiker, die Exterritorialen, und wo man am Abend auf dem Marktplatz sitzt und in kleinen silbernen Pfeifen das verbotene Kraut raucht. Sie hat mir einmal erzählt, daß in Taos ein alter Mann lebte, ein Indianer, dem sie sich verwandt fühlte, ein Freund, kein Geliebter, daß sie eines Tages zu ihm zurückkehren und Frieden mit der Welt schließen würde...

Abstraktes Zwischenspiel

»Wallpaper Metaphysics« (Die Metaphysik der Tapete) hieß ein Aufsatz, den ich in der Zeitschrift »Common Weel« veröffentlichte, eine längst fällige Auseinandersetzung mit jener künstlerischen

Massenbewegung, die sich in Amerika unter dem Namen »Abstrakte Expressionisten« mit dem Anspruch, sie allein sei die Kunst unserer Zeit und keine andere, etablierte. Ich hatte ihre Anfänge in der Cedar Bar und im White Horse Inn kennengelernt, als mein Freund, der Bildhauer Peter Grippe, mich mit einigen jungen Leuten bekannt machte, die behaupteten, man müsse etwas Neues erfinden, etwas, das weder abstrakt noch expressionistisch wäre und doch beides zugleich. »Warum nicht abstrakter Expressionismus?« sagte ein stämmiger, etwas bedrohlich aussehender Mann, der Jackson Pollock hieß. Man prostete einander mit Bierflaschen zu. Das war kurz nach dem Zweiten Weltkrieg. Dann griffen die Kunsthändler die Idee auf, und der abstrakte Expressionismus eroberte die Welt. Ich verkannte nicht, daß hier, zum ersten Mal in der Kunstgeschichte, Amerika sich selbst eine Kunst geschaffen hatte, die seinem Wesen entsprach. Sie war triebhaft, animalisch, spontan, absichtslos. Es war eine Kunst des kalkulierten Zufalls. Man spritzte, man goß, man tropfte und träufelte auf die Leinwand, wartete ab, was dabei herauskommen würde. Man glaubte, eine neue Thematik des Absoluten, des Unmittelbaren, des Automatischen erfunden zu haben, die auf eigenem Boden gewachsen war, die sich selbständig gemacht hatte und auf jede Bevormundung von außen verzichtete. Es war die zweite Unabhängigkeitserklärung Amerikas, diesmal auf künstlerischem Gebiet. Man sagte sich von Europa los, von der Ecole de Paris, vom Ästhetizismus der alten Welt, sogar von Picasso. Aber die Erinnerung an das europäische Erbe, das man verleugnen wollte, an Kandinsky, Mondrian, an die Künstler des »Blauen Reiter«, war unverkennbar. Jetzt erreichte es, mit einer Verspätung von fünfzig Jahren, Amerika, änderte seinen Namen, seine Identität, nahm einen amerikanischen Akzent an und machte aus der Revolution von gestern einen Massenartikel von heute, der sich gut verkaufen ließ. Abstrakt wurde die große Mode. Wer nicht abstrakt malte, konnte verhungern. Er wurde nicht mehr gekauft, nicht mehr ausgestellt, man wies ihm die Tür.

Vor dem Museum of Modern Art in New York geriet ich einmal in eine Demonstration von Malern, die »noch gegenständlich« malten und deshalb boykottiert wurden. Unter ihnen einer der bedeutendsten Künstler, die Amerika hervorgebracht hat, Edward Hopper. Er hat in seinen Bildern die Sittengeschichte einer Zivilisation, die sich noch nicht gefunden hat, gemalt, ihre Einsamkeit und ihre Verlassenheit. Er zeigt die Leere eines grell erleuchteten, wie ausgeräumt wirkenden Cafés bei Nacht, in dem Menschen stumm hinter Glas sitzen wie Fische in einem Aquarium. Und er zeigt die pittoreske Nüchternheit von Mainstreet, an einem Sonntagmorgen, irgendwo in einer amerikanischen Stadt, weich, pastellartig wie aus Marzipan. Er hat die Einöden Amerikas gemalt und die Menschen, die in ihnen wohnen, in ihren Häusern aus Holz, die nicht von Dauer sind und mit ihnen sterben werden. Er hat das Prinzip Ferne in seinen Landschaften für Amerika neu formuliert, und das Prinzip Nähe der Menschen zueinander in den großen Städten, eine Nähe, die ebenso unerreichbar bleibt wie die Ferne und nur von den Notwendigkeiten eines zufälligen Zusammenlebens diktiert wird. Hopper hatte Amerika zum Thema der Malerei gemacht. Aber die Leute in der Cedar Bar waren anderer Ansicht. Sie verwarfen ihn, sie machten sich über ihn lustig.

An jenem Sonntagvormittag stand Hopper mit anderen Malern, die man abgewiesen hatte, vor dem Museum of Modern Art, wo soeben eine Ausstellung abstrakter Kunst eröffnet worden war. Ich ließ mich ihm vorstellen. Er war ein hagerer, hochaufgeschossener, etwas schulmeisterlich aussehender Mann. Sein Genie wurde durch ein höchst konventionelles Jägerhütchen verdeckt. Er gab mir die Hand: »Ich danke Ihnen für Ihren Artikel«, sagte er, »wissen Sie, daß Alfred Barr mich nicht mehr vorläßt? Ich bin ein Mann von Gestern. Er findet, daß ich zum alten Eisen gehöre.«

In einem alten, sagenhaften Gebäude nahe der Fifth Avenue, mit vielen dunklen Schluchten und Gängen und knarrenden Treppen, wo einst die Maler einer vorangegangenen Generation – Slone, Bellows, die Meister der Hudson School – ihre Studios hatten, hauste mein Freund Bruno Krauskopf, der über Norwegen nach Amerika eingewandert war, einstmals in Berlin anerkannt und berühmt, ein führender Expressionist, ein Mann von expressiver Malkultur und humoristischer Lebensfreude. Er war ein strahlender, blonder Mensch mit blauen Augen, ein Prachtexemplar aus dem Geschlecht der Berliner, die eine Enklave des Witzes inmitten einer ansonsten ziemlich humorlosen Welt besetzt halten. Er versuchte abstrakt zu werden, weil er Geld brauchte und nichts zu essen hatte, aber es gelang ihm nicht. Eines Tages besuchte ihn eine kunstliebende Dame, die sich telephonisch bei ihm angemeldet hatte, um ein Bild von ihm zu kaufen. Sie trat ein, sah sich um und sagte: »Oh, Mr. Krauskopf, I am so sorry, I thought you were abstract« und verließ das Atelier.

Ich hatte die abstrakte Kunst nicht als solche angegriffen, sondern lediglich jene, die keine andere außer ihr gelten ließ und sie als den allein legitimen, den einzig gültigen Ausdruck unserer Zeit verstanden wissen wollte. Ich sah darin einen Totalitätsanspruch, der darin bestand, daß man Teilwahrheiten verabsolutierte. Wie Marx den Klassenkampf und Freud die Libido verabsolutiert hatte, so nahm die abstrakte Kunst eines der Elemente, aus denen sich ein Kunstwerk zusammensetzte, heraus, z. B. die Linie, die Form, die Farbe, die Kontur, und erklärte es für das Kunstwerk selber. Sie erledigte somit auch die Frage nach der Qualität, machte das Unkontrollierbare zum Zweck und Inhalt einer Stilübung, bei der sich die Grenze zwischen Kunst und Amateurtum mehr und mehr verwischte. Hausfrauen, die in Schnellkursen abstrakt geworden waren, konnten nun ihre Wände mit Gemälden schmücken, die sie selbst gemalt hatten. Und dies eben war das Amerikanische: diese »Do-it-yourself«-Gesinnung. Jeder sein eigener Mondrian, sein eigener Kandinsky. Die Kunst gehörte nun wirklich dem Volke und nicht mehr einer Elite von Kennern, sie wurde zum Massenartikel einer Zeit, die sie in Form von Tapetenmustern, Zigarettenschachteln und Badeanzügen nur allzu gern akzeptierte. Aus einer Bewegung, die einmal der Akademie den Kampf angesagt hatte, wurde nun selbst eine Akademie von Nachahmern, die keinen Widerspruch duldete und demjenigen, der ihn wagte, die Existenzberechtigung absprach.

Die Wirkung meines Aufsatzes war niederschmetternd. Ich wurde nicht mehr zu den Parties der Avantgarde eingeladen. Manchmal konnte es geschehen, daß in der Cedar Bar jemand aufstand, wenn ich mich an seinen Tisch setzte, einer von ihnen sagte: »Wenn Sie sich noch einmal hier blicken lassen, werfe ich Sie persönlich hinaus.« Ein bekannter Museumsdirektor lud mich zum Lunch ein, was ungewöhnlich war. Nachdem wir eine Zeit lang über Belangloses geplaudert hatten, sagte er unvermittelt: »Darf ich mir eine Frage erlauben? Wovon leben Sie eigentlich? Sie haben da etwas geschrieben, daß jeder von uns denkt, aber nicht auszusprechen wagt. Ich habe die Bilder, die ich liebe, die Bilder Edward Hoppers in den Keller stellen müssen, weil die Trustees darauf bestehen, daß wir mit der Zeit gehen und nur noch abstrakte Bilder kaufen. Was konnte ich anderes tun, ich hätte sonst meine Stellung verloren. Aber Sie können es sich anscheinend leisten, eine Gesinnung zu haben. Ich bewundere Sie. Was möchten Sie zum Nachtisch haben? Icecream oder Mousse au Chocolat?«

Auf diese vertrauliche Mitteilung unter vier Augen folgten andere Sympathiekundgebungen, zum Beispiel die des Bildhauers Jacques Lipschitz, der in den 20er Jahren vorübergehend abstrakte Skuplturen ausprobiert hatte und nun öffentlich für mich eintrat, indem er zu einem Gedicht von mir eine wunderschöne Illustration in Aquatinta lieferte, eine Figur von beschwörender Eindringlichkeit.

Jahre später, als ich auf Wunsch von Melvin Lasky einen Aufsatz ähnlichen Inhalts, diesmal auf deutsch, für die von ihm in Berlin gegründete Zeitschrift »Der Monat« unter dem Titel »Wie modern ist die moderne Kunst?« schrieb, löste ich eine Polemik mit tödlichem Ausgang aus.

Ich lag mit einer schweren Lungentuberkulose im Sanatorium Gauting und bekam eines Tages von Melvin Lasky folgende Postkarte:

Lieber H. S.,
bitte teilen Sie uns umgehend mit, wie es Ihnen geht. Wir erkundigen uns jetzt regelmäßig nach dem Befinden der Teilnehmer an jener von Ihnen angeregten Kontroverse, die bereits zwei Todesopfer gefordert hat. Mit allen guten Wünschen, Ihr...

Tatsache war, daß im Verlauf der Kontroverse, die von Carl Linfert und Will Grohmann mit außerordentlicher Heftigkeit geführt wurde, zwei deutsche Künstler, die für mich Partei ergriffen hatten, Karl Hofer und Rudolf Schlichter, an den politischen Verdächtigungen, denen man sie ausgesetzt hatte, starben. Ich selbst bekam Angriffe gegen mich zu lesen, in denen man mich nazistischer Gedankengänge beschuldigte. Sie verstummten erst, als ich ein Schreiben von Oskar Kokoschka veröffentlichte, in dem er sich wie seinerzeit Edward Hopper und Jacques Lipschitz in Amerika mit mir und meinen Anschauungen solidarisch erklärte.

Villeneuve, 13. III. 55

Sehr geehrter Herr Dr. Sahl,

Obwohl ich nicht das Vergnügen habe, Sie persönlich zu kennen, doch Ihr Schreiben brachte Sie mir nahe, in welchem Sie meinen Beistand erbitten in dem Versuch, einen Gleichschaltungsprozeß aufzuhalten, wie er sich in Deutschland vorerst in der sogenannten abstrakten Kunst, äußert. Ich halte solch einen Versuch für zwecklos, denn der Uniformierung der Geister kann man sich nur individuell erwehren. Als Künstler kann ich nicht mehr tun als mein Werk geben, dies ein Leben lang und mit aller Hingebung, zu der ich fähig bin. So hatte ich es von den großen Vorbildern gelernt, deren Geschichte im eigentlichen Sinne mir die abendländische Geschichte selbst bedeutet. Es ist nicht meine Sache, mit Modeschriftstellern mich herumzustreiten. Mögen die ruhig heute in fast allen deutschen Zeitungen sitzen und wieder einmal mein Werk, meine Person, meine Schule des Sehens in Salzburg kritisieren, insultieren oder im milderen Falle verschweigen. Im Leben habe ich manche Moden mit dem Anspruch der Alleingültigkeit kommen und spurlos wieder verschwinden sehen. Überdies gibt es für mich noch eine Welt außerhalb Deutschlands, wo man nicht so einmütig umfällt. Warum ich mir es auch heute zweimal überlegen muß, ob ich mein letztes großes Werk »Die Thermopylen«, überhaupt in einem Lande zeigen will, wo man einmal bereits meine Kunst als »entartet« in Bann getan hat, von der Polizei aus öffentlichem und privatem Besitz beschlagnahmen hat lassen und nachher im Ausland, mit Nutzen, verklopft hat. Kein einziger von den für die Kunstpflege damals Verantwortlichen hat Charakter genug gehabt, öffentlich gegen diese Barbarei zu opponieren. Ich sehe darauf, daß auch keiner der Modeschriftsteller, denen jetzt die Stunde gehört, daraus gelernt hätte, daß die Gleichschaltung im Geistigen den Verlust der individuellen Freiheit nach sich ziehen muß. Ich glaube auch in Deutschland keinen Widerhall gefunden zu haben, wenn ich im Namen von vierzigtausend deutschen Künstlern, die aus verschiedenen Gründen stumm bleiben wollten oder mußten, Max Liebermann zu seinem siebzigsten Geburtstag öffentlich meinen Dank dafür abstattete, daß er den Deutschen den fundamentalen Unterschied zwischen Kunst und Kitsch in der Malerei für kurze Zeit wieder zu Bewußtsein gebracht hatte. Meines Wissens hat mir das niemand gelobt, allerdings mußte ich meine Adresse geheim halten, weil damals ein Steckbrief hinter mir her war.

Wenn der künstlerische Nachwuchs also neuerdings sich gleichzuschalten bereit ist, dann läge der Schluß nahe, daß der Opportunismus als eine neue nationale Eigenschaft den Deutschen zusagt. Das zu ändern wäre vergeblich, wie man Narren vom ziellosen Handeln nicht abhalten kann. Ich sehe fast aus sämtlichen Zeitschriften, Zeitungsartikeln, Katalogen und

Museumsberichten, daß über Nacht scheinbar die Künstlerschaft dort sich zum Ornament bekehrt hat. Mein Lehrer Adolf Loos hat schon vor 50 Jahren gepredigt »Los vom Ornament!«. Darf man von der nächsten Zukunft erwarten, daß diese guten Leute, um nicht hinter der Steinzeit zurückzubleiben, die heute Mode ist, statt Leinwände zu ornamentieren, ihre eigene Haut tätowieren?

Man kann sich von der abendländischen Kultur lossagen, wenn man nicht mehr daran glaubt. Man kann lustig leben auch ohne Kunst. Die Geschichte Deutschlands berichtet öfter von solch einer dunklen Zeit. Die Opportunisten werden nichts entbehren, denn sie wissen ja nicht, was sie aufgaben. Ohne daß sie es aber ahnten.

Mit den freundlichsten Grüßen
Ihr Oskar Kokoschka

Nacht mit einem Schlaflosen

Es gibt zwei Sorten von Schlaflosen: die armen und die reichen. Die armen gehen in die nächste Stehbierhalle und taumeln, wenn sie geschlossen wird, nach Hause, die reichen gehen in einen Nightclub wie die Copa Cabana, wo die Mächtigen dieser Welt sitzen, die Künstler und die Generäle, die Manager und die Generaldirektoren, und einander über die Tische hinweg zutrinken.

Ich hatte Erich Maria Remarque bei Erika Labrune kennengelernt. Eines Nachts, die meisten der Gäste waren bereits im Aufbruch, machte er Krauskopf und mir ein Zeichen:

»Wollt ihr mit mir kommen? Ich lade euch ein.«

Draußen stand eine Limousine. Ein Chauffeur in Livree hielt den Wagenschlag auf.

»Copa Cabana«, sagte Remarque und legte grüßend zwei Finger an den Hut. Remarque trug einen Derby und einen weißen Seidenschal. Er war von Beruf ein Freund, und er ließ es sich etwas kosten. Er liebte das gute Leben und schrieb darüber, als er noch jung war. Er hatte als Sportjournalist begonnen. Gern fuhr er im Rolls Royce durch Südfrankreich, schrieb über Autorennen und über die Dolce Vita an der Riviera. Er war kein großer Schriftsteller, aber »Im Westen nichts Neues« war ein großes Buch gewesen. Es hatte eine ganze Literatur von Kriegsbüchern überflüssig gemacht, es hätte auch den Krieg selbst überflüssig machen können, aber der Krieg ist stärker als Literatur. Es war auch Remarques bestes Buch. Die anderen, die danach kamen, waren Pflichtaufgaben, die er seinem Gewissen schuldig war, seinem Anstand, seinen politischen Überzeugungen. Er war es seinem Ruhm schuldig, Bestseller gegen Hitler zu schreiben, Drehbücher gegen die Unmenschlichkeit. Außerdem brauchte er das Geld, viel Geld, er hatte das Haus im Tessin und die Hotelsuite in New York. Er war ein Nachtmensch, weil er an Schlaflosigkeit litt. In Ascona zog er von Taverne zu Taverne und trank und rauchte bis in den Morgen hinein. Er liebte es, Gäste zu haben, und er bewirtete sie fürstlich. Er liebte zwei der berühmtesten Frauen seiner Zeit, Marlene Dietrich und Paulette Goddard. Mit der einen lebte er und heiratete sie nicht. Die andere heiratete ihn und lebte nur selten mit ihm.

Er war nicht eitel, er bildete sich nichts auf seinen Ruhm ein, er nahm ihn entgegen, ohne viel Aufhebens davon zu machen. Er war kein Genie, und er wußte es. Aber er war wichtig, er war ein Stück Zeitgeschichte. Als sein Film »Im Westen nichts Neues« herauskam, warfen die Nazis Stinkbomben, das war kurz vor Hitlers Machtergreifung. Jemand hatte ein Buch geschrieben, und die Welt horchte auf. Das Ende der Republik war gekommen, und der Mann, der ihr Ende vorausgesagt hatte, fuhr durch die Straßen von New York und konnte nicht schlafen.

Unser Erscheinen in der Copa Cabana erregte dank der Popularität Remarques in der Welt der Mächtigen keinerlei Aufsehen. Die Begrüßung war herzlich wie unter alten Freunden, von der Garderobenfrau bis zum Oberkellner und bis zum Weinkellner, der in seiner Lederschürze und mit einer goldenen Kette um den Hals hereinkam und die Bestellung Remarques vorwegnahm mit der Bemerkung: »Das Übliche?«, was mit einem lässigen Kopfnicken beantwortet wurde. Die Lässigkeit schien Remarque angeboren zu sein. Man wußte, wie man sich in der großen Welt zu verhalten hatte. Nonchalance war geboten, ein herzliches Unbeteiligt-sein, man spielt sich nicht auf, weil man weiß, daß man das hier nicht nötig hat. Man gibt sich, wie der andere einen zu sehen wünscht, schlicht, menschlich, einfach. Man bestellt sich auch nicht das Teuerste auf der Speisekarte, o nein, im Gegenteil. Er versorgte die Hungrigen, die er eingeladen hatte, mit den Reichtümern der »French Cuisine«, während er selbst nur eine Kartoffelsuppe bestellte, eine ganz bestimmte Kartoffelsuppe, die ganz besonders gut sei und die mit dem eigens dazu herbeigerufenen Küchenchef noch einmal durchgesprochen und feierlich bestätigt wurde. »Ich muß etwas aufpassen«, sagte er entschuldigend, während er mit der Hand auf die Magengegend deutete, »was euch jedoch nicht hindern soll, das zu bestellen, wonach ihr Lust habt, z. B. der Räucherlachs, ich meine als Vorgericht, der ist hier vorzüglich, Nova Scotia, und danach vielleicht ein Cordon Bleu, aber das überlaß ich natürlich ganz euch.«

Krauskopf, den die Armut in New York unsicher gemacht hatte, er war einmal in Berlin ein vermögender Mann gewesen, suchte zögernd auf der Speisekarte herum. »Was nimmst du?« fragte er mich, als wollte er auskundschaften, wie weit man gehen könne, dürfe, in diesem Augenblick. »Ich nehme ein Steak«, sagte ich bestimmt. »Ich auch«, sagte Krauskopf und schlug erleichtert die Speisekarte zu. Der Geschäftsführer kam, drückte die Hand des berühmten Gastes, und etwas von dessen Ruhm ging nun auch auf uns über.

»Erzähle mir ein bißchen von dir«, sagte Remarque, er suchte nach einem Gesprächsthema. Ich erzählte ihm, daß ich schrieb, woran ich arbeitete. Er hörte aufmerksam zu. »Das ist sehr interessant«, sagte er mehrmals. Inzwischen hatte sich Bruno etwas gelokkert. Die Befangenheit, unter der er sichtlich gestanden hatte, war gewichen. Er lehnte sich zurück, rauchend. »Kinder, Kinder, ick sage euch, wenn ick mal abstrakt werde – dann könnt ihr was erleben!«

Die Erinnerung an den weiteren Verlauf jenes Abends in der Copa Cabana ist verblaßt, macht einer anderen Platz, nach der Remarque und ich uns zusammen in einer mit schweren Perserteppichen ausgelegten Wohnung befanden, in der es einige Tische gab, eine Bar und einen Mann, einen Flügel, an dem ein Mann saß und leise vor sich hin spielte. Krauskopf war gegangen. An unserem Tisch saß ein Mädchen, das kein Wort sagte. Es war mittlerweile vier Uhr geworden. Remarque trank und rauchte. Ich war todmüde, aber ich wollte ihn nicht allein lassen in seiner Schlaflosigkeit, die ihn durch die Lokale trieb. Er fürchtete, ich könnte ihn allein lassen, deshalb hatte er wohl auch das Mädchen an den Tisch gebeten. Es gab eine Reihe sehr schöner Mädchen, die wortlos herumsaßen und darauf warteten, daß man sie aufforderte, an einem Tisch Platz zu nehmen. Einige gingen mit den Gästen fort, andere blieben. Jetzt wurde es schon hell hinter den schweren Samtportieren, das Lokal war beinahe leer. Remarque trank das letzte Glas aus, rief den Kellner, ließ sich die Rechnung kommen und zahlte, natürlich nicht in bar, sondern indem er einen Scheck unterschrieb, wobei er das Auge etwas zusammenkniff, da ihn der Rauch der Zigarette beizte. Dann ließ er sich von dem Chauffeur, der inzwischen heraufgekommen war, den Mantel um die Schultern legen und den Hut auf den Kopf stülpen. Er brach auf, wobei er dem Mädchen ein Zeichen gab, mitzukommen. Wir stiegen ein. Zuviel Sonne in den Straßen, zuviel Geschäftigkeit, zuviel Verkehr zu dieser frühen Morgenstunde. Drei, die das Nachtleben ausgespien hatte. Als die Limousine vor meinem Haus ankam und der schwarze Chauffeur den Wagenschlag öffnete, fühlte ich, daß alle Augen auf mich gerichtet waren. Die Augen des Portiers, dem ich noch die Miete für zwei Monate schuldig war. »Willst du sie haben?« fragte Remarque mich leise und deutete auf das Mädchen, als ich ausstieg. Ich schüttelte den Kopf. Er legte zwei Finger an den Hut, gab dem Chauffeur ein Zeichen zur Abfahrt, und sie fuhren davon.

Schwierigkeiten im Verkehr mit dem Dichter Bert Brecht

Brecht hat in seinem Testament verfügt, daß nach seinem Tode sein Herz mit einem Dolch durchbohrt werden sollte.

Diese Anordnung bestätigt aufs neue zwei Tendenzen im Dichten und Denken von Brecht: das Romantische und das Realistische. Natürlich ist es nicht schön, scheintot im Sarg zu liegen und plötzlich aufzuwachen; das muß vermieden werden.

Ein Dolch ist aber auch ein Requisit der Bühne, das an Shakespeare und Schiller erinnert. Die Dramatik wird ein Mittel der Ernüchterung, die Ernüchterung ein Mittel der Dramatik. Beides läßt sich im Werk von Bert Brecht nachweisen.

Seit jenem Tage, da ich Brecht auf einer Mülltonne im Garten von Herbert Ihering in Berlin-Zehlendorf kennenlernte, haben wir verschiedentlich voneinander Kenntnis genommen: ich mit der Bewunderung des Jüngeren für ein Genie, das in einer mir fremden, unzugänglichen, aber unheimlich überzeugenden Welt lebte, er mit einer aus Wohlwollen und etwas Mißtrauen gemischten Neugier auf einen zwar hoffnungsvollen, aber politisch noch unfertigen Deserteur der bürgerlichen Gesellschaft, aus dem noch etwas werden könnte, wenn er die Bücher der »Klassiker« (Lenin) sorgfältiger studierte. Brecht hatte also seine Vorbehalte, ich hatte sie auch, obwohl ich nicht müde werden kann zu erklären, was er mir bedeutete. Ich hole ein paar alte Tagebücher aus der Schublade und lese:

»Ich komme mehr und mehr zu der Überlegung, daß für diese große zeitgenössische Begabung (Brecht) – wahrscheinlich die größte unter uns – der historische Materialismus ebenso ein romantischer Topos ist, wie es früher Amerika für ihn war, bevor er es besuchte. Er braucht die außerlyrische Vokabulatur der Funktionärssprache als eine Art romantischer Apostrophierung der Wirklichkeit. So bekommt das Wort »Klasse« bei ihm eine ähnlich ›exotische‹ Bedeutung wie früher etwa Worte wie ›Manhattan‹ oder ›Alabama‹... Alabama aber war nur ein Topos, von Berlin aus gesehen, und was die Poetisierung des Politjargons anbelangt, so erfüllt es einen mit einem beinah schmerzhaften Bedauern, die Sprache der Moskauer Prozesse zu einem dichterischen ›Doubletalk‹ benutzt zu sehen.

Für Brecht sind Worte wie Lenin, Mehrwert, Ausbeutung, Klassenkampf usw. zu ›Metaphern‹ geworden, die durch ihre aufgerauhte ›Nüchternheit‹ und Kaltblütigkeit ein Element des Schocks, der ›Verfremdung‹ in die Poesie bringen sollen ... In Brechts frühen, sehr schönen Gedichten wird ein vegetatives Naturgefühl offenbar – Nietzsches ›Raubtierschönheit‹, Werden und Vergehen, der Baum, der das Aas frißt, usw. In seinen späteren Stücken ist dies eine seltsame, oft faszinierende Mischehe mit dem Marxismus-Leninismus eingegangen, wobei beidem ›Gewalt‹ angetan wurde...

Die Methode, den Menschen von außen zu betrachten, hat gewiß ihre Vorzüge. Sie bringt uns den Mechanismus der Geschichte näher, dem wir unterworfen sind, die Gesetze des Zusammenlebens, das Typische unserer Existenz, die großen Zusammenhänge, das Allgemeine und Prinzipielle...

Brecht ist, wie Strawinsky, den Weg der ›Auskältung‹ und ›Einfrostung‹ gegangen. Er hat sich gegen die ›Einfühlung‹ gewandt. Er war gegen Toller und die ›Mitleidsdichtung‹ – aus Gefühlsscham. Toller war ein anständiger Mensch, aber ein mittelmäßiger Dichter, der Gesinnung gern mit Sentimentalität vermischte, und um dies zu erkennen, dazu bedurfte es nicht erst einer Ästhetik, die das ›unorganisierte‹ Mitleid grundsätzlich ablehnte und als reaktionär oder konterrevolutionär denunzierte.

Die Frage erhebt sich, ob nicht mit dieser Abschaffung des Mitleids als einer spontanen zwischenmenschlichen Attitude der Boden für eben jenes Totalitäre vorbereitet wurde, in dem es nur noch kontrollierte Emotionen geben sollte und das Mitleid nur dann gestattet war, wenn es nach Ansicht der Machthaber geschichtlich ›richtig lag‹. Die Auskältung und Einfrostung der zwischenmenschlichen Beziehungen im Stalinismus und im Nationalsozialismus, die Betrachtung des Menschen von außen, der nun zum bloßen Material der Geschichte wurde – dies alles ist von Brecht gewissermaßen dichterisch vorweggenommen und ästhetisch salonfähig gemacht worden. Dabei ergibt sich der gewiß dialektisch zu nennende Widerspruch, daß bei ihm die Qualität des Dichtens ins Gegenteil umschlug und die Theorie zu einer von ihm natürlich nie gewollten materiellen Gewalt führte, von der er sich distanzierte, indem er sie nicht zur Kenntnis nahm.«

Ende meiner Beziehung zu Brecht.

Es fand Jahre später in New York statt, im Kriege, wo er vorübergehend in einer Wohnung an der Lexington Avenue, Ecke 57th Street, lebte. Bei einem meiner Besuche hatte er mir das Manuskript des »Guten Menschen von Sezuan« in die Hand gedrückt und mich gebeten, ihm zu sagen, was ich davon hielte. Ich muß gestehen, daß es mir nicht sonderlich behagte, zumal es seine häufig gestellte Frage »Wie kann man gut sein in einer Zeit, in der Güte nicht verlangt wird«, die ich ablehnte, wiederholte. Ich hielt jedoch mit meiner Meinung zurück und fragte ein wenig ironisch, wer mit der Figur der guten Shen-te, die sich in den bösen Vetter verwandelt, weil das Gute nur überleben kann, wenn es sich als Böses verkleidet, gemeint sei: Hitler oder Stalin. »Verlassen Sie sofort meine Wohnung«, sagte Brecht, was ich jedoch nicht tat, sondern sitzen blieb und ihm erklärte: »Ich bin bereits einmal hinausgeworfen worden, aus Deutschland. Versuchen Sie es nicht noch einmal. Lassen Sie mich erst mein Glas austrinken, dann gehe ich«. Brecht verließ das Zimmer.

Ich trank mein Glas aus und ging.

Theologie und Revolution

Kurz zuvor hatte ich noch Gelegenheit gehabt, Brecht einen Dienst zu erweisen, der nicht ohne Folgen bleiben sollte.

Ich verstehe zu wenig von Theologie, um mich hier über die Bedeutung Paul Tillichs, der sich in Amerika einer großen Gefolgschaft erfreute, zu äußern. Wo doch die Frage nach der Existenz Gottes allein schon so viel Verfolgung, Mord und Totschlag unter die Völker gebracht hat – warum dann noch die Religion zur Wissenschaft machen, das Irrationale rationalisieren.

Ich war mit Paulus, wie man ihn nannte, befreundet, weil er ein liebenswerter Mensch war, ein weltlicher Pastor, der gern gut aß, gut trank, gute Bücher las und gern mit schönen Mädchen tanzte, ein wenig linkisch zwar, obwohl auch das vielleicht angelernt war, denn die Weltfremdheit war sein Charme, sein Charisma, das ihn berühmt gemacht hatte. Er gehörte zu jenen Theologen, die das Wort »modern« gern im Munde führen und sich vor allem an die Atheisten wenden, um ihnen zu zeigen, daß sie ebenso atheistisch sein können wie sie, nur eben mit dem kleinen Unterschied, daß sie nebenbei auch an Gott glauben, was jedoch kein Hinderungsgrund sein dürfte, mit ihnen zu verkehren, denn ansonsten waren sie mit diesem Materialismus, mit allen seinen Spielarten und Verführungen vertraut, standen mit Marx, Freud, Schönberg, Kandinsky auf gutem Fuße und wußten mit allen Wölfen zu heulen, je atonaler, desto besser. Sonntags predigte Paulus in einer Kathedrale am Riverside Drive, nicht weit vom Union Theological Seminar, wo er mit seiner Frau Hanna, einer Dichterin, die fortschrittliche Gedichte schrieb, und seinen Kindern lebte.

Nach der Predigt pflegten sie dort ihre Freunde zu empfangen, fortschrittliche Theologen und Schriftgelehrte, die, das Cocktailglas in der Hand, ihren Gastgebern fortschrittlich zutranken.

An dem Nachmittag, an dem wir im Theologischen Seminar zum

Tee eingeladen waren, hatte ich Brecht auf seinen Wunsch abgeholt. Er stand lange sinnend vor seinem Kleiderschrank. Arbeiterjacken in verschiedenen Ausführungen hingen da. Solche für tägliche und andere für festlichere Gelegenheiten, und er entschied sich endlich für die beste, nach Maß gemachte, die soeben aus der Reinigung gekommen war.

Im religionsphilosophischen Seminar war inzwischen der Teetisch gedeckt worden. Man empfing den berühmten Dichter mit besonderer Herzlichkeit, und ich sah Brecht sofort an, welche Rolle er an diesem Nachmittag zu spielen gedachte. Er saß in der nach Maß gemachten, frisch gereinigten Arbeiterjacke auf dem geblümten Sofa von Herrn und Frau Professor Tillich und trank Tee im Theologischen Seminar, was tut man nicht alles für die Weltrevolution. Man ist bescheiden, höflich, zurückhaltend, darauf bedacht, sich keine politische Blöße zu geben. »Tillich ist für uns sehr wichtig«, hatte Brecht mir unterwegs in der Subway gesagt, wobei er mit dem Zeigefinger in den Kragen fuhr, als ob er ihm zu eng wäre, ein nervöser Tick, unter dem er manchmal litt, wenn er nachdachte. Der Nachmittag verlief harmonisch. Brecht war sehr liebenswürdig. Man sprach vom Krieg und von der Notwendigkeit einer Einheitsfront gegen den Faschismus. Brecht erzählte, wie Präsident Roosevelt seinen alten Freund, den Filmmann Warner, Mitinhaber der Firma Warner Brothers, zu sich gebeten und ihm gesagt hatte: »Bill, I have to sell the Russians to the American people.« Er gab ihm ein Buch, daß er ihm dringend empfahl, »Mission to Moscow«, und sagte, daraus müsse man einen Film machen.

»Mission to Moscow« war das Buch des ehemaligen amerikanischen Botschafters in Rußland, Davis, in dem er Stalin als ein joviales Staatsoberhaupt porträtierte und seine politischen Gegner, Trotzki, Radek, Sinowjew als Strolche und Verbrecher, die sich in Nachtlokalen herumtrieben.

An jenem Nachmittag war es Brecht gelungen, um eines politischen Auftrags zu entledigen. Es ging darum, den Theologen Paul Tillich für ein Komitee zu gewinnen, das jene zusammenfassen sollte, die in Amerika an der Zukunft Deutschlands nach dem Kriege interessiert waren. Wieder sollte die Münzenbergsche Technik des Trojanischen Pferdes angewandt werden. Am nächsten Tag rief ich Tillich an. Ich versuchte ihm klarzumachen, daß man ihn zu etwas benutzen wollte, das er nicht vertreten konnte. In dem Gründungsaufruf war viel von einem demokratischen Deutschland nach dem Kriege die Rede, das jedoch nach Meinung einiger, die es wissen mußten, nur eine Vorstufe sein würde, ein Übergangsstadium auf dem Wege zu einem kommunistischen Deutschland, das nun einmal unvermeidlich wäre. Worum es damals, in jenen Kriegsjahren ging, war der Kampf um die Aufteilung der Welt, der zwischen London, Washington und Moskau geführt wurde. Auf den Bildern von Jalta sieht man einen bereits todkranken Roosevelt mit Stalin und Churchill sitzen, müde lächelnd, eine Welt, seine Welt liquidierend, eine Welt des Liberalismus, des Kompromisses, des Humanismus und der Toleranz.

Damals ging es Stalin darum, den Amerikanern in Jalta eine neue Politik zu suggerieren, die sie vor der Welt kompromittieren sollte. Und so kam es, daß die Rote Armee mit der Devise: »Die Hitlers vergehen, das deutsche Volk besteht«, in Deutschland einmarschierte, während Eisenhower vom Westen her die Deutschen mit der Parole begrüßte: »Wir kommen nicht als Befreier, sondern als Sieger«. Das »Committee for a Democratic Germany« wurde von Gerhard Seeger, dem mutigen Redakteur der »Neuen Volkszeitung«, des Organs der deutschen Sozialdemokraten in New York, durch die Schlagzeile »Der Stalin-Coup in New York« gekennzeichnet. Wiederum befand ich mich in der nun schon etwas bedrückenden Situation, eine Unterschrift unter ein Dokument zu verweigern, das ich für eine Lüge hielt. Ich bildete mir nichts darauf ein, ich war nur traurig, mich von Menschen trennen zu müssen, die mir nahestanden, denen ich nur dadurch, daß ich mich von ihnen trennte, beweisen konnte, worum es mir ging und wie ernst es mir war. Eine seltsame Verwirrung der Begriffe hatte stattgefunden. Autoren, die wir einst als Konservative abgelehnt und bekämpft hatten, bemühten sich nun, uns zu belehren, daß Stalin »der größte Politiker« unseres Jahrhunderts sei, der einzige jedenfalls, der Deutschland und die Welt von Hitler befreien würde.

Die, die nicht durch den Marxismus hindurchgegangen waren, hatten nicht in den Schulungskursen das ABC der neuen Gesellschaft gelernt, in der es keine Unterdrückung des Menschen durch den Menschen geben würde. Sie waren nicht so dumm gewesen wie wir, sie hatten nicht alles riskiert, sie hatten nie den Kopf hingehalten, sie waren immer gemäßigt, abwägend, vorsichtig gewesen, während wir maßlos, einseitig, rechthaberisch auf unserem Standpunkt beharrten und keinen anderen gelten ließen. Es geschah uns ganz recht, daß uns jetzt die Reaktionäre von gestern für politisch verdächtig, bestenfalls für kurzsichtig und unrealistisch hielten. Krieg wird von Politikern gemacht und von solchen, die sich dafür halten, wenn es hart auf hart geht, nicht aber von Moralisten, die dem unartigen Kind Prügel androhen, falls es sich nicht besser benimmt.

Noch einmal machte ich den Versuch, Paul Tillich umzustimmen. Seine Freundschaft zu Brecht hatte sich verfestigt, wie ich hörte. Sie verbrachten beide ihre Nächte im »Dickicht der Städte« und waren sich einig über den Untergang der bürgerlichen Gesellschaft. Ich lud Tillich zum Essen ein. Ich sagte ihm, daß ich für ihn kochen würde. Kohlrouladen. Er liebte Kohlrouladen. Schwer zu machen, aber im Kampf mit Stalin um die Seele Paul Tillichs scheute ich keine Anstrengung und ließ mich von Lotte Goslar telephonisch über die Zubereitung von Kohlrouladen belehren. Nach dem Essen reichte ich Zigarren, Whisky, etwas Süßes. Man streckte sich, man reckte sich, und da kam der große Augenblick. Paulus entnahm seiner Brusttasche den Gründungsaufruf des Verbandes für ein demokratisches Deutschland und bat mich zum letzten Mal, ihn zu unterschreiben. Ich dachte an die im Munde zappelnde Zigarette von Egon Erwin Kisch, an den Kommandanten von Nevers und an den Arbeiter Bergner aus dem Ruhrgebiet, mit dem ich Arm in Arm durch den Wintermorgen geschritten war. Ich nahm den Gründungsaufruf und zerriß ihn. Paulus aber war ein guter Mensch, mit einem Sinn für Massenauftritte, die er oft genug auf der Kanzel ausprobiert hatte.

»Du irrst dich, wenn du glaubst, daß ich mich ausnutzen lasse«, sagte er, »ich weiß ganz genau, was ich tue. Wir sind heute in einer ähnlichen Lage wie damals die französische Aristokratie kurz vor Ausbruch der Französischen Revolution. Wir können uns ihr entweder zur Verfügung stellen oder zum zweiten Mal emigrieren. Aber wohin? Außerdem, das Urteil ist bereits gefallen, die Geschichte hat gegen uns entschieden.«

Er stand auf.

»Danke für die Kohlrouladen. Du hast dich sehr angestrengt. In jeder Beziehung.«

Ich brachte ihm den Mantel. Er gab mir die Hand und ging langsam hinaus.

Aus einem Brief an Erich von Kahler

October 7, 1944

Lieber Erich von Kahler:

... Ich bin nicht, wie Sie, über George und Hofmansthal zum Sozialismus gekommen; meine ersten Eindrücke waren (leider) nicht der »Siebente Ring«, sondern die Schriften von Marx und Lenin. 1918, als die Revolution ausbrach, war ich 16 Jahre alt. Ich ging damals im Zug der Kommunisten, mein Vater ging mit den Demokraten. Als die beiden Züge sich am Wittenbergplatz trafen, rief ich: Nieder mit der Bourgeoisie! – Mein Vater hat vierzehn Tage lang nicht mit mir gesprochen, und ich mußte auf meinem Zimmer essen.

Sie dürfen es Menschen, die, genau so wie Sie, an der »Idee des Menschen« interessiert sind, nicht verübeln, wenn sie sich, angesichts dieses Welt-Massacres, fragen: sind wir vielleicht schuld daran? Hat vielleicht die Konzeption nicht gestimmt, auf die wir unsern Kampf für die Freiheit des Menschen gegründet haben? Silone, der ein Recht hat, gehört zu werden, schrieb vor nicht langer Zeit: Man wird einmal sagen, daß Marxismus Opium fürs Volk ist.

An der »guten Sache des Sozialismus« habe ich nicht gezweifelt. Alles, was mit Arbeiterbewegung, sozialer Reform, Sozialversicherung etc. zu tun hat, kommt auf sein Konto. Aber ich brauche Ihnen als Historiker nicht zu sagen, daß etwas, was gestern richtig war, es heute nicht mehr zu sein braucht. Seit Marx hat die Menschheit zwei furchtbare Lehren erhalten: Faschismus und (russischer) Kommunismus. Obwohl beide in ihren »ends« sehr verschieden sind, zeigen sie doch beide die gemeinsamen Züge einer neuen revolutionären Methode, die erst möglich wurde, seit Marx, im Kommunistischen Manifest, erklärt hatte: »Die Gesetze, die Moral, die Religion, sind für ihn (den Proletarier) ebenso viele bürgerliche Vorurteile, unter denen sich ebenso viele bürgerliche Interessen verstecken«. Diese Aufhebung aller »absoluten Wahrheiten« und Moralwerte wird von ihm immer wieder betont.

Immer wieder wendet er sich gegen die »Humanisten, Philanthropen, Verbesserer der Lage der arbeitenden Klasse, Wohltätigkeitsorganisierer, Abschaffer der Tierquälerei, Mäßigkeitsvereinsstifter, Winkelreformer der buntscheckigsten Art« etc. An einer andern Stelle sagt er: »... so war der

Deutsche sich bewußt, die französische Einseitigkeit überwunden, statt wahrer Bedürfnisse das Bedürfnis der Wahrheit, und statt der Interessen des Proletariats die Interessen des menschlichen Wesens, des Menschen überhaupt vertreten zu haben, des Menschen, der keiner Klasse, der überhaupt nicht der Wirklichkeit, der nur dem Dunsthimmel der philosophischen Phantasie angehört...«

Sie sagen, es komme nicht auf die Form an, sondern auf den Geist. Aber es scheint eben im Wesen des Marxismus zu liegen – und eben darum geht unsere Debatte – daß nach einer bestimmten Inkubationszeit das Konzept der Entwicklung zur klassenlosen Gesellschaft nicht mehr identisch ist mit dem Konzept der Freiheit, daß die »means« zu »ends« werden und daß eine Bewegung, die ursprünglich für den Menschen geplant war, sich jetzt gegen ihn richtet. Daß diese und ähnliche Fragen jetzt in vielen Köpfen arbeiten und angesichts der politischen Rolle, die der russische Kommunismus in Europa und darüber hinaus zu spielen im Begriff ist, die große Auseinandersetzung nach dem Kriege bilden werden, ist nur natürlich. Ich halte es unter denkenden Menschen nicht für fair, Beiträge zu dieser Disskussion, sofern sie ehrlich gemeint sind, als »scharfsinnige Plattitüden« abzulehnen und denjenigen, der sich aufrichtig um eine Klärung bemüht, wie einen ungezogenen Schüler zur Ordnung zu rufen. An der »guten Sache des Sozialismus« habe ich nie gezweifelt. (Mein Chorwerk »Jemand« legte dafür Zeugnis ab), und ich wäre für jede Form der Sozialisierung zu haben, die nicht zur Diktatur einer Bürokratie führt.

Mit den besten Grüßen

Ich frage mich, warum ich so lange gezögert habe, vom Ende des Krieges zu berichten. Das Ende des Krieges war das Ende unseres Kampfes gegen Hitler, aber der Kampf um Deutschland ging weiter. Das Ende des Krieges war auch das Ende eines Provisoriums, das Amerika hieß. Sollte man es verewigen? Die politische Emigration packte ihre Koffer. Posten waren ausgeschrieben, die Parteien sorgten für ihre Leute: Ernst Reuter kam aus der Türkei zurück und wurde Regierender Bürgermeister von Berlin, Herbert Weichmann aus New York wurde Bürgermeister von Hamburg. Die so lange Unbeschäftigten wurden plötzlich sehr geschäftig, man wollte nicht das Nachsehen haben, wenn man auf der Namenliste derjenigen, die eine Antwort wußten, fehlte. Der Dichter Bert Brecht wußte sie, die Antwort. Er bestieg nach seiner Vernehmung durch das Committee on Unamerican Acitivities das Flugzeug und begab sich über die Schweiz nach Ostberlin, nachdem er die österreichische Staatsangehörigkeit angenommen hatte. Der Philosoph Ernst Bloch blieb dem »Prinzip Hoffnung« treu und folgte einem Ruf an die Leipziger Universität. Zurück blieben die Zauderer, die Zweifler, die Unentschlossenen, die auf die Frage. »Was ist die Antwort?« mit Gertrude Stein antworteten: »Was ist die Frage?«

Sechzehn Jahre lang hatte ich auf meine Rückkehr nach Deutschland gewartet. Sie spielte sich erheblich undramatischer ab, als ich es mir vorgestellt hatte. Im Sommer 1949 bat mich Lazar Wechsler, Direktor der »Präsens-Film« in Zürich, in die Schweiz zu kommen. »Ich möchte, daß Sie mit Richard Schweizer an dem Drehbuch zu einem neuen Film, ›Die Vier im Jeep‹, arbeiten«, sagte er. »In Wien wird zur Zeit die Polizeikontrolle von einem Jeep ausgeübt, in dem vier Uniformierte sitzen: ein Amerikaner, ein Engländer, ein Franzose, ein Russe. Ich sehe da eine phantastische Möglichkeit, den Kalten Krieg in Form eines politischen Abenteuerfilms darzustellen. Können Sie kommen? Haben Sie überhaupt Papiere?«

»Ich bin staatenlos, aber ich möchte unbedingt an dem Film mitarbeiten.«

»Ich werde Ihnen durch die schweizerische Gesandtschaft ein gültiges Reisepapier zukommen lassen«, sagte Lazar Wechsler.

Ich flog nach Zürich mit einem Ausweis, den ich mir in einem Schreibwarenladen gekauft und von einem Notar für 25 Cent hatte beglaubigen lassen, arbeitete drei Monate lang in Zürich mit Richard Schweizer an dem Drehbuch zu dem Film »Die Vier im Jeep«, der einige Jahre später in Berlin mit dem Goldenen Bären prämiert werden sollte.

Mein Wiedersehen mit Deutschland fand auf einem schwäbischen Marktplatz kurz nach Mitternacht statt. Jemand hatte mich gefragt, ob er mich mit dem Auto mitnehmen solle. Nach etwa drei Stunden hielt der Wagen. Fachwerkbauten. Mondschein. Ein Springbrunnen plätscherte, ein wenig zu laut und zu vorschriftsmäßig. Die hohen Pflastersteine glänzten im Mondlicht wie Totenschädel. Kein Mensch weit und breit, nicht einmal ein Huhn, das sich auf den Marktplatz verirrt hätte. Ich erschrak vor der totalen Antwortlosigkeit dieser Szene im Mondschein. Was war die Frage? Ich hatte sechzehn Jahre versucht, sie zu finden. Ich fuhr weiter nach Stuttgart und München und tröstete in den Baracken des zerstörten Landes die Überlebenden einer Bombennacht, die mir ihr Leid klagten, mit dem Hinweis auf das eigene, ebenfalls kaum erfreuliche Schicksal, was jedoch nur wenig Beachtung fand. Je mehr man aufeinander einredete, desto mehr redete man sich auseinander, sie wußten alle Antworten – es hatte sich nichts geändert.

Ich fuhr nach Amerika zurück und saß mit den Zögernden, den Unentschlossenen, den Zweiflern nachts in den Cafeterias von Manhattan und verbrachte die Zeit bis zu meiner Einbürgerung damit, die »Bill of Rights« auswendig zu lernen und gelegentlich Untertitel für die Metro Goldwyn Mayer ins Deutsche zu übersetzen. Das Haus, in dem ich wohnte, sollte abgerissen und an seiner Stelle ein Hochhaus errichtet werden. Man forderte mich auf, die Eineinhalb-Zimmerwohnung zu räumen, die Unkosten einer Übersiedlung würde man mir ersetzen, aber wohin sollte ich gehen? Ich blieb, ich weigerte mich zu gehen. Es war ein niedriges, dreistöckiges Haus am Riverside Drive, die Mieter versammelten sich im Vestibül, Protestschreiben wurden verlesen, man sprach vom Kampf der wirtschaftlich Schwächeren gegen die Stärkeren, »Freunde, wir lassen uns nicht hinauswerfen!«, dann stellten die wirtschaftlich Stärkeren das Wasser ab, dann das Licht, dann das Gas, dann den Fahrstuhl, und die wirtschaftlich Schwächeren zogen aus, einer nach dem anderen, sie stahlen sich heimlich fort, damit der Nachbar es nicht merkte, aber der Nachbar hatte sich schon vor ihnen fortgestohlen.

Ich kaufte mir Kerzen und Brunnenwasser in Flaschen und schrieb meinen Roman »Die Wenigen und die Vielen«, den ich in Yaddo begonnen hatte. Nachts roch und raschelte es in den Gängen, weil die Mülleimer nicht mehr geleert wurden. Zum Glück war es Sommer, man brauchte keine Heizung. Eines Morgens klopfte ein Mann an die Tür und drückte mir ein Dokument in die Hand, als wäre es eine Hehlerware, die ich für ihn verbergen sollte, er sagte, er sei der Sheriff, dies sei eine Räumungsklage, und wenn er mich am nächsten Morgen noch hier vorfände, dann würde er mich persönlich aus dem Haus tragen und die Tür hinter mir versiegeln. Er war ein großer, schwerer Mann. Da beschloß ich, das sterbende Haus zu verlassen.

Ich stellte meine Möbel auf einen Speicher, ein Bett, zwei Stühle, einen Tisch, und emigrierte von einer Ungewißheit in die andere, diesmal als Amerikaner mit einem Reisepaß und 200 Dollar. Ich fuhr nach Berlin und küßte die Mädchen, die auf dem Kurfürstendamm unter den Laternen gingen, mit hängenden Taschen und schleppendem Gang, die Traum-Mänaden meiner Schulzeit, die zerzausten Lockvögel einer geahnten Lust, ich drückte sie an mich und flüsterte: »Ich bin zurück, freut ihr euch nicht?« Ich sah alte Freunde und fand neue, den großen Baumeister Hans Scharoun, den Bildhauer Bernhard Heiliger. Ich saß mit ihnen unter den Bäumen und hob das Glas und wußte, daß auch sie nach so vielen Antworten die Frage suchten, sie dichteten, malten, bauten Häuser, sie saßen in der Philharmonie und hörten Karajan Bach dirigieren oder Mahler, oder sie schauten den Mädchen nach, die mit hängenden Handtaschen und mit schleppendem Gang den Kudamm auf und ab gingen. Ich blieb fünf Jahre in Deutschland, schrieb für Zeitungen, sprach im Rundfunk und suchte nach einem Ansatzpunkt, um die politische Entfremdung von dem Land meiner Geburt zu überwinden.

Ich war ein exterritorialer Mensch geworden, ein »Gast in fremden Kulturen«, wie ich es für Hermann Kestens Sammelband »Ich lebe nicht in der Bundesrepublik« formuliert habe. Ich versuchte, der Alternative zwischen zwei Provisorien ein Ende zu machen, indem ich mich für das entschied, was mir vertrauter geworden war. Ich ging also nach Amerika zurück, nicht mehr als Flüchtling, sondern als Berichterstatter deutscher Zeitungen. Erst als ich mich entschlossen hatte, nicht mehr von Amerika zu leben, schloß ich Frieden mit Amerika.

Eines Tages bekam ich einen Telephonanruf. »Hier ist Thornton Wilder«, sagte die Stimme. »Ich komme soeben aus Zürich, wo ich mit Ihrem Freund Kurt Hirschfeld gesprochen habe. Ich suche einen deutschen Schriftsteller in New York, der mein Stück ›Our Town‹ übersetzen kann. Ich möchte es mit Ihnen zusammen übersetzen. Ich spreche ganz gut deutsch, sagt man mir. Können Sie mir einen Gefallen tun? Können Sie mir eine Szene aus ›Our Town‹ zur Probe übersetzen? Irgendeine Szene, die Sie sich selbst aussuchen können. Erlauben Sie mir, daß ich Ihnen für Ihre Bemühungen einen Vorschuß zukommen lasse. Morgen früh werden Sie in der Post einen Scheck für 500 Dollar vorfinden. Bitte rufen Sie mich nach Beendigung Ihrer Arbeit an, damit wir eine Zusammenkunft vereinbaren können. Ich wohne im Hotel Algonquin.«

Der Anruf kam in einem Augenblick, da ich ihn am dringendsten brauchte. Es ging mir nicht gut. Das Zeilenhonorar, das ich für meine Berichte bekam, reichte nicht aus, um die Miete für meine Eineinhalb-Zimmerwohnung aufzubringen. Emigranten wurden noch unterbezahlt für ihre Beiträge aus der Neuen Welt, in die man sie vertrieben hatte und über die sie besser Bescheid wußten als jene Schar von Sonderkorrespondenten, die viele Jahre später für ein fürstliches Gehalt und mit Spesenkonto dieselben Dienste zu verrichten hatten.

Ich wählte für meine Übersetzung die Friedhofsszene aus, rief Thornton Wilder an und verabredete mich mit ihm zwei Tage später.

Die Welt Thornton Wilders

Als Erkennungszeichen war mir nur »ein kleiner weißer Schnurrbart« angegeben worden. Es hatten sich viele kleine weiße Schnurrbärte zu dieser Abendstunde im Hotel Algonguin eingefunden, und mehr als einmal war ich bereits mit aufmunterndem Blick auf diesen oder jenen zugegangen, als sich plötzlich die Drehtür mit Aufmerksamkeit gebietender Eile in Bewegung setzte und einen Herrn hereinließ, in dem ich sofort den Gesuchten erkannte, obwohl von dem Schnurrbart zunächst noch sehr wenig zu sehen war. Es war das Ungewöhnliche seiner sonst keineswegs ungewöhnlichen Erscheinung, sozusagen die Veredelung und Verfeinerung eines hierzulande üblichen Normaltypus, was ihn zugleich von diesem unterschied und der auffällig zur Schau getragenen, fast gelehrten Vornehmheit seines Wesens ein neues Element hinzufügte: eine Art von spanischer Grandezza, die durch den ein wenig schief ins Gesicht gerückten Hut fast etwas Herausforderndes und Verwegenes bekam. Und während er nun auf mich zustürzte und mit einer Eindringlichkeit, die keine Beschwichtigung zuließ, sich für sein Zuspätkommen entschuldigte, verstärkte sich noch der Eindruck einer geistigen Intensität, die in jedem Augenblick ganz gegenwärtig zu sein schien und doch irgendwie abwesend.

Wenig später waren wir bereits auf dem Broadway und mitten in einer Diskussion über die Dinge, die ich mir, in Erwartung unvermeidlicher Gesprächspausen, als eiserne Unterhaltungsration zugelegt hatte und die ich nun voreilig verschoß, ermuntert durch sein nachdenkliches Zuhören, bis wir vor einem kleinen französischen Restaurant angelangt waren, das er mir mit unausweichlichem Enthusiasmus – alles an ihm schien enthusiastisch zu sein – empfahl. Wir aßen und tranken, und in der Art, wie er die Gerichte auswählte, war etwas von jenem geheimen Stolz, den man oft bei Amerikanern, die viel gereist sind, findet, eine Freude am Pokulieren, die sich der schwer erworbenen Kennerschaft mit um so größerer Genugtuung hingibt.

Wilder sprach von Amerika, von der Höflichkeit und Freundlichkeit der Menschen im Umgang miteinander, und ich sagte ihm, es sei mir immer so vorgekommen, als wisse hier jeder, wie schwer das Leben sei, und deshalb sei man freundlich zueinander, wie Boxer oder Tennisspieler, die einander vor und nach dem Kampf die Hände reichen. Und zugleich liege darin auch eine uneingestandene Anerkennung gewisser Spielregeln, die wohl mit der Größe und Einsamkeit des Landes zusammenhingen und noch aus einer Zeit stammten, da der Nachbar dem Nachbarn gegen das Wetter, den Hunger, die wilden Tiere beistand und jeder wußte, daß er den anderen brauchte, auf ihn angewiesen war in der schwarzen Nacht über dem neuen, unbekannten Erdteil.

Er hatte mir aufmerksam zugehört, mit jenem verlorenen Blick, von dem ich nicht wußte, ob er Zustimmung oder Ablehnung bedeutete. »Sie finden, daß wir einsam sind?« sagte er. »Vielleicht. Aber das ist auch unsere Stärke. Die Leute, die hier herüberkamen, wußten, daß sie alles aufgaben, was den Menschen vor der Einsamkeit schützt: Bindungen, Stallwärme, Ofenwärme. Es waren Abenteurer, die dem Bekannten, Vertrauten entflohen und allein sein wollten. In Europa wird die Einsamkeit zum tragischen Erlebnis der Vereinzelung, wie bei Hölderlin oder Kafka. Hier ist sie nichts anderes als das Erlebnis des ungeheuren Raumes, in den wir gestellt sind, und der menschlichen Vielfalt und Massenhaftigkeit, die uns umgibt und an der wir teilhaben, das, was ich die ›multiplicity of man‹ nennen möchte. Sie finden es häufig in unserer Literatur ausgedrückt, bei Whitman – Ich bin groß, ich bin die Menge – und

Faulkner und Wolfe, übrigens auch bei Homer und Dante, aber nicht bei Goethe und den französischen Romanciers. Was ich meine, hat nichts oder nur sehr wenig mit jener uns so oft vorgeworfenen ›Vermassung des Individuums‹ zu tun, dafür aber sehr viel mit dem schon bei Homer hervortretenden Gefühl für die Mannigfaltigkeit der Gattung Mensch. Wir wissen, daß wir viele sind und doch ist jeder unersetzbar einmalig. Gertrude Stein, von der wir alle, Hemingway und Sherwood Anderson und ich, so viel gelernt haben, Gertrude Stein sagt irgendwo: ›Für einen Amerikaner ist die Menge eins plus eins plus eins... Für einen Europäer ist sie 250 oder 6789.‹«

Es war in diesem Augenblick, daß ich ihn unterbrach und im Hinblick auf das eben Gesagte und seine Wichtigkeit ihm vorschlug, es später gemeinsam zu Papier zu bringen. Der Gedanke schien ihn zu beschäftigen, und in der Tat, kaum hatten wir unser Mahl beendet, zahlte er auch schon, stand auf und zog mich am Arm fort, hinaus, durch die Straßen der nächtlichen Stadt, die nun im Licht der Vergnügungen qualmte. Er hatte den Hut wieder ein wenig schief ins Gesicht gedrückt und betrachtete die funkelnden, lärmenden Dinge um ihn herum mit fröhlicher Gelassenheit: »Die Leute denken, ich hasse das Vulgäre«, sagte er lachend. »Im Gegenteil, ich liebe es, wie man immer das liebt, was einem selbst unerreichbar ist.«

Wir waren inzwischen vor dem Harvard Club angelangt, in dem Wilder täglich, wenn er in New York war, ein paar Stunden zubrachte, und während er mir eine Zeitung in die Hand drückte und mich aufforderte, in einem der geräumigen Sessel Platz zu nehmen, setzte er sich an den Schreibtisch und begann, das Dokument aufzusetzen, das noch heute in meinem Besitz ist:

»Man darf es den Amerikanern nicht verübeln, daß sie nicht allen Erfordernissen ›hoher Kultur‹ genügen, denn sie haben sich einer Aufgabe unterzogen, die sie sehr in Anspruch nimmt, nämlich einen neuen Menschen zu finden. Dieser neue Typus Mensch ist noch nicht klar erkennbar – wir wissen noch nicht, ob er gut oder schlecht ist –, aber er ist neu. Sein Hauptmerkmal besteht darin, daß er jeden anderen Menschen, der ihm begegnet, als aus demselben menschlichen Stoff gemacht betrachtet. Da jeder neue Mensch nur einer unter Millionen Menschen ist, so ist der Amerikaner

›freundlich‹ – nicht aus Güte, nicht aus Herablassung, nicht aus Selbstüberheblichkeit, sondern aus der Erkenntnis heraus, daß jeder Mensch ein Leben zu leben hat, bei dem ihm niemand hilft. (Ein französischer Dichter, Saint-John Perse, erzählte mir, es wundere ihn immer wieder, daß amerikanische Telephonistinnen, wenn man ihnen eine Nummer angibt, ›Thank you‹ sagen und daß ein Amerikaner, wenn man ihm für eine Gefälligkeit dankt, mit ›You are welcome‹ antwortet und seiner Wege geht, als ob nichts geschehen wäre.)

Diese amerikanische Freundlichkeit ist nicht ›politesse‹, nicht bewußte Tugend – sie geht von der Annahme aus, daß das Leben eines einzelnen Menschen schwierig sei und daß die gegenseitige Anpassung jedem von uns nütze.

Der Amerikaner ist nicht bereit anzunehmen, daß der andere ein Dieb oder ein Betrüger sei. Sein Land wird auf zwei Seiten von Ozeanen begrenzt, die weder freundlich noch feindlich sind, im Norden durch ein englischsprachiges Land, im Süden von den Mexikanern, die er so gut wie gar nicht bemerkt. Er hat keine Gelegenheit gehabt, sich zu fürchten, und seine Fähigkeit, sich mit anderen zu vergleichen, ist nur gering.

Indessen spielt sich in der Seele des Amerikaners ein höchst intensives, subjektives Drama ab. Er mußte in sich selbst englische, deutsche, holländische, französische, slawische und skandinavische Einflüsse verarbeiten. Er mußte dem Gefühl entwachsen, ein verachteter, ungeschliffener Ableger des britischen Empire zu sein. Er mußte sich mit seinem schlichten Gewissen auseinandersetzen, einen neuen Erdteil aufgebrochen und erobert und die Indianer liquidiert und die Neger als Sklaven eingeführt zu haben. Er mußte den strengen Puritanismus der kleinen Gemeinden und ihrer Gründer der großstädtischen Gedankenwelt des 20. Jahrhunderts anpassen, und er mußte Mythen und Kunstformen erfinden, um sein neues Bewußtsein darzustellen.

Jede Vorstellung von Raum ist ihm vertraut und ebenso jedes Verständnis für den Menschen – für die Verschiedenheit der Typen ebenso wie für die der Menge. Aber er sieht sich vor die Notwendigkeit gestellt, einen neuen Begriff von Zeit zu prägen, weil er die Zeit nur als etwas Abstraktes erlebt – nicht als einen kulturell-menschlichen Ablauf. Der Amerikaner ...«

Hier brach das Manuskript ab.

»Schreiben Sie es zu Ende«, sagte er lächelnd. »Wir haben es ohnehin zusammen gedacht. Übrigens ist es schon spät. Ich muß morgen zeitig aufstehen.«

Wir gingen hinaus auf die Straße, über uns die abstrakte Architektur der Nacht, mit ihren im Raum schwebenden, erleuchteten Fenstern, ihren angestrahlten Fassaden, ihren Drugstores und Imbiß-Stuben, in denen Menschen hinter Glas saßen, freundliche Menschen, die »Thank you« und »You are welcome« sagten, aus demselben Stoff geformt und doch jeder von ihnen furchtbar allein, in seiner individuellen Ausprägung ebenso wie in seiner Anpassung an die anderen, und ich sah ihn davoneilen, den Hut ein wenig schief ins Gesicht gedrückt, mit jenem verstohlenen Enthusiasmus für die kleinen, gewöhnlichen Dinge des Lebens, die er bewunderte und mit einer fast mystischen Gläubigkeit ernstnahm – auch er ein amerikanischer Mensch, ein Mann der Literatur, in dem das Beste, was Europa hervorgebracht hatte, sich mit den Ingredienzien eines neuen Erdteils vermischte, einer Welt, in der alles nebeneinander möglich war und jeder in sich selbst das Drama der Unvereinbarkeit zu einer neuen Lebenshaltung zu verarbeiten hatte.

Bald danach begann unsere Zusammenarbeit an der deutschen Übersetzung von »Our Town« und »The Skin of Our Teeth«. Sie spielte sich teils im Harvard Club in New York, teils in Rapallo, am Ammersee oder in der McDowell-Kolonie in New Hampshire ab. Sie begann jeweils damit, daß ich Wilder vorlas, was ich geschrieben hatte, und er verfolgte es Satz für Satz im Original, wobei er mich häufig unterbrach und Fragen stellte, die bewiesen, wie scharf und genau er zugehört hatte und wie gut er sich auf die deutsche Sprache verstand. Manchmal sprang er auf und spielte mir eine Szene vor, um zu zeigen, wie dies oder jenes gesprochen werden müßte, und dann spielte ich ihm dasselbe auf Deutsch vor. Er war ein vorzüglicher Sprecher seiner Texte, hatte auch mehrmals den Spielleiter in »Unsere Kleine Stadt« gespielt, eine Rolle, deren freundliche Gelassenheit seinem Wesen entgegenkam.

Bei der Arbeit mit Wilder stand natürlich ein Problem im Vordergrund: Wie übersetzt man den New England Slang? Ich war dagegen, ihn beispielsweise durch den Wiener, Hamburger, Berliner oder irgendeinen anderen Dialekt wiederzugeben. Es ist eine Frage des Stils, nicht der Mundart. Man muß die soziale Stellung des Sprechenden, denn darum handelt es sich ja wohl, durch andere Mittel charakterisieren, durch den Tonfall, durch bestimmte rhythmische Veränderungen, die je nachdem Unbeholfenheit oder Geschicklichkeit im Ausdruck suggerieren. Auch sollten gewisse Wörter wie »Mister« oder »Missis« nicht eingedeutscht werden. Es ist gut, wenn der Zuschauer von Zeit zu Zeit darauf aufmerksam gemacht wird, daß dieses Stück nicht an der Waterkant spielt, sondern im Staate New Hampshire. Ein gewisser exotischer Charakter sollte gewahrt, das Element des Fremden, Ungewöhnlichen und deshalb nur noch anziehender Wirkenden erhalten bleiben. »Ich übersetze nicht Thornton Wilder«, sagte ich einmal, »ich schreibe, wie Thornton Wilder schreiben würde, wenn er Deutsch schriebe.«

Wilders puritanische Erziehung hat ihn geprägt. Man fühlte sich als Individualist und war stolz darauf, man kümmerte sich nicht darum, was der Nachbar sagte. Das müsse auch die Maxime eines jeden Schriftstellers sein, meinte er. Nicht daran zu denken, was die anderen, etwa der Kollege B. oder C., dazu sagen könnten oder bestimmt sagen werden, sondern schreiben, was man selber sagen will und muß. »The constant amputation from the audience«, so habe Gertrude Stein, die so oft von ihm zitierte, es genannt. Ein Tagebuch führen, aber nicht mit dem Hintergedanken, daß es doch noch eines Tages veröffentlicht werden könnte, anonym werden. »In meinen Tagebüchern spreche ich nur mit mir selbst.« Er vertrage es auch nicht, daß man mit ihm über Thornton Wilder spreche, und Gertrude Stein habe ihm vor vielen Jahren in Paris gesagt: »Lesen Sie nie irgend etwas, das über Sie geschrieben wird, vor allem keine Kritiken.« Ein anderer Satz von Gertrude Stein, den er häufig zitierte, der aber schwer zu übersetzen ist, heißt: »The business of life is to make a solitude which is not lonelyness.« Auf deutsch etwa: »Worauf es ankommt ist, allein zu sein, aber nicht einsam.«

»Schreiben Sie mir«, sagte er, bevor er wieder einmal nach Connecticut zurückfuhr. »Ich will wissen, wie es Ihnen geht, was Ihre Zähne machen, woran Sie arbeiten, wie Sie essen, trinken, schlafen. Aber, um Himmels willen, keine Philosophie. Oh, diese Deutschen.«

Das vertraute Bild einer Party auf Cape Cod. Braune Mädchen in leichten, bunten Gewändern. Russische Lieder, zur Laute gesungen, deutsche, französische, viele Drinks. Kerzen. Ernste Männer. Das Meer ist nah, und die Welt, die große amerikanische Welt, beginnt vor der Tür.

Thornton Wilder ist mit dem Wagen aus Provincetown gekommen. Man umringt ihn, er ist zu jedem von gewinnender Freundlichkeit, ein Kavalier, ein begeisterter Zuhörer, ein eleganter Plauderer – und doch habe ich das Gefühl, als wäre er nicht ganz dabei, als wäre er zugleich Teilnehmer und Zuschauer bei diesem Spiel, wie der Heros, dem Zeus erlaubt hat, aus dem Schattenreich zurückzukehren, damit er erkenne, daß auch die Lebenden schon gestorben sind...

Thornton Wilders Amerika starb mit ihm, dem Gentleman aus gutem Hause, dem an Calderón und Proust, an Nestroy und Brecht geschulten Grandseigneur der amerikanischen Literatur. Der neue Mensch, den er sich erhofft hatte, wurde in demselben Maße zur Utopie, in dem Wilders Amerika seine Unschuld verlor, Kuba und Nicaragua zu strategisch wichtigen Stützpunkten im Kalten Krieg wurden und die Bildschirme von Grovers Corner von Fernsehevangelisten heimgesucht wurden, jenen Scharlatanen einer Frömmigkeit, die aus dem christlichen Glauben einen Aberglauben und damit Millionen machten. Zwischen dem pietistischen Milieu von »Our Town« mit seinen saubergefegten Stuben und seinen saubergefegten Seelen und einem Washington der Korruptionsskandale und erbitterten Machtkämpfe zwischen Kongreß und Regierung liegt eine Welt internationaler Desillusionierung, die beispielsweise durch die »School of Decline« auch in akademischen Kreisen ihren Niederschlag gefunden hat. Demgegenüber muß Wilders Hoffnung auf einen neuen Menschen nur noch tragischer und er selbst als ein fast insularer Fall unter den Schriftstellern, die ihre Zeit prägten, erscheinen.

Draußen steht derselbe Mond, der über Grovers Corner schien, und ich denke an Emily, an den Kapitän Alvarado, an die Frau aus Andros, an Onkel Pio und Cäsar und Simon Stimson, an all die wundersamen, mit tiefem Schmerz und tiefer Liebe gezeichneten Figuren, die durch seine Stücke und Romane gehen wie »Blinde im leeren Raum« und die von einer Welt berichten, die weder gut noch schlecht, weder gütig noch grausam, sondern genau das ist, was der Mensch aus ihr macht, und ich denke an den Satz des Kardinals Vaini in der »Kabbala«: »Wer, der nicht gelitten hat, kann etwas von Literatur verstehen?«

Der Märchenprinz

Um der Hitze in New York zu entgehen, fuhr ich am Wochenende häufig zum Prinzen Löwenstein aufs Land, nach New Jersey.

Ich hatte den Prinzen in Paris kennengelernt, als er mir die Nachricht überbrachte, daß die von ihm gegründete American League for German Freedom in New York mir ein Stipendium von 25 Dollar im Monat gewähren würde. Das war ein Betrag, der in Francs umgesetzt dem Hunger und Elend der Pariser Zeit zumindest für ein Jahr ein Ende bereitete. Ich konnte wieder essen, zum Friseur gehen, mir Zigaretten und Briefmarken kaufen soviel ich wollte, ich brauchte nicht mehr vor dem Café du Dôme darauf zu warten, daß jemand käme und mir den Kaffee bezahlen würde.

Der Prinz empfing mich in seiner Pariser Wohnung, er war sehr feierlich. Nach kurzer Begrüßung führte er mich in sein Schlafzimmer, wo über dem Bett eine Fahne an die Wand genagelt war, eine Standarte, wie sie mittelalterliche Landsknechte zu tragen pflegten.

Der Prinz räusperte sich, als wollte er eine Ansprache halten. »The American League for German Freedom«, begann er, »ist für Menschen wie Sie gegründet worden, Autoren, die das Exil auf sich nahmen, um von dort aus den Kampf für die Freiheit fortzusetzen. Ich selbst habe, bevor ich freiwillig in die Verbannung ging, einen Orden zur Bekämpfung des Nationalsozialismus gegründet. Sehen Sie dort die Fahne an der Wand? Es ist die Blutsfahne des Bundes. Darf ich Sie bitten, die rechte Hand zu heben und angesichts der Blutsfahne zu schwören, daß Sie den Prinzipien, für die wir kämpfen, treu bleiben werden bis in den Tod.«

Ich hob die Hand, halb verlegen, halb belustigt, aber der Prinz war sehr ernst. Er ging auf mich zu, küßte mich auf beide Wangen und überreichte mir einen Scheck über 25 Dollar. Es war, als ob er mir einen Ritterschlag gegeben hätte.

Hubertus Prinz zu Löwenstein war ein verspäteter Märchenprinz, der durch Marx und Thomas von Aquin, durch Hegel und den heiligen Augustin hindurchgegangen war und deshalb nicht heldenhaft strahlend, sondern voll von Widersprüchen und Ungereimtheiten war, ein Romantiker und ein Realist, ein Konservativer und ein Revolutionär, ein Freund des Erhabenen und des Lächerlichen, ein Monarchist und ein Liberaler, der davon träumte, einmal, nach dem Ende Hitlers, der erste sozialistische Kaiser von Deutschland zu werden. Er liebte das Absurde, weil es eine Grenzsituation war, in der man sich zu bewähren hatte. Er war ein Grenzgänger zwischen den Ideen, den Klassen, den Religionen, zwischen dem Erhabenen und dem Profanen. Er spielte die Hauptrolle in einem von ihm selbst verfaßten Schauspiel, das Hubertus Prinz zu Löwenstein hieß, bei dem er sich selbst belustigt zusah, voll von Feierlichkeit, Andacht, Sarkasmus und Selbstpersiflage. Er war ein Schwärmer, der den Narren spielte und ein Narr, der ins Schwärmen geriet, wenn ihm das Narrenspiel keinen Spaß mehr machte. Er und seine Frau Helga und sein Freund Volkmar von Zühlsdorff wohnten zusammen in einem Landhaus in New Jersey, wo ich sie kurz nach meiner Ankunft in Amerika besuchte. Ich war oft bei ihnen zu Gast. Unter den vielen Erinnerungen an ihn ist mir eine besonders gegenwärtig. Es war ein später Nachmittag im Juli. Ich saß mit Volkmar vor dem Haus. Es war sehr heiß, wir tranken kühle Getränke, und ich legte mir ein Stück Eis auf die Stirn. »Glauben Sie an Engel?« fragte Volkmar unvermittelt.

»Was verstehen Sie unter Engeln?« fragte ich. »Meinen Sie etwa jene kleinen, geflügelten Wesen, die durch Türen und Wände fliegen und geheime Botschaften aus dem Jenseits überbringen und sich auch sonst ziemlich unglaubhaft benehmen?«

»Unglaubhaft?« fragte Volkmar. »Haben Sie noch nie mit einem Engel gesprochen?«

»Ich? Mit einem Engel gesprochen? Nein, ich habe noch nicht mit einem Engel gesprochen, und ich denke auch nicht daran, es in Zukunft zu tun. Lassen Sie mich in Ruhe.«

»Hubertus!« rief Volkmar. »Hast du einen Augenblick Zeit? Ich muß dir etwas Wichtiges mitteilen. Hans Sahl glaubt nicht an Engel.«

Der Prinz erschien auf der Terrasse, blieb stehen.

»Ist das wahr? Sie glauben nicht an Engel?«

»Natürlich nicht, warum sollte ich auch. Man schreibt das Jahr

1942. Ich glaube an Autos, Flugzeuge, an Albert Einstein und Sigmund Freud usw. usw. Aber an Engel glaube ich nicht. Tut mir leid.«

»Ich verstehe«, sagte der Prinz und setzte sich zu mir. »Sie sind ein Mann des Fortschritts. Sie glauben, daß Gott eine Erfindung der Bibel ist und daß die Engel von halluzinierenden Mönchen auf Klosterwände gemalt worden sind, weil sie nichts Besseres zu tun hatten. Wie kann ein Mensch wie Sie ohne Engel leben?« Er wandte sich an Volkmar. »Man muß etwas für ihn tun, findest du nicht?« Volkmar nickte.

»Können wir nicht von etwas anderem sprechen?« sagte ich und legte mir ein neues Eisstück auf die Stirn.

»O.K.«, sagte der Prinz, »ich muß weiterarbeiten. Aber bevor ich gehe, möchte ich Ihnen sagen, wie sehr es mich bekümmert, daß ein Mensch wie Sie, den ich achte, mehr noch, den ich liebe, noch nicht eingesehen hat, daß die Zeit gekommen ist umzulernen.«

»Was meinen Sie?« fragte ich.

»Ich meine, daß es Zeit ist, wieder an das zu glauben, was die Aufklärung Ihnen auszureden versuchte, an das Unsichtbare hinter dem Sichtbaren, an das Unglaubhafte, an das Geheimnis.« Er wandte sich zum Gehen.

»Helga, was gibt es heute zum Abendessen?« Er verschwand im Haus.

Prinz Löwenstein kehrte sofort nach Kriegsende aus dem selbstgewählten Exil zurück. Er wurde nicht der erste sozialistische Kaiser Deutschlands, sondern ein Abgeordneter der FDP, der seiner Partei einiges zu schaffen machte, zum Beispiel, als er mit acht Studenten Helgoland besetzte, um den Beschluß der Alliierten, die Insel in die Luft zu sprengen, zu vereiteln. Er war eine komplexe Erscheinung: Er pflegte vertraulichen Umgang mit dem Jenseits, was ihn jedoch nicht hinderte, sich in das politische Diesseits einzumischen. Ich beneidete ihn um die Fähigkeit, im Nu von einer Dimension in die andere zu schlüpfen, und ich hätte gern ihm zu Gefallen an Engel geglaubt oder wenigstens vorgegeben, es zu tun, aber er hätte mich ohnehin durchschaut. Vielleicht werde ich es doch in einer nicht allzu fernen Zukunft über mich bringen – in jenem metaphysischen Welttheater, in dem er bereits einen Logenplatz für mich reserviert hat.

»Da bin ich, Prinz«, werde ich sagen. »Hübsch haben Sie es hier.

Wie geht es Ihnen? Himmlisch, nehme ich an. Und die Bedienung – überirdisch.«

Und der Prinz wird antworten:

»Sehen Sie, das habe ich Ihnen gesagt, damals in New Jersey, aber Sie wollten es mir nicht glauben.«

»Ich habe es immer gewußt«, werde ich antworten. »Aber ich habe nicht gewagt, es mir einzugestehen. Es gehörte sich nicht.«

»Haben Sie schon gegessen?« fragte er. »Ich kenne ein kleines italienisches Restaurant im Village. Nicht teuer. Es gibt dort eine Lasagne, die ich empfehlen kann.«

»Ich mag keine Lasagne«, sagte ich. »Es ist ein Verlegenheitsgericht, weder Fisch noch Fleisch, etwas, das man sich bestellt, wenn es auf der Speisekarte nichts Besseres gibt. Aber gehen wir.«

Die Lasagne, stellte sich heraus, war erträglich, genau wie der Mann, der sie mir empfohlen hatte, nicht Fisch, nicht Fleisch, aber ganu das, was man brauchte, um an diesem Abend nicht allein zu sein. Etwas schien ihn zu beschäftigen, er sprach nicht viel, seufzte manchmal auf, stocherte geistesabwesend in der Lasagne. Endlich begann er zu reden.

»Ich habe eine Vorladung zum Committee for Unamerican Activities«, sagte er. »Sie wissen, der berüchtigte McCarthy-Ausschuß. Ich werde die Aussage verweigern, was zur Folge haben dürfte, daß ich meine Stellung am City College verlieren werde. Ich denke nicht daran, meine Kollegen zu denunzieren. Ich bin ein amerikanischer Staatsbürger. Auf Grund der Verfassung ist jeder Mensch *a priori* unschuldig, es sei denn, daß man ihm das Gegenteil beweist. Aber hier ist jeder *a priori* schuldig und muß das Gegenteil nachweisen. Übrigens habe ich einem Kollegen, dem dasselbe passiert ist, versprochen, heute abend vorbeizukommen. Er wohnt gleich um die Ecke, hätten Sie Lust, mich zu begleiten?«

Wir zahlten und gingen. Der Kollege, Slawist am City College, begann sofort, kaum hatten wir uns hingesetzt, mit einer wichtigen Mitteilung: »Es wird Sie interessieren zu erfahren, daß eine hohe Persönlichkeit in Washington uns politisch nahesteht; ich kenne ein Mädchen, das mit ihm zusammen zur Schule ging. Sie muß ihm klarmachen, daß es wichtig wäre, wenn er für uns intervenierte. Was sagen Sie dazu?«

Ich fühlte mich nicht ganz wohl bei diesem Gespräch, zumal mir nicht entgangen war, daß der Professor, nachdem er uns begrüßt hatte, mit einem Seitenblick auf mich gefragt hatte »Ist er o.k.?« und der andere ihm kopfnickend bedeutete, ich sei ein Flüchtling aus Deutschland und deshalb »in Ordnung«. Ich dachte an die Auseinandersetzungen im Schutzverband Deutscher Schriftsteller in Paris, an die geheimen Fäden, die dort gesponnen, die Querverbindungen, die hergestellt, und die Kontaktpersonen, die für eine Sache, von der sie nichts ahnten, ausfindig gemacht wurden. Ich war des Konspirierens müde und suchte nach einer Gelegenheit, mich unauffällig zu entfernen, was mir unter Hinweis auf ein Manuskript, das noch in der Nacht beendet werden mußte, schließlich gelang.

Ich hatte den Vorfall bereits vergessen, als ich eines Morgens in der New York Times auf das Bild des Professors stieß, den wir an jenem Abend besucht hatten. Darunter stand: »Wieder ein Unschuldiger von McCarthy denunziert. Professor erklärt unter Eid, niemals der Kommunistischen Partei angehört oder ihr nahe gestanden zu haben.«

Warum hatte der Professor seine Gesinnung verleugnet? Wäre dies nicht eine erwünschte Gelegenheit gewesen, sich zu einer Partei zu bekennen, die nicht verboten war? Stattdessen zog man es vor, das Spiel McCarthys mitzuspielen und zu beteuern, daß man »unschuldig« war, und einige schreckten nicht davor zurück, die eigenen Freunde zu denunzieren. Vielleicht nahmen sie doch den Kommunismus nicht so ganz ernst oder jedenfalls nicht für lebenswichtig genug, um dafür zu kämpfen oder den Job zu verlieren, was menschlich durchaus verständlich war. Davon profitierte McCarthy, indem er den Verrat belohnte und die Aufrichtigkeit mit dem Verlust der beruflichen Existenz bestrafte.

Geschichte eines Wunderkindes 1

Sie wuchs auf in einem gelben Haus am Fuß der Karpathen, in einem Haus, in dem Musik gespielt wurde, Bach, Mozart, und die Werke von dem Mann, der es bewohnte, Sinfonien, Lieder, Werke einer Übergangszeit zwischen Rausch und neuer Enthaltsamkeit.

Mit vier Jahren tanzte sie in einem Ballett, das ihr Vater in der Oper dirigierte und spielte mit zwei Fingern ein Nocturno von Chopin. Auf einer Bronzeplatte oben im Dom stand geschrieben, daß er, der Vater, hier jedes Jahr zu Ostern die Missa Solemnis dirigiert hatte. Danach gab es einen Empfang im gelben Haus, in dem Tokayer aus fein geschliffenen Gläsern getrunken, Nüsse und kandierte Früchte verabreicht wurden. Mit zwölf Jahren spielte sie mit kräftigem Anschlag außer dem Nocturno von Chopin noch zwei weitere Klavierstücke, eine Etude von César Franck und die Träumerei von Schumann. Sie sprach fünf Sprachen, Tschechisch, Slowakisch, Ungarisch, Französisch, Englisch, rezitierte Ovid auf Lateinisch und Homer auf Griechisch. Dann kam ein Krieg, Soldaten in fremden Uniformen besetzten die Stadt, machten sich über die Weiber her. Nachts vor dem gelben Haus hörte sie die obszönen Worte, die sie einander zuriefen, zog die Decke über den Kopf und schlief unruhig ein. Andere Soldaten kamen, besetzten die Stadt, es wurde geschossen. Der Krieg ging weiter, er hörte nicht auf, es gab immer Krieg zwischen den Erwachsenen, aber keinen zwischen den Kindern, es gab nie Krieg zwischen den Kindern, sondern nur Neugier und Befühlen und Betasten nachts unter der Brücke am Fluß, wo man Doktor spielte, das Ohr an der Brust des anderen, tut es hier weh, gnädige Frau? nein, etwas tiefer, ja, tiefer, da, da, Herr Doktor, werden wir gleich haben, gnädige Frau, tief atmen, ruhig, ruhig. Sie tun mir weh, Herr Doktor, nicht doch, nicht doch, nicht so schnell, nicht so schnell, ruhig atmen...

Oben im gelben Zimmer lag der Vater und weigerte sich aufzustehen. Er litt an manischen Depressionen, und die Mutter ließ ihn gewähren, spielte Doktor mit ihm, tief atmen, Liebling, es wird gleich vorbei sein. Er verbrachte Tage im Bett, wenn er nicht dirigieren mußte. Er schrieb die unsterblichen Noten in Gedanken an die Decke über sich, Klagelieder, Totenlieder eines unheilbar an der Welt Erkankten, während die Tochter versteinert im Türrahmen stand und zu Boden sah, bin ich Schuld daran? dachte sie. Ich habe Verbotenes getan, als die Soldaten mir unzüchtige Worte zuriefen, ich habe mich berührt. Kannst du mir verzeihen?

Als der Krieg zu Ende war, beschloß sie, eine Tante in München zu besuchen. Im Speisewagen lernte sie einen GI kennen, der im Begriff war, nach Amerika zurückzukehren. Sie verbrachten die

Nacht in einem Hotel am Bahnhof. Am nächsten Morgen sagte er zu ihr, während er die Hafergrütze löffelte: »Listen, Baby, I have to make an announcement, let's get married, okay?« Er zeigte ihr Bilder von einem Haus am Meer, in Florida, Postkarten mit Palmen und Delphinen, die aus dem Wasser sprangen, und überall Sonne, viel zu viel Sonne und überall Meer, viel zu viel Meer, und sie dachte, fort aus dem sterbenden Europa, fort von dem sterbenden Vater, sie spielte Doktor mit dem GI, legte ihr Ohr auf seine tätowierte Brust, und sie hörte die Fahnen klirren im Wind und die Affen kichern, die sich in den Palmen wiegten. Und die Luft war voll von tanzenden Delphinen und einem blauen, viel zu blauen Himmel...

Sie flogen mit einem Militärflugzeug in die Staaten, und als sie in Fort Lauderdale ausstiegen, stand ein Jeep vor der Tür, in dem eine Frau saß, hartnäckig, besitzergreifend, knochig. »Hallo, Mom«, rief der Sohn, »may I present my wife, Baba«. Die Mutter hielt das Steuer mit beiden Händen fest, als wollte sie es um nichts in der Welt hergeben. »Let's go«, rief der Sohn. Sie verließen den Ort und fuhren am Meer vorbei, nein, nicht am Meer, sondern an den Hotels, die den Zugang zum Meer verbauten, bis sie vor einem kleinen Häuschen hielten, das etwas abseits stand, als hätte man vergessen, es abzureißen. »Thats's it!« rief der Sohn, »how do you like our little dream house? Cute, isn't it? What are you gazing? Let's get out, Honey.« Er trug sie auf seinen tätowierten Armen in das Haus, das nach Moder und ungelüfteten Betten roch, warf sie auf ein Sofa, aus dem eine Staubwolke aufstieg, »Home, sweet home«, rief er. »What do you say? Aren't you happy?« Sie ging aus dem Zimmer auf die Toilette und erbrach sich. Als sie wiederkam, lag er halb ausgezogen auf dem Sofa. »Let's play doctor, you know what I mean, are you ready?« Was nun folgte, hatte nichts mit Liebe zu tun, es war ein chirurgischer Eingriff, eine Herzoperation ohne Narkose, bei vollem Bewußtsein, sie traten mit Messern und Skalpells an, schlitzten auf und nähten zu, leuchteten mit Augenspiegeln in den Rachen des anderen, in den Schlund, sondierten, perforierten, sezierten, brachen Knochen und setzten sie wieder zusammen... Sie starrte zur Decke und weigerte sich, wieder aufzustehen, ihren Pflichten als Hausfrau nachzukommen, zu kochen, sauberzumachen, den Rasen vor dem Haus, eine Grasnarbe von Rasen, zu mähen. Unerträglich heiß die Nächte. Sie stand heimlich auf, ging ans Wasser und ließ sich vom Meer tragen wie in den Armen einer gütigen, tief traurigen Mutter. Nach einem Jahr ließ sie sich scheiden. Es kam ganz plötzlich. Sie lag im Liegestuhl vor dem Haus, als sie nicht weit von sich ein Rasseln im Grase hörte. Sie wagte nicht, sich zu bewegen, sie hielt den Atem an und sah den züngelnden Kopf sich ihr langsam nähern. »Mother!« rief sie. »Mother, please, come at once!« Die Mutter stand in der Tür, stemmte die Hände in die Hüften, »Oh that's nothing, Honey, just a rattle-snake, be nice to them and they will be nice to you, sweet heart.« Sie stand auf, ging in das Zimmer, packte ihre Sachen, nahm den Autobus nach Fort Lauderdale und flog mit dem nächsten Flugzeug nach New York, wo ein ehemaliger Schüler ihres Vaters am Juillard College lehrte.

In New York angekommen, nahm sie es zur Kenntnis in dem Bewußtsein, es schon einmal gesehen zu haben. Sie spielte in New York mit zwei Fingern auf einem Piano, an dem mehrere Tasten bereits verstummt waren, das Nocturno wies Lücken auf, die unwiderruflich waren. Das Piano befand sich in einem Zimmer, das nur aus Wänden und einer Decke zu bestehen schien und dessen Möbel sich für ihr entbehrliches Vorhandensein entschuldigten. Die Dinge hatten eine Beschaffenheit, die sich als trügerisch erwies. An die Stelle des Originals war der Ersatz getreten. Plastikgläser, Plastikmesser, Plastikgabeln, Plastiklampen und Plastikeimer und -besen erinnerten an etwas, das einmal eine Zivilisation gewesen war. Es war eine Welt des gewichtlosen Zustandes, in der alles gleich leicht und gleich schwer war, das Harte sich als weich, das Weiche sich als hart herausstellte, das Spitze als Stumpfes, das Stumpfe als Spitzes, eine Welt, deren Gebrauchswert nach dem Gesetz der Billigkeit gehandelt wurde, eine Zivilisation für den Augenblick, zum Wegwerfen, die Häuser, die sie bauten, die Ehen, die sie schlossen. Sie dachte an die schweren silbernen Bestecke, an die schweren geschliffenen Pokale aus edelstem Glas, an den silbernen Samowar und die silbernen Kerzenhalter im gelben Haus ihrer Eltern, und sie dachte, vielleicht sei es doch besser in einer Welt ohne Schwerkraft, ohne Vergangenheit und Geschichte zu leben als in jener anderen, silbernen, in der die Verpflichtung zur Geschichte die Gegenwart gegenstandlos gemacht hatte...

Sie versuchte, eine Arbeit zu bekommen, nicht nur weil sie Geld brauchte, sondern weil der Mensch in dieser Stadt eine Zugehörigkeit haben muß, die ihn ausweist, um als ein Mensch unter Menschen anerkannt zu werden, ein Lohnempfänger, der nachweisen kann, daß er mindestens acht Stunden am Tage außerhalb verbringt, dort wo gestempelt, registriert, kopiert, telephoniert, bearbeitet, abgerechnet wird, kurz, wo man auf sich aufpaßt und dafür sorgt, daß man nicht aus der Reihe tanzt, daß man gesund bleibt und den Betrieb erhält. Weh dem, der das Läuten des Weckers am Morgen verschläft, er spürt die unüberhörbare Stille einer Stadt, die an die Arbeit gegangen ist. Er wird die ganze Verlassenheit einer Kreatur spüren, die sich ausgestoßen weiß, ausgestoßen und verdammt zu einem Dasein ohne Kranken- und Altersversicherung, bezahlte Ferien, Weihnachts- und andere Gratifikationen, kurzum einem Dasein, das ihn zum Paria der Gesellschaft macht, wo sogar der Arbeitslose für seine Arbeitslosigkeit, sofern sie unverschuldet ist, belohnt wird. Weh dir, wenn du einmal das Läuten des Weckers überhörst, das dir sagen wollte, daß du ein nützliches Mitglied der Gesellschaft geworden bist und daß es Zeit ist, sich hastig anzukleiden, den Kaffee stehend herunterzuschlürfen, Schlange zu stehen mit anderen Unausgeschlafenen, an Subway-Stationen, Bushaltestellen, Fahrstühlen und anderen Beförderungsmitteln zwischen Himmel und Erde, von denen sich unsere Schulweisheit nichts träumen ließ. Wenn du nur einmal das Läuten des Weckers überhört hast, möge Gott sich deiner Seele erbarmen, denn du hast bewiesen, daß du nicht wert bist, in dieser Stadt zu leben.

Ihre ersten Versuche, eine Beschäftigung zu finden, erwiesen sich als erfolglos, der ehemalige Schüler ihres Vaters wußte keinen Rat, er erklärte ihr, daß die Juilliard School im Augenblick keine neuen Lehrkräfte einstellen könne, indessen werde man sie benachrichtigen. Einmal antwortete sie auf ein Inserat, in dem Photomodelle gesucht wurden, man forderte sie auf, sich auszuziehen, drückte ihr ein riesiges Herz aus Pappe in die Hand, mit dem sie ihre Blöße, weit mehr als ihre Blöße bedecken sollte. Auf dem Pappherz stand in Zuckerbuchstaben »Happy Valentine's Day«. »Keep smiling, for Christ's sake«, rief der Photograph. »More! More! Excellent. That's my baby.«

Ein andermal sprach sie bei einer Agentur vor, die Tänzerinnen für eine Nightshow brauchte, Ladies mit europäischer Erfahrung bevorzugt, gute Bezahlung, freies Essen. Sie fuhr mit dem Autobus über den Hudson nach New Jersey und stieg an einem Ort aus, den man ihr auf einem Blatt Papier aufgeschrieben hatte. Nacht. Kohlenhalden und Schuppen. Aus einer Baracke kam Musik. Ein Fenster zu ebener Erde. Sie trat näher, flackerndes Licht, Rock 'n-'Roll. Auf einem Podium lag halb hingestreckt eine nackte, fette Negerin, in jeder Hand eine brennende Kerze, zu beiden Seiten Männer, bereit, der Reihe nach ihre Lust an dem ungeheuren Stück Fleisch, das sich ihnen anbot, zu befriedigen. Sie stand noch immer, unfähig, sich zu bewegen, am Fenster, als neben ihr jemand sagte: »Hey you, what are you doing here? Get undressed, we're waiting for you, we need you, come in, Baby.« Sie drehte sich um und lief davon, über Bahngeleise stolpernd, vorbei an den Kohlenhalden und Schuppen, an Signalmasten und Blinkzeichen, geheimen Warnzeichen einer irgendwie in Unordnung geratenen Verkehrsordnung, gelenkt von einem, der fern im Universum, dort hinter den Kohlenhalden und Schuppen, das Gedächtnis verloren und einen falschen Knopf gedrückt hatte, den einzigen, den man nicht drücken durfte, sofern man noch um das Wohl der Menschheit besorgt war.

Am nächsten Morgen lagen zwei Briefe vor ihrer Tür. Luftpost. Sie öffnete sie nicht. Sie stellte den Wecker für immer ab und schlief zwei Tage und zwei Nächte. Sie beschloß, nichts mehr zu essen, nur das Notwendigste. Sie aß nur noch, um es zu erbrechen, nichts bei sich behaltend. Nichts mehr besitzen. Schlank werden. Dünn. Gewichtslos wie die Plastikgläser und Plastikmesser. Ein plastischer Mensch in einem plastischen Jahrhundert, künstlich erzeugt, für den Augenblick erschaffen, zum Wegschmeißen. Manchmal beobachtete sie sich im Vorbeigehen in einem Schaufenster, das eine zierliche, anmutige Gestalt zeigte, knabenhaft und so erschreckend dünn, daß die Leute stehenblieben und ihr kopfschüttelnd nachsahen. Konnte man schon nicht die begabteste, erfolgreichste Frau des Jahrhunderts werden, dann zumindest unter den dünnsten die allerdünnste, aufsehenerregend, sensationell dünn, ihr Bild würde in die Zeitungen kommen, man würde über sie schreiben, ihre Geschichte erzählen, die Geschichte eines Wunderkindes, Tochter eines berühmten Vaters, mittellos eingewandert und sich schlecht und recht als Empfangsdame bei einem Zahnarzt, als Photomodell, als Babysitter, als Kellnerin durchs Leben schlagend, um schließlich als die dünnste Frau des Jahres bei einer Fernsehshow einem heftig klatschenden Publikum vorgeführt zu werden und mit Fred Astaire den Eröffnungstanz zu tanzen.

Geschichte eines Wunderkindes 2

Die Bekanntschaft mit ihr begann im Central Park, wo die Unbehausten der Stadt sich einfanden, um zwischen Wolkenkratzern miteinander Tennis zu spielen. Er stand hinter dem Gitter und sah einem sehr schmalen Mädchen von einer fast akrobatischen Anmut zu, deren Spiel zugleich einen Widerspruch auszudrücken schien. Sie warf den Ball mit der Linken, fast träumerisch in die Höhe, während sie zugleich langsam mit der Rechten zu einem niederschmetternden Schlag ausholte, um dann erschöpft in sich zusammenzusinken, als hätte sie sich völlig verausgabt. Diese Anstrengung im Spielerischen, die Mischung aus Ehrgeiz und schnell verbrauchter Energie interessierte ihn. Ein Ball flog über das Gitter, er hob ihn auf und warf ihn zurück. »Thank you«, sagte sie, »Thank you very much.« Später sah er sie im Clubhaus. Sie wurde bewundert, umringt. Ein Tennisstar unter den Unbehausten des Central Parks. Man riß sich um sie, aber sie war wählerisch, sie konnte es sich leisten. Dies war ihr Zuhause. Immer war jemand da, mit dem man sprechen, mit dem man spielen konnte. Nachts übte sie auf dem schon beinahe verstummten Piano die fünf Stücke, die sie in ihrer Kindheit auswendig gelernt hatte. Nichts Neues war hinzugekommen. Sie war dort stehengeblieben, wo sie aufgehört hatte, damals, am Fuße der Karpaten, wo man mit silbernen Löffeln und aus silbernen Schüsseln gegessen hatte. Das Zimmer, in dem sie jetzt lebte, roch nach gepreßten Pflanzen, nach Kräutern und Gesundheitstee.

»Ich habe einige Platten, die Sie interessieren dürften«, sagte sie, »schade, daß es schon so spät ist, sonst würde ich Ihnen etwas vorspielen.«

»Sie spielen Klavier?« fragte er.

»Ein bißchen«, sagte sie und strich mit den Fingerspitzen über die

Tasten. »Was wollen Sie hören? Bartók, Bach, Schumann, Chopin?«

Sie begann, ein paar Takte zu intonieren. Es wurde heftig an die Wand geklopft. Sie ließ die Hände sinken.

»Bartók hat mich auf den Knien geschaukelt, als ich noch ein Kind war. Mein Vater war ein bedeutender Komponist. Er starb vor zwei Jahren. Eine Krankenschwester gab ihm aus Versehen eine falsche Spritze, er erblindete. Man hat mir wenig über seinen Tod berichtet. Ich glaube, man wollte mir verschweigen, daß er sich das Leben genommen hat.«

»Sie rauchen zuviel«, sagte er, »außerdem sind Sie zu dünn. Sie müssen mehr essen. Sie brauchen Blumen in Ihrem Zimmer, etwas Lebendiges, ein paar Farben.«

»Farben?« sagte sie, »wozu?«

Er ging in ein Blumengeschäft und gab den Auftrag, ihr jeden Morgen Blumen zu schicken, viele Blumen, bunte Blumen. Er lud sie in ein Restaurant ein. Sie lehnte ab. Sie könne nicht essen, wenn jemand ihr dabei zusehe. Sie mieteten sich ein Auto und fuhren ans Meer und durch die Wälder von Connecticut und hörten die Musik, die aus dem Lausprecher kam, Bach, Beethoven, Mozart. Sie begann, in seinem Beisein zu essen. Sie spielte kaum noch Tennis. Sie ließ das Piano stimmen.

Warum liebte er diese Frau? War es wieder einer jener Rettungsversuche, die zu nichts führten? Der Gerettete weiß, daß er seinem Retter Dank schuldet, aber er kann es nicht zugeben, das verbietet ihm sein Stolz und überhaupt: Wer rettet wen? Das ist die Frage.

Er beschloß, Distanz zwischen sich und sie zu bringen. Einen Ozean.

Sie begleitete ihn auf das Schiff.

»Ich liebe dich«, sagte sie, kurz bevor die Landungsbrücke eingezogen wurde.

An jedem Ort in Europa fand er einen Brief von ihr vor.

Einmal schrieb sie, daß sie ein Kind bekommen würde.

Er beschloß, nach New York zurückzufahren. Sie erwartete ihn am Hafen.

»Okay?«, fragte sie.

»Okay«, sagte er.

Das Jahr ging zu Ende.

Die Tennisplätze im Central Park wurden geschlossen.
Es schneite.

Briefe an ein ungeborenes Kind

2. Februar 1962
Deine Mutter, ein schmales Mädchen von 30 Jahren, hat mir dieses Buch geschenkt, damit ich etwas hineinschreibe, und ich habe beschlossen, es dir zu widmen, meinem noch ungeborenen Kinde, das am 15. Februar sieben Monate alt sein wird. Ich möchte dir in diesem Buch erzählen, was mir durch den Kopf ging, als du noch nicht auf der Welt warst und doch schon als ein kleines Lebewesen existiertest, etwas, das darauf wartete, geboren zu werden und das sich bereits sehr entschieden bemerkbar machte. Und ich möchte, falls du einmal diese Zeilen lesen solltest, daß du begreifst, was damals in deinen Eltern vorging, wie sie auf dich lauschten, auf die ersten Klopftöne, mit denen du deine Existenz angezeigt hast.

Deine Mutter wird viele Schmerzen ertragen müssen, bevor sie dich auf die Welt bringen kann. Natürlich gibt es Mittel dagegen und sie wird sie auch bekommen, wenn ihr Zustand es verlangt. Aber solange sie fähig sein wird, den Schmerz zu ertragen, wird sie es vorziehen, dich mit wachen Sinnen zur Welt zu bringen. Denn was ist Schmerz? Was ist Leiden? Doch nur das, was ich als Schmerz oder Leiden empfinde. Wenn ich aber weiß, daß der Schmerz notwendig ist, um etwas anderes hervorzubringen, so kann ich ihn nicht mehr nur als Schmerz empfinden. Er ist bereits mit der Erwartung seines Endes verknüpft. Wo dieser Moment der Erwartung, der Erlösung vom Schmerz fehlt, wo es nur noch Schmerz und Leiden gibt und kein Ende, ist der Mensch wahrhaft unglücklich. Dann bleibt ihm nur noch das Glück im Jenseits.

Ich möchte, daß du Respekt vor dem Leiden bekommst. Wir leben in einer Zeit, in der die Menschen das Leiden abschaffen wollen. Aber sie sind damit nicht glücklicher geworden.

12./13. Februar
In einer schlaflosen Nacht wie dieser möchte ich dir einige Gedanken anvertrauen. Habe ich dich gewollt? Das ist eine Frage, die

jetzt, da du schon im Werden bist, kaum noch beantwortet werden kann. Sollte ich mein Kind in eine Welt der Lüge, des Verrats, der Ungerechtigkeit setzen? Eine Welt, die ich selbst in einer Zeit unvorstellbarer Grausamkeit und Menschenausrottung erlebt hatte? Sollte ich mein Kind denselben Verfolgungen aussetzen, die mich ein halbes Leben lang von einem Land zum anderen gehetzt hatten?

Kinder werden gezeugt, weil zwei Menschen es so wollten, entweder aus Konvention oder aus Liebe oder aus Unachtsamkeit. In manchen Fällen werden Kinder geplant, wie man plant, einen Baum anzupflanzen, der Schatten geben soll. Ich weiß, daß meine Eltern mich gewollt haben, weil es damals so üblich war, zwei Kinder zu haben, und nachdem bereits eines da war, plante man ein zweites. Ich habe meine Eltern nie danach gefragt. Aber es entsprach den Auffassungen ihrer Zeit, außerdem konnten sie es sich leisten, ein zweites Kind zu haben. Es ging ihnen nicht schlecht, und ein neues Jahrhundert war in Vorbereitung.

Gewiß, ich habe deine Mutter geliebt, aber das war noch nicht genug, dich zu wollen. Ich sagte ihr sogar, daß ich dich ganz und gar nicht wollte. Ich war damals gerade in Europa, und deine Mutter schrieb mir, was der Arzt ihr gesagt hatte. Sie wollte dich, sie wollte dich so sehr, daß ich beinah erschrak, sie wollte dich mit Haut und Haaren, um alles in der Welt, und ich war so erstaunt, so überwältigt von ihrem Wunsch, daß ich schließlich nachgab. Ich entsinne mich, daß ich damals ratlos in den Nächten umherging. Mein Verstand sagte mir, daß ich dich nicht haben dürfte, daß es falsch und verbrecherisch wäre, es doch zu tun, daß ich nicht für deine Zukunft sorgen könne, und ich schrieb ihr, daß sie nach Europa kommen sollte, damit wir alles besprechen könnten. Sie antwortete, daß sie tun würde, was ich von ihr verlangte, aber sie sagte es auf eine Weise, die mich beschämte. Plötzlich kam ich mir sehr klein und verächtlich vor in meinem rechnerischen Egoismus. Ich wußte, daß sie nur eingewilligt hatte, dich zu verlieren, weil sie mich nicht verlieren wollte. Zum ersten Mal, seit ich sie kannte, kam etwas zum Vorschein, das stärker war als alles andere, und noch in ihrem Verzicht spürte ich die große Kraft, die in ihr erwacht war und die sie nur mit Mühe unterdrücken konnte. In diesem Augenblick habe ich dich gewollt, mein Kind, und seitdem hat es keinen Augenblick gegeben, in dem ich dich nicht gewollt hätte.

Ich ging zum Telephon und stellte eine Verbindung zwischen Europa und Amerika her. Ich hörte es drüben in New York klingeln, während ich im Tessin auf ihre Stimme wartete, und dann sagte ich zu ihr, daß alles so sein wird, wie sie es wollte. Sie antwortete lange nicht.

»Warum sagst du nichts«, rief ich.

»Ich kann nicht«, sagte sie. »Ich bin sprachlos.«

»Du mußt!« rief ich zurück. »Je drei Minuten kosten 50 Franken. Es ist zu teuer, wenn du nichts sagst.«

»Ich werde dir telegraphieren«, antwortete sie schließlich.

25. Februar

Wenn deine Mutter weint, weinen alle Mäuse und Hunde und Giraffen, und das Meer tritt über seine Ufer. Wenn deine Mutter lacht, lachen alle Hunde und Mäuse, und die Flugzeuge überschlagen sich in der Luft. Ich habe einmal ein kleines Kind am Strand von Truro gesehen. Es stand mit dem Rücken zum Meer und konnte sich kaum aufrecht halten. Plötzlich kam eine Welle von hinten und warf es um. Das Kind lag im Wasser und schrie, wie ich noch nie ein Kind habe schreien hören. Angst und Schrecken waren darin und die Ahnung von schrecklichen Katastrophen, die aller Freude ein Ende machen.

Wenn deine Mutter weint, denke ich an das Kind am Strand von Truro und versuche, sie wieder auf die Beine zu stellen. Sie ist so hemmungslos mit ihrem Weinen beschäftigt, daß nichts auf der Welt sie davon abhalten kann. Die ganze Menschheit scheint in diesem Augenblick Trauer zu tragen. Und wenn sie lacht, ist es eine Explosion, die mit Ultraschallgeschwindigkeit mein Ohr erreicht. Eine Kettenreaktion, die alles um sie herum für einen Moment in Flammen aufgehen läßt.

Ich habe deine Mutter oft im Schlaf beobachtet. Noch nie habe ich einen Menschen so schlafen sehen, so dem Schlaf hingegeben, so in ihn hineingesunken und von ihm überschwemmt, als ruhte sie auf dem Meeresgrund. Sie scheint mit dem Kissen, auf dem sie liegt, dem Bett oder dem Sofa verwachsen zu sein, ein Teil von ihm, wie ein Relief, das sich in plastischen Umrissen über der Fläche erhebt und sie nie ganz verläßt. Wenn deine Mutter schläft, schlafen alle Mäuse und Hunde und Schmetterlinge, die Rehe gehen auf Zehenspitzen durch den Wald, und die Flugzeuge stellen die Motoren ab und fliegen im Gleitflug zur Erde, um sie nicht aufzuwecken.

13. März

Mein Kind, nur noch wenige Wochen. Der Arzt sagt, du seist ein wenig nach unten gewandert, was günstig sein soll, die Position sei gut, obwohl ich mir schon oft Gedanken darüber gemacht habe, warum der Mensch neun Monate mit dem Kopf nach unten im Mutterleibe zubringen muß. Natürlich ist die Abwärtsrichtung des Kopfes durch die Anatomie des Geburtsvorgangs gegeben – einmal aus dem Mutterleib entlassen, muß das Kind sich sofort an die Gesetze der Schwerkraft anpassen, damit ihm »das Blut nicht zu Kopfe steigt«. Aber wir wissen heute, daß im Weltenraum, jenseits der irdischen Schwerkraft, diese Gesetze bereits wieder aufgehoben sind, und der Mensch, wenn er will, auch wieder mit dem Kopf nach unten leben, atmen und essen kann. Könnte es sein, daß unser bisheriges Dasein nur ein provisorisches gewesen ist? Als die Meere austrockneten, gingen die Fische an Land und wurden Amphibien. Warum sollten wir nicht, wenn uns die entsprechenden Gliedmaßen gewachsen sind, die Erde verlassen, an die wir uns so lange hilflos klammerten, und kopfoben oder kopfunten eingehen in den Mutterschoß des Universums?

Nur noch wenige Wochen, und ich will dir sagen, wie wir uns die Zeit bis zu deiner Ankunft vertreiben. Deine Mutter und ich besuchen einen Kursus über »Natural Childbirth«, in dem gezeigt wird, wie man über Atmungs- und Entspannungsübungen den Körper so weit trainieren kann, daß die Mutter den Prozeß der Geburt möglichst bei Bewußtsein miterlebt. Manche Frauen möchten nicht, daß ihr Mann dabei ist, wenn die Wehen über sie kommen, sie möchten es allein mit sich und ihrem Arzt austragen. Andere sind dafür, daß man auch in diesem Augenblick nicht allein sein sollte. Jedenfalls haben deine Eltern beschlossen, es *zunächst* auf diese Weise zu versuchen. Ich werde also bei Deiner Mutter sein und ihr Gesellschaft leisten, solange es geht. Wir werden einiges mitnehmen, das uns die Zeit vertreiben soll – ein Schachspiel, Karten, Grammophonplatten. Alles übrige überlassen wir Dir. Sei gnädig mit ihr, mach es kurz, laß sie nicht zu lange leiden...

17. März
Mein Kind,
das einzige, was mich – vorläufig – an dir stört, ist die Tatsache, daß dein Vater ein Schriftsteller ist. Ich hatte immer ein Mißtrauen gegen Leute, die sich für klüger halten als andere und daraus einen Beruf machen. Sie sind zu Spezialisten geworden, die sich ihre Klugheit nach Worten bezahlen lassen, ihrem Verstand fehlt die Bestätigung durch das Leben. Dein Vater, den ich ganz gut kenne, obwohl ich ihm nie ganz auf den Grund gekommen bin, hatte in seiner Jugend Gedichte geschrieben. Er war aufgewachsen zwischen Kriegen und Bürgerkriegen, in einer Zeit, da man mit Kanonen nach Ideen und mit Ideen nach Kanonen schoß. Dein Vater fühlte sich von dieser Zeit unmittelbar angesprochen. Er wollte teilnehmen an den Debatten, die in den Caféhäusern und Theatern stattfanden. Er glaubte dort die Wahrheit zu finden, die junge Menschen seiner Generation suchten, die Antithese zu jener bürgerlichen Wohlanständigkeit und saturierten Geborgenheit, die längst durch die Gewalt der Geschehnisse in Frage gestellt worden war. Er liebte die Abende auf der Caféterrasse, wo junge Leute mit wirren Haaren und herausfordenden Manieren sich über das hinwegsetzten, was man ihm zu Hause mühsam beigebracht hatte. Er lauschte ihren gottlosen Reden und wollte als einer der ihren anerkannt werden, aber er blieb auch dort ein Außenseiter, wie er zu Hause ein Außenseiter gewesen war. Er sprach nicht so aphoristisch wie sie, konnte seine Einfälle nicht so schnell in Worte fassen, und obwohl er mit ihnen oft übereinstimmte, es war doch etwas Zögerndes in ihm, etwas, das länger nachdenken mußte, und so saß er meist stumm in ihrem Kreis und hörte verlegen zu. Zwar fühlte er sich von ihnen akzeptiert, vor allem, nachdem seine ersten Arbeiten erschienen waren, aber eigentlich war er nicht für das Caféhaus geschaffen. Er brauchte einen Raum, in dem er allein sein konnte. Er brauchte das Gefühl des Abseitsseins, der räumlichen Entfernung von den Anderen, um sich ihnen im Geiste wieder zu nähern, und so ist es sein Leben lang beblieben. Heute schreibt er für Menschen, die 5000 Meilen entfernt von ihm leben, für Menschen eines anderen Kontinents, und die Tatsache, daß er in einer anderen Sprache schreibt als derjenigen, die um ihn herum gesprochen wird, verstärkt noch das Gefühl der Vereinsamung und Isolierung, das er

anscheinend doch braucht, um zu sich zu kommen. Oder ist es noch ein infantiles Überbleibsel aus jener Zeit, da er vom Tisch aufstand und in sein Zimmer ging, die Tür verriegelte und sich hinsetzte, um Gedichte zu schreiben? Es war etwas Verbotenes daran, ein Protest gegen das Milieu, in das er geboren war, eine Geste der Absonderung, die zugleich Widerspruch und Geächtetsein ausdrücken sollte: Seht, ich bin anders als ihr, wollte er damit sagen, ich gehe meinen eigenen Weg, zu dem ihr keinen Zugang habt. Er zeigte ihnen nie, was er geschrieben hatte. Er wollte sie damit bestrafen. Er glaubte, er sei klüger als sie, ehrlicher, menschlicher. Er wollte ein Schriftsteller werden, ein *homme de lettres*. Er wollte mit dem Wort umgehen, das Leben in Sprache verwandeln und die Sprache in Leben. Er wollte eingreifen, verändern, bewußt machen. Für ihn war die Welt des Wortes nicht von der Welt des Daseins getrennt. Seine Neugier auf die Zeit war zu groß, als daß er es anderen überlassen hätte, ihm zu sagen, was er von ihr denken sollte. Er hat immer diejenigen gehaßt, die sich unter Berufung auf ihre »dichterische Sendung« von der Zeit freistellten und so taten, als »verstünden« sie nichts von ihr. Er hat nie daran geglaubt, daß Politik nur für Politiker da sei, und er hat alles, was er schrieb, auch wenn es Verse waren, für »politisch« gehalten – nämlich die Öffentlichkeit betreffend, die Gemeinschaft, die Gemeinde. Für ihn war Schreiben eine Sache der Verantwortung, und ich habe ihn oft sagen hören, daß ein Schriftsteller, der sich seiner Verantwortung nicht bewußt ist, genauso zur Rechenschaft gezogen werden müßte wie ein Bahnwärter, der ein falsches Signal gegeben hat.

3. April 1962
Alle Vorbereitungen sind nun getroffen. Wir haben eine Ecke im Zimmer deiner Mutter durch eine Wand abtrennen lassen. Dahinter ist ein kleiner Raum für dich allein geschaffen worden, der auf der einen Seite durch einen leichten, hellgelben Vorhang getrennt wird. In der Klinik sind unsere Personalien deponiert. Wir brauchen jetzt nur noch, wenn es so weit ist, hineinzuspazieren, ohne durch besondere Formalitäten bei der Anmeldung aufgehalten zu werden. Deine Mutter hat einen kleinen Suitcase gepackt, den sie mitnehmen wird. Morgen bekommen wir von H. eine Wiege geborgt. Auch eine Nurse hat sich bei uns vorgestellt.

Du siehst, alle Vorbereitungen sind getroffen worden, aber wir haben sie mit Absicht nur zur Hälfte ausgeführt – der Vorhang ist nicht aufgehängt, der Klapptisch ist noch nicht geöffnet worden, und die Babysachen, die wir in dem großen Warenhaus aussuchten, werden erst nach der Geburt zugeschickt. Deine Mutter war ein wenig abergläubisch, und auch ich finde, daß man den Ereignissen nicht vorgreifen sollte. Die Tatsache, daß du selber noch nicht ganz fertig bist, sollte sich auch in dem für dich getroffenen Arrangement ausdrücken.

Ich spüre, daß die Vorbereitungen, die wir für dich treffen, uns plötzlich auch eine Menge Angst einflößen, eine Art Lampenfieber, wie vor einer Premiere, das in dem Maße wächst, in dem die Vorstellung näherrückt. Bisher waren es gleichsam nur ›Durchsprechproben‹ gewesen, ohne Kostüm und Bühnenbilder. Als die Wand, die wir für dich errichteten, fertig war, schien deine Mutter zum ersten Mal zu spüren, daß dein Kommen nun eine Realität zu werden beginnt. Das Bühnenbild, in dem sie zu agieren hatte, war fertig. Sie betrachtete es mit einer Mischung aus Angst und Entzükken, mit der ganzen bangen Erregung, mit der ein Reiter die Hürde abschätzt, über die er auf seinem Pferd zu springen hat, wenn der Startschuß abgefeuert wird…

6. April
Aus der fernen Tschechoslowakei ist ein kleines Spitzenjäckchen eingetroffen, das schon hundert Jahre alt ist. Deine Mutter hat es getragen, nachdem sie geboren wurde, und ihre Mutter und die Mutter ihrer Mutter. Es ist ein wunderbar zartes, kostbares Gebilde aus einem Land, das 6000 Meilen entfernt und durch Meer und Stacheldraht von uns getrennt ist. Ich habe es lange betrachtet. Warum hat noch niemand den Roman der ›toten‹ Gegenstände geschrieben? Das geheimnisvolle, abenteuerliche Leben der Dinge, die nicht besitzen, sondern besessen werden und nur im Zusammenhang existieren können, bis dieser durch irgendeinen Umstand plötzlich zerreißt und sie sich allein auf den Weg machen, noch Zusammenhänge suchend und findend oder auch ganz ohne Zusammenhang in irgendeiner Weise zugrundegehend, verloren, vergessen. Dieses kleine, kostbare Jäckchen, das nur darauf wartet, alle zwanzig oder dreißig oder vierzig Jahre aus alten Truhen oder

Koffern herausgezogen zu werden, es hat Krieg und Bürgerkrieg überdauert, Brandstiftungen, den Untergang von Familien, von großen Reichen, bis es den Weg hierher fand, zu mir, der es dir nun anziehen wird.

Wie sah der kleine Mensch aus, der vor hundert Jahren in diesem Spitzenjäckchen lag und schlief? Was ist aus ihm geworden? Wie lebte und wie starb er? Und was ist aus all den anderen nach ihm geworden?

16. April
Gestern war der Tag, an dem du erwartet wurdest, aber du kamst nicht. Die Erwartung war so groß, daß deine Mutter sie nicht mehr ertragen konnte. Sie war den ganzen Tag verstimmt, und alles Zureden half nicht. Jetzt ist sie wiederhergestellt und in jenem Zustand ganz ruhiger Bereitschaft, den sie die ganze Zeit über gezeigt hat. Nach der blauen Wiegendecke ist nun auch eine gelbe zu Ende gestrickt, gewaschen und geplättet worden. Gestern kam die Nurse mit den Sachen, die sie für dich besorgt hat, einigen Medikamenten und Instrumenten, auch eine große Pincette war darunter.

21. April
Dies ist meine letzte Eintragung. Wir werden uns nun bald sehen. Ich habe mit der Uhr in der Hand am Bett deiner Mutter gesessen, und als die Pausen zwischen den Wehen kürzer wurden, hat man mich hinausgeschickt. Jetzt sitze ich unten in der Cafeteria und warte darauf, daß man mich ruft. Es gibt keinen Alkohol im Krankenhaus, sonst würde ich mich betrinken. Ich kann jetzt nicht mehr weiterschreiben, der Arzt ist gekommen und macht mir ein Zeichen, daß ich ihm folgen soll. Er scheint besorgt zu sein, oder bilde ich mir das nur ein...

28. April
Osteogenesis imperfecta, sagte der Arzt. Mangelhafte Knochenbildung.

Ich lasse ein Gitter an ihrem Fenster anbringen.

Wir sehen das Kind. Es ringt nach Atem. Im Inkubator. Hinter der Glasscheibe. Die Arme sind zugedeckt. Ist es verkrüppelt? Hat es keine Arme, keine Beine?

Ganz lange Haare. Eine Schwester faßt durch die Öffnung in den Inkubator und streichelt es. Es schreit.

Es kommt ein Arzt, um das Formular für die Geburtsurkunde auszufüllen.

Ihre Brüste schwellen an, der Doktor untersucht sie. »Sie können Ihr Kind nicht nähren. Schade.« Sie geht an meinem Arm durch die Gänge, auf den Balkon, mit dem Blick auf das Dach und den steinernen Brunnen. Nicht ausgeleerte Aschenbecher. Wir gehen eng umschlungen. Das Glück im Unglück.

Ich will die Nacht bei ihr bleiben. Bitte um ein zweites Bett, oder eine Matratze. »Es ist nicht gestattet.« Ich rufe den Psychiater an, der mir sagt: »Stellen Sie zwei Stühle zusammen.« Ich: »Meine Frau erlaubt es mir nicht. Sie will, daß ich nach Hause gehe und schlafe.« Psychiater: »Dann kann es ihr doch nicht so schlecht gehen.«

Ich fahre nach Hause. Die japanischen Tierchen: der Tiger, der mit dem Kopf wackelt, das festlich geschmückte Roß, das trommelnde Krokodil.

Ich wollte nicht, daß sie das Kind noch einmal sieht. Aber sie war dort, ohne daß ich es wußte. Wir gehen gemeinsam hin. Diesmal liegt es nackt im Inkubator. Es hat Arme und Beine. Es hat kleine zarte Finger und kleine zarte Zehen, die sich biegen. Und es lebt noch immer. Es kämpft um sein Leben. Es will nicht sterben.

Ich packe die Babysachen zusammen. Das hundert Jahre alte Jäckchen, den Sterilisator für die Milchflaschen. Die Wiegendekken, die blaue und die gelbe, die sie gestrickt hat, während ich vor dem TV saß. Die Windeln. Die Häubchen. – Die Wiege wird abgeholt.

Stephan Andreas, gestorben nach drei Wochen.

5

Memoiren erheben nicht den Anspruch auf Vollständigkeit. Dem Ermessen des Autors bleibt es überlassen, auszuwählen, was er für wichtig genug hält, erzählt zu werden. Dabei mögen äußere Ereignisse, die für die Kontinuität der Erzählung unentbehrlich erscheinen, sich oft als weniger wichtig erweisen als jene inneren Fakten, die zu seiner Erziehung zum Zeitgenossen, zum Schriftsteller beigetragen haben. So bin ich beispielsweise dem Leser eine Erklärung darüber schuldig, was aus einer Ehe wurde, die mit dem Tod eines Kindes begann und mit einer Scheidung endete. Es wurden noch zwei weitere Söhne geboren, die am Leben blieben und die ich liebe. Die Erinnerung an meine Ehe ist ein Schmerz, eine unbeantwortete Frage, mit der ich zu leben habe.

Indessen wäre es nun an der Zeit, von zwei Künstlern zu sprechen, die ich bewunderte und die mir persönlich nahestanden: George Grosz und Lotte Goslar. Beide versuchten, jeder auf seine Weise, in der Zeichnung und im Tanz, den Menschen mit den Mitteln des Humors, der heilte, darzustellen. Beide waren charakteristisch für eine Kunst, die entweder mit radikalem Zugriff oder mit Ironie und leisem Gelächter der Zeit beizukommen versuchte.

Ich lernte George Grosz verhältnismäßig spät in meinem Leben kennen, in Amerika, anläßlich einer Ausstellung seiner Aquarelle, der »Stockmenschen«, die damals beträchtliches Aufsehen erregten. Die »Stockmenschen«, das waren künstlich zusammengesetzte, heuschreckenartige Lebewesen. Statt der Hände hatten sie Haken, Schraubenzieher, Büchsenöffner, statt der Arme und Beine Stöcke und Latten. Sie fraßen alles kahl, die Bäume, das Land, das Vieh. Der Mensch am Ende aller Zeit. Ich schrieb einen Artikel darüber für die »Neue Zürcher Zeitung« und schickte ihn Grosz. Wir wurden Freunde. Ich brauche hier wohl nicht noch einmal über seine Bedeutung als Künstler zu sprechen, er gehört der Kunstgeschichte an. Grosz als Mensch aber ist eine lebende Legende. Er liebte es, die Menschen an der Nase herumzuführen. Er parodierte sich selbst, er parodierte das Leben, er parodierte Amerika. Er sagte immer das Gegenteil von dem, was man erwartete. Man erwartete viel von ihm, dem großen George Grosz aus Deutschland, und er kam und erzählte ihnen, was Kunst sei. »Meine Damen und Herren, soll ich Ihnen mal erzählen, was Kunst ist? Also, stellen Sie sich vor, es ist ein furchtbar heißer Sommertag, eine von diesen Hitzewellen in New York, und Sie sitzen in der Subway, und da sehen Sie ein Plakat für ... Schäfer-Bier, wissen Sie, so ein großes Bierglas, und der Schaum fließt über den Rand, und das Glas ist ganz beschlagen, und man hat einen furchtbaren Durst, verstehen Sie, und dann steigt man bei der nächsten Station aus, vor lauter Durst, und bestellt sich ein Glas Schäfer-Bier – sehen Sie, meine Damen und Herren, das ist Kunst, das macht ihnen keiner nach, kein Cézanne und kein Picasso.«

Ein andermal traf ich ihn in München bei einer Munch-Ausstellung. Die Deutschen hatten sich gerade von der Reichskulturkammer erholt und standen andächtig vor den Gemälden des großen Meisters aus Norwegen. Grosz empfing mich bereits am Eingang und rief: »Komm schnell, komm schnell, hier beginnt das Ende der Kunst!« Wir gingen zusammen durch die Räume, und Grosz sagte angesichts der berühmten Porträts an den Wänden: »Sieh dir mal das an, der Anzug von dem Mann sitzt doch überhaupt nicht, nicht wahr, ein großer Porträtmaler muß auch ein großer Herrenschneider sein. Sieh dir doch mal die Füße von dem Mann an, das sind keine Stiefel, das sind Plätteisen! Ein großer Porträtist muß auch ein großer Schuhmacher sein, ein großer Handschuhmacher, ein großer Schnurrbart- und Perückenmacher...«

Jeden Dienstag, wenn er nach Manhattan kam, um in der *Art Students League* zu lehren, trafen wir uns hinterher in einer Taverne, gleich hinter der Carnegie Hall. Grosz ließ Schnäpse an die Freunde verteilen, bis seine Augen verglasten, er trank viel, er ist am Trunk gestorben. Er wandelte in seinem Haus in Huntington des Nachts, als seine Frau verreist war, durch die Räume, mit geschlossenen Augen, so schien es mir, als ich mit einem Malerfreund die Treppe die ganze Nacht durch bewachte, er unten, ich oben, damit Grosz nicht abstürzte, nicht herunterstolperte und sich möglicherweise das Genick brach. Er ging ja mit geschlossenen Augen, so schien es uns jedenfalls, wie ein Mondsüchtiger. Aber in der Küche sagte er plötzlich, mit einem Blick auf die Wanduhr, »was, schon halb vier?«, drehte sich um, stieg die Treppe hinauf und legte sich wieder zu Bett. Er hielt die Welt zum Narren, er arbeitete mit Schockwirkungen, lebte an der Grenze eines Wahnsinns, den er pflegte und täglich mit Alkohol begoß wie eine Zierpflanze. Einmal, es war mitten im Krieg, gingen wir in das Kino an der 86sten Straße, wo man die deutschen Filme zeigte, »Die vom Niederrhein« oder »Des Erbförsters Tochter«. Vom Heimweh betrunken und vom Weine, taumelten wir in der späten Nachmittagssonne aus dem Kino, schluchzend, uns selber eine Szene »Heimweh nach

Deutschland« vorspielend. Wir umarmten einander auf offener Straße und wischten uns die Tränen aus den Augen. Grosz spielte viele Rollen in einem Stück, das ›George Grosz‹ hieß. Der Gastwirtssohn aus Pommern hatte Amerika bereits in Deutschland vorweggenommen, als die Yankeekultur mit Jazz, mit Gershwins »Rhapsody in Blue«, mit Hemingway und Thomas Wolfe die Reihen der deutschen Intelligenz durchbrach, Brecht seinen »Lindbergh-Flug« dichtete und Joseph von Sternberg nach Berlin kam, um Marlene Dietrich für den »Blauen Engel« zu engagieren. Jetzt übernahm er Amerika in Bausch und Bogen. Er war bereits 1932 einem Ruf der Art Students League nach New York gefolgt und nahm vom ersten Moment an Amerika mit uneingeschränkter Bewunderung zur Kenntnis. In seiner Autobiographie »Ein kleines Ja und ein großes Nein« rechnet er mit einer Vergangenheit ab, die seinen Ruhm als einen deutschen Daumier der zwanziger Jahre über die ganze Erde verbreitete. Hier entmachtete die radikale Linke sich selber in einem Akt des Flagellantismus nach dem Hitlerschock, was immerhin verständlich, wenn auch nicht gerade unbedingt notwendig war, obwohl er seinen Idealen von gestern nur die biertrinkenden Mönche von Grützner und den photographischen Naturalismus eines Norman Rockwell und seiner Umschläge für die Saturday Evening Post entgegenzusetzen hatte. Natürlich war auch dies wieder eine Provokation, mit der er den Leser auf die Probe stellen wollte. Er liebte es, mit todernstem Gesicht Dinge zu sagen, von denen er annehmen mußte, daß sie schockieren würden. Er suchte den Widerspruch, er forderte ihn heraus, und es langweilte ihn, wenn man seiner Meinung war. Er tat immer das, was man nicht von ihm erwartete, er liebte die Überraschung. Anstatt seine Polemik gegen das Bürgertum in Amerika fortzusetzen, pries er es und versuchte, sich ihm anzupassen. Er sah in Amerika ein modernes Hellas, das auf seinen Fußballplätzen, seinen Sportarenen und in seinen athletischen Wettkämpfen ein neues Schönheitsideal zu verwirklichen suchte. Hatte er vorher einen entkleideten Körper gezeichnet, der sich im trüben Licht einer Mansarde lustlos prostituierte, so wollte er nun den sonnengebräunten, den nackten, den befreiten Körper darstellen. Und das ist wohl das Tragische an dem Ende dieses großen Meisters deutscher Zeichenkunst, der noch kurz vor seinem Tode, zum Beispiel in den Mäuseskizzen, die kalligraphische Schönheit eines Dürer erreichte: daß er seine selbstmörderische Freude daran hatte, seine Bewunderer von einst vor den Kopf zu stoßen und sich neue dadurch zu erobern, daß er ihnen rosarote Akte, gepuderte Nacktheit und anderen malerischen Schlafzimmerschmuck lieferte. Das war seine Antwort auf Hitler, seine Rache für die fehlgeschlagene deutsche Revolution, für die totale Niederlage der Linken und einer Republik, an deren Tod er sich irgendwie mitschuldig fühlte.

»Ein kleines Ja und ein großes Nein« handelt teilweise davon. Es spiegelt die Battlefatigue eines Künstlers wieder, der die Alternativen von gestern – links und rechts, Fortschritt und Rückschritt, ja und nein – hinter sich gelassen hatte und nun in Ruhe gelassen werden wollte. Er wollte nicht mehr kämpfen. Grosz blieb auch als Amerikaner ein Dadaist, indem er das Yankeetum dadurch *ad absurdum* führte, daß er es todernst nahm und sich zugleich innerlich darüber totlachte.

Bei früheren Gelegenheiten habe ich bereits von der Szene erzählt, die sich bei der Jahrestagung der American Academy abspielte, als George Grosz lallend vor das Rednerpult trat, die Anwesenden mit erhobenen Händen wie ein Ringer vor dem Wettkampf begrüßte und sich hinterher von Marilyn Monroe ihr Autogramm mit dem Lippenstift auf den entblößten Unterarm schreiben ließ.

Ich liebte George Grosz, ich bewunderte ihn. In der Kunst gab es für ihn keinen Unterschied zwischen Schön und Häßlich, Alt und Neu, Keusch und Obszön. Es waren für ihn keine Gegensätze, sondern Komplementärfarben, die etwas Drittes ergaben, etwas Geheimnisvolles, das er das dreizehnte Zimmer nannte und über dessen Tür stand: Unbefugten ist der Zutritt verboten.

Einmal schrieb ich ein kleines Gedicht, »Greise der Revolution«, das der »Aufbau« veröffentlichte:

> Worauf warten wir?
> Was ist unser Beitrag zu dieser Erde?
> Wir nicken mit dem Kopf und tun, was man uns sagt,
> fahren subway,
> gehen in elevators
> ein und aus
> und ernähren uns redlich.

Andere verbluten sich
in Haß und Feindschaft und Mord.
Wir aber sitzen in staubfreien Vorzimmern,
nehmen Medikamente gegen den Tod,
und unser Verhalten ist durchaus loyal.
Manchmal grollt ferner Donner in unseren Schlaf,
und die Erinnerung an frühe Kämpfe
verklärt unser Alter.
Wir aber gehen gelassen
unserem Nachruhm entgegen,
und ein ruhiger Tod winkt uns,
heiter und ohne Schmerzen.

Am Nachmittag rief mich George Grosz aus Huntington an. Seine Stimme klang undeutlich, verworren. Es war sechs Uhr, und es schien mir, als hätte er bereits mehrere Gläser getrunken. Er habe ein Gedicht von mir gelesen, sagte er, ob ich ihm gestatten würde, sich dazu zu äußern?

»Selbstverständlich«, sagte ich.

»Man hat das Gehirn von Lenin in Spiritus gelegt«, sagte er, »das war ja auch ein Greis der Revolution, nicht wahr? Aber das Gehirn soll sehr bedeutend gewesen sein, unverhältnismäßig groß ... Merk dir das, mein Junge.«

Seitdem unterschrieb er seine Briefe an mich nur noch mit »Dein Greis.«

Ich habe die Stelle in Berlin photographiert, wo Grosz gestorben ist, in einem Hausflur, Savignyplatz Ecke Carmerstraße. Der Boden, auf dem er lag, nahe der Treppe, setzte sich aus kleinen Steinchen zusammen, die ein Mosaik bildeten, eine Art Strahlenkranz, und die Farben waren schon verwaschen. Nichts deutete darauf hin, daß hier einmal ein großer Mann gestorben war.

Die Welt der Lotte Goslar

Sie steht über die Beete gebeugt, betrachtet die Sonnenblume, wie sie tanzt, die Ameise, die über ihre Hand kriecht und mit der sie sich in einer stummen Szene unterhält, die Heuschrecke, den Laubfrosch, das Glühwürmchen, die unter ihrer Regie ein Konzert im

Mondschein geben, sie lauscht dem Gesang der Vögel, von dem sich der junge Komponist zu einem bemerkenswerten Solo inspirieren läßt, und sie sieht den Löwen, dem der Clown die Kehle durchbissen hat, im Sande enden, in jener Zirkusszene, die Bert Brecht für sie in Hollywood geschrieben hat.

Sie hat vergessen, die falsche Nase abzunehmen, die sie in »Human Relations« benutzt, die Filzpantoffeln auszuziehen, mit denen sie über die Bühne latscht. Sie ist so tief in Gedanken über ihre Tänze versunken, daß sie nicht bemerkt hat, wie der Himmel sich allmählich verdunkelt, bis die ersten Regentropfen ihr ins Gesicht klatschen wie der Blume, die lächelnd nach oben blickt und der ein Eimer mit Wasser ins Gesicht geschüttet wird.

Sie weiß, wie man einen Einfall vorbereitet. Einmal tanzt sie eine Witwe, die, tief verschleiert, schluchzend ein Taschentuch auswringt wie einen nassen Waschlappen. Ein nicht mehr sehr junges Kinderfräulein, das hinter dem Pianisten sitzt, der den »Liebestraum« intoniert, erzählt mit Gesten, die genau auf die Musik abgestimmt sind, wie sie ihn in ihren Armen geschaukelt, wie sie ihn gebadet, gebürstet, gekämmt hat und zupft ihm in Gedanken den Rock zurecht, während er hingebungsvoll Franz Liszt spielt.

Es regnet stärker, es blitzt und donnert. Sie geht ins Haus, nimmt einen großen Kochlöffel und rührt in den Töpfen, während sie weiter über ihre Tänze nachdenkt. »Lotte Goslar's Pantomime Circus« – Clowns, die dem andern ein Bein stellen, ihm lächelnd ein Messer in den Rücken stoßen, ein Schlafloser, der mit seinem Kissen und einer Bettdecke kämpft, die ihn nicht zur Ruhe kommen lassen, ein alterndes Chorusgirl, das das Bein hochschwingt, erlahmt und hinkend abgeht. Ein anderes, das auf dem Kopf stehend »Stars Spangled Banner« geigt – der patriotische Kitsch, die falsche Rührung, das falsche Pathos, die falsche Menschlichkeit überhaupt. Sie tanzt irdische Schwächen, Denkfehler, Laster, sie tanzt den Neid und die Schadenfreude, die Tücken der Objekte, die lebendig werden und die Menschen heimsuchen, die Kobolde, die Poltergeister …

Es klopft. Der Mann, dem die Kühe gehören, die auf ihren Wiesen weiden. Er ist durchnäßt und bekommt eine Tasse Kaffee, während sie weiter in der Suppe rührt. Man hat sie mit Hieronymus Bosch verglichen und mit Chaplin, und wie er ist sie mit dem Abbau des Feierlichen beschäftigt, des bedeutenden Augenaufschlags. Sie nimmt dem klassischen Ballett seine Orthodoxie, indem sie zwei Balletteusen zusammenstoßen läßt, sie macht aus der guten Fee im Märchen eine hoffnungslos Zerstreute, die immer die Falschen verzaubert. Sie ist ein Genie, das geboren wurde, um Verwirrung zu stiften und sie in Kunst umzusetzen. Sie ist die Ungenauigkeit in Person, auch beim Sprechen, weil Genauigkeit zu einfach wäre, zu pedantisch, zu bieder, während die Ungenauigkeit ein Element der Beunruhigung, der Berichtigung, der Konfrontation mit der Genauigkeit in die Unterhaltung bringt, also etwas Aufrührerisches. Sie will sich nicht festlegen. Sie ist der Geist der Improvisation selber.

Das Haus liegt in einem Tal, umgeben von mittleren Bergen, ein altes Bauernhaus, mit Stallungen, die jetzt leerstehen. Es hat viele Zimmer, sie schläft jede Nacht in einem anderen. Sie will sich nicht festlegen lassen, sie ist eine Zigeunerin. Sie zieht mit dem Wohnwagen von Zimmer zu Zimmer, sie rollt über die Landstraßen Europas. »Bravo! Bravo!« rufen die Leute, die Bilder an den Wänden beginnen zu tanzen, die Kochtöpfe auf dem Herd, die Ameisen an den Gardinen aus gelbem Kunststoff...

Es ist zwei Uhr nachts. Sie ist über dem Fernsehfilm eingeschlafen und erwacht in einem Zimmer, das sie nicht sofort erkennt. Es könnte Amsterdam sein, Zürich oder Dresden, wo sie geboren wurde. Sie hat Europa hinter sich, sie hat den Wohnwagen nach New York gesteuert, sie hat gehungert, dann wurde sie berühmt, sie fuhr mit dem Wohnwagen durch Connecticut und landete auf dem Berge Ararat, schickte eine Taube hinaus, die mit einem alten Strumpf im Schnabel wieder zurückkam mit der Einladung für das Tanzfestival in Jacob's Pillow. Sie stieg aus der Arche und sagte: »Hier bleibe ich.« Sie steht auf, es ist fünf Uhr morgens, sie muß einen Kuchen backen, bevor sie nach New York zur Probe fährt, einen Kuchen für den Mann oben im Gästezimmer, sie hat ihm fünfzig Jahre lang Kuchen gebacken, Mürbekuchen, Pflaumenkuchen, Apfelkuchen. Das ist ihre Form der Kommunikation – ihre Liebeserklärung ist ein Kochrezept, das sie ihm anvertraut, ein Salatdressing: eine Tasse Yoghurt, eine Tasse Mayonnaise, ein Eßlöffel Senf, Zitronensaft... »Weißt du, daß man Salat auch kochen kann, wie Gemüse, es schmeckt herrlich... Versprich mir, daß du nie sterben wirst...«

Der Winter in Westcornwall ist kalt. Sie lebt in dem geheizten Wohnwagen mit ihren Katzen Zizzi und Lucky, sie kocht ihnen erlesene Fischgerichte ... Der Tanz ist ihr Geliebter, ihre Kinder sind die Mitglieder der Company, sie sind nicht da, aber sie kommen, wann immer sie sie ruft, sie werden fortsetzen, was sie ihnen gezeigt hat, daß es besser ist, sich totzulachen als sich totzuweinen, sie hat ihnen gezeigt, wie sie den Menschen sieht, sehr klein, sehr lächerlich und sehr liebenswert. Ihr Witz ist ein heroisches Trotzdem, eine Aufforderung zum Überleben. Sie ist überall dort, wo am Kaminfeuer Sagen gesponnen werden, wo Wunderdinge geschehen ... dreht euch nicht um, der Plumpsack geht um ..., wo ein Männlein im Walde auf einem Bein steht und Lorelei ihren Kamm verloren hat.

Sieben Uhr. Sie packt den Koffer: Schellen, Ketten, Ringelstrümpfe, Gebisse, Pleureusen. Sie hat sich zwei neue Tänze ausgedacht, aber die Agenten bestehen darauf, daß sie die alten bringt, die erprobten, vor allem die unsterbliche Apotheose der drei Lebensalter, die jeweils nur durch einen Schal angedeutet werden: das Häubchen des Säuglings in der Wiege, die Schürze der jungen Mutter und wieder das Häubchen der lachenden Alten, die mit einem Spirituskocher auf dem Kopf als Heiligenschein in den Wolken entschwindet.

Sie trägt den Koffer mit den Masken zum Auto und steigt ein, sie fährt den Berg hinunter, wirft die New York Times in den Briefkasten des Nachbarn, hupt zweimal und fährt weiter. Sie legt ein Tonbandgerät neben sich auf den Sitz und spielt die Musik, die sie heute nachmittag tanzen wird, bis im Dunst eines bereits sehr heißen New Yorker Morgens die Umrisse der George Washington Bridge vor ihr auftauchen.

IV

Was ist die Antwort? –
Was ist die Frage?
Getrude Stein,
vor ihrem Tode

I

Spaziergänge auf dem Dach

Er war wieder da, der junge Mann aus Deutschland, der nachts im Central Park spazieren ging, weil ihn das Schicksal der Emigration nicht schlafen ließ.

Es gab ein paar schöne Tage im Februar, und ich bat ihn, mit mir aufs Dach zu kommen. Man kann dort wunderbar spazieren gehen, man atmet die Seeluft des nahen Hudson ein und sieht in der Ferne das Rockefeller Center, das Empire State Building und die George Washington Bridge. Während man in der sonnenbeschienenen Dächerwelt von Manhattan umherwandelt, mit ihren auf eisernen Stützen stehenden Wasserreservoirs, ihren Luft- und Fahrstuhlschächten, ihren Luken, Röhren, Schornsteinen, Leitern, Antennen, spürt man, daß hier eine Welt endet, die Welt der Menschen unter uns, mit ihren Problemen, Ausdünstungen, Ängsten, ihrem ausweglosen Zusammenleben, ihrem Durst, ihren Begierden. Hier oben beginnt eine andere, eine neue Welt, die Welt der Hubschrauber, der Transatlantikflüge. Hier oben ist man Europa näher...

Ich gehe jetzt nur noch auf dem Dach spazieren, das ist ungefährlicher als auf den Straßen von Manhattan oder im Central Park. Verdammt noch mal, jetzt wäre ich beinah wieder über eine dieser Röhren gefallen, die aus dem Dach hervorragen wie kleine giftige Fliegenpilze, die Dampf ausströmen, die Abgase der Menschen dort unten, die von Zeit zu Zeit Dampf ablassen, weil sie sonst explodieren müßten, sie halten es nicht mehr aus, in ihrer eigenen Haut zu leben wie in einer Gefängniszelle. Man sieht, ich habe Tennessee Williams übersetzt, wo ja auch nie jemand in seiner eigenen Haut glücklich ist und deshalb in eine andere schlüpfen möchte, was zu gewissen Konflikten führt, die man gemeinhin Tragödien nennt... Das Penthouse dort drüben, in dem ich mit meiner Frau gelebt habe, der kleine Dachgarten, auf dem ein Baum wächst, den Baum habe ich gepflanzt, er hat unser erstes Kind überlebt. Wir hatten Tomaten gepflanzt und Erdbeeren, die aber bei einer Hitzewelle verbrannten, und eine Sonnenblume zur Erinnerung an Van Gogh, und ich bin mit einer Kamera auf dem Dach herumgeklettert. Ich habe meine Frau in den verschiedenen Phasen ihrer Schwangerschaft photographiert, Jäckchen strickend, Höschen, Schlabberlätzchen, bis das Kind kam und starb...

Dort, das Hotel Mayflower, benannt nach dem Schiff gleichen Namens, mit dem die ersten Pilgrims nach Amerika kamen... da hat sich Ernst Toller an einem Türhaken erhängt... und dort, den Hudson hinauf, in Yonkers, haben Erwin Piscator und seine schöne Frau Maria die geflüchtete Prominenz aus Europa bewirtet – Fernand Léger, Walter Gropius, Mies van der Rohe... Nicht zu vergessen die Carnegie Hall, wo in der Pause zwischen Brahms' Zweiter und dem »Lied von der Erde« mehr Deutsch gesprochen wurde als in der Berliner Philharmonie der zwanziger Jahre. Da lauschte man atemlos sogar noch dem Knarren des Sessels, wenn sich Arthur Schnabel am Piano sinnend über Beethoven beugte... Und ein paar Häuserblocks weiter, in der alten Metropolitan Opera, beklatschten die Überlebenden eine Götterdämmerung, der sie beinah selbst zum Opfer gefallen wären... Amerika war aus Protest gegen Hitler ein Kulturland geworden und New York seine Metropole. Jetzt gehört Amerika wieder den Amerikanern. Man spricht wieder Englisch...

Lassen Sie mich von einem Dach an der Westend Avenue auch einmal einen Blick auf den oberen Broadway werfen und jener gedenken, die namenlos herüberkamen, sich abfanden mit etwas, das über ihr Fassungvermögen ging, da saßen die, die das Schicksal ausspie, am Abend auf den Bänken, wenn die Hitze zu groß wurde, und fächelten sich Luft zu mit dem »Aufbau« und mit dem Inseratenteil der »New York Times«, wo die Stellenangebote standen, dort auf den mit spärlichem Gras bewachsenen Verkehrsinseln, zwischen zwei Fahrtrichtungen, umtobt von Lastwagen und Autobussen, die ihre Wange streiften wie betrunkene Walfische, hauchten die aus Fürth, Olmütz oder Sesenheim ihr Leben aus – wo sie doch eben erst die Flanellhosen aus der chemischen Reinigung geholt und den cellophanverpackten Räucherlachs im Supermarket gekauft hatten... Einmal mußte es doch ein Ende haben, das naturalisierte Exil, wo man doch fast schon perfekt das »th« aussprach und wußte, daß man Kontaktlinsen und künstliche Zähne von der Steuer absetzen kann.

Einer nach dem anderen verschwand von den Bänken am oberen Broadway, auch die Läden, in denen sie den Räucherlachs kauften, den »tropical suit« reinigen ließen, wechselten die Inhaber. Man spricht, man schreibt so viel über die Großen der Literatur im Exil, lassen Sie mich ein Kaddisch singen für jene Helden am oberen Broadway, die mit ihren Herzinfarkten und ihrer Arthritis eines Landes gedachten, in dem man wieder auf deutsch eines natürlichen Todes sterben durfte... Haben Sie noch eine Frage?

2

Ich möchte Ihnen heute etwas von der Schriftstellerei im Exil erzählen, mein lieber Lothar Pankok, von einem Gewerbe, dem ich noch immer mit Sorgfalt und Ungeduld nachgehe, obwohl das Exil als solches nicht mehr existiert, nur noch in meiner Erinnerung.

Da wäre zunächst ein Aufsatz über das Schreiben von Gedichten im Exil, geschrieben 1944. Kommen Sie, wir suchen uns eine windgeschützte Stelle. Können Sie mir bitte vorlesen?

Sehr gern, sagte Lothar Pankok.

Über das Schreiben von Gedichten im Exil

Das Gedicht hat im Exil seinen Charakter verändert, es ist zu einem Forum der Gewissensbefragung geworden. Da wir kein Publikum mehr haben, an das wir uns wenden können, wird das Gedicht zum Gedankenaustausch, zur Kommunikation mit unseresgleichen über Probleme der Selbsterhaltung oder der politischen Zielsetzung... Gedichte im Exil: Blinkzeichen, Raketen, die man aufsteigen läßt, um sich im Dunkeln zu verständigen...

Ich danke Ihnen, Herr Pankok.

Zum Thema Emigrationsliteratur wäre vor allem zu bemerken, daß sie die verloren gegangene Einheit von Mensch und Werk wiederherstellte. Sie ist eine Literatur mit Schicksal. Sie ist der Not, dem Hunger, der Verzweiflung abgerungen worden. Sie bezeugt den Selbstbehauptungswillen desjenigen, der sie verfaßte.

Für Friedrich Schlegel war der Historiker ein Prophet mit rückwärtsgewandtem Gesicht. Das gilt auch für die Exilliteratur. Sie sagte die Zukunft voraus. Sie sagte wahr aus dem Kaffeesatz der Vergangenheit. Sie stellte Warntafeln auf. Sie zeigte dem Menschen, wie er war, wie er ist und sein wird... Sie klagte nicht an, die Geschichte klagte sich selber an. Sie zeigte das Verlorensein des Individuums in einer schon historisch gewordenen Gegenwart. Es gab Augenblicke in meinem Leben, da ich mich unbewußt als Objekt der Geschichte empfand. Ich überließ es ihr, mit mir zu tun, was sie wollte, war sogar ein wenig neugierig auf das, was nun geschehen würde, zum Beispiel, wie ich mechanisch in meine Brusttasche griff, als wollte ich ein Ausweispapier suchen, das ich nicht hatte, und der Lagerkommandant einen Stempel auf ein Stück Papier drückte »Entlassen«. Nun, es hing nicht von mir ab, nichts hing von mir ab, und doch ahnte ich, daß etwas mit mir gemeint war. Ich schloß die Augen und tat es.

Der Wind hatte seine Richtung geändert, er riß mir den Hut vom Kopf, und ich schlug Lothar Pankok vor, hinter einem Mauervorsprung Deckung zu suchen. Fast bei allem, was ich schrieb, war mir bewußt, daß es belegbar sein müßte, Material für eine Beweisaufnahme, die wahrscheinlich nie stattfinden würde. Was mir vorschwebte, war eine ideologiefreie Literatur, die authentisch sein, zugleich aber auch ein persönliches Betroffensein objektivieren sollte, eine Mischung aus Zeitkritik, Dichtung und persönlicher Geschichte, eine Art von ironischem Menschheitsreport.

Ich habe mich immer dagegen gewehrt, daß man die Exilliteratur isolierte. Sie ist kein Sonderfall, sondern ein Bestandteil der deutschen Literatur. In dem Jahr, als Günter Grass seine ›Blechtrommel‹ veröffentlichte, gab es in Deutschland wieder eine Literatur. Die Autoren des Exils wurden entbehrlich. Man brauchte sie nicht mehr. Sie hatten dafür gesorgt, daß eine Kontinuität hergestellt wurde, an die man anknüpfen konnte: Günter Grass an Joyce und Döblin, der frühe Martin Walser an Kafka, Ingeborg Bachmann an Else Lasker-Schüler.

Sie haben mich einmal gefragt, warum ich nach dem Krieg nicht nach Deutschland zurückgekehrt bin. Ich war mit einem Haufen von Manuskripten, mit Gedrucktem und Ungedrucktem, mit Gedichten, Essays, Erzählungen und Einaktern aus dem Exil gekommen sowie mit einem Roman, »Die Wenigen und die Vielen«, der jedoch von fast allen Verlegern abgelehnt wurde. Die einen sagten, es sei zu früh, die andern, es sei zu spät, und die dritten sagten, es sei zu früh oder zu spät ... Die Auseinandersetzung mit der Vergangenheit hatte in Deutschland gerade begonnen. Kritik an Stalin und am Kommunismus überhaupt wurde von denen, die es angehen sollte, damals noch mit Mißtrauen und Unbehagen zur Kenntnis genommen. Man hatte bereits genug Schwierigkeiten, Hitler zu bewältigen, und verschob deshalb die ebenfalls unumgängliche Bewältigung Stalins bis auf weiteres. Mein Roman »Die Wenigen und die Vielen« enttäuschte vor allem jene, die bei einem heimkehrenden Emigranten den Trost des Aufruhrs, der revolutionären Verbrüderung erwarteten, nicht aber Sätze wie diese: »Nichts als gegeben hinnehmen, alles noch einmal überdenken ...«, »Immer an die Hütte denken, bevor man das Haus baut ...« Mein Appell an die Vernunft war gleichzeitig meine Absage an gewisse Fragestellungen, die ich für überholt hielt. Literatur von Enttäuschten für Enttäuschte, die einmal begeistert waren und nicht aufhören, darüber nachzudenken, warum sie es nicht mehr sein können ...

Doch ich glaube, wir sollten nun wieder hinunter gehen, es kann mitunter sehr kalt werden auf einem Dach in Manhattan, wenn die Sonne untergegangen ist ...

3

»Sie wissen, ich bin nicht unvorbereitet nach New York gekommen«, sagte Lothar Pankok, »ich habe versucht, alles von Ihnen zu lesen, was ich nur bekommen konnte, und da ist mir etwas aufgefallen, Sie werden es vielleicht nicht für sehr wichtig halten, aber ich finde es erstaunlich, daß es damals junge Leute gab, die Stellung nahmen, sich festlegten. Sie haben über Bücher geschrieben, über Filme, Theaterstücke. Als Vierundzwanzigjähriger haben Sie im ›Tage-Buch‹ den damals noch gar nicht sehr bekannten Kafka mit Hölderlin und Dante verglichen. Sie haben den ›Blauen Engel‹ verrissen, der ein Sensationserfolg war und in die Filmgeschichte einging. Sie haben nachgewiesen, daß er den Roman von Heinrich

Mann, ›Professor Unrat‹, verniedlichte und entpolitisierte. Sie haben auf die Bücher von Thornton Wilder, Hemingway, Thomas Wolfe, als sie zum ersten Mal in deutscher Sprache erschienen, emphatisch hingewiesen und von einem unbekannten Autor, der sich nur ›Seghers‹ nannte, gesagt, daß seine Erstlingserzählung, ›Aufstand der Fischer von Santa Barbara‹, an die Prosa Heinrich von Kleists erinnere – zwei Monate später bekam Anna Seghers den Kleistpreis. 1934 haben Sie im ›Neuen Tagebuch‹ in dem Aufsatz ›Emigration – eine Bewährungsfrist‹ den Kampf gegen Hitler in dem inzwischen oft zitierten Satz zusammengefaßt: ›Wir müssen die geographische Entfernung zu Deutschland durch geistige Nähe ersetzen.‹

Sie sind ein Risiko eingegangen, das Risiko nämlich, sich zu irren. Dazu gehörte Mut. Diesen Mut haben wir heute nicht mehr, wir wollen uns nicht mehr für etwas einsetzen, das sich unserer Kontrolle entzieht. Wir sind zu oft enttäuscht worden, wir wissen, daß wir unseren Job verlieren würden, wenn wir uns irrten, wir können es uns nicht leisten, es lohnt sich nicht... Mein Gott, wie gerne hätte ich damals gelebt, zu Ihrer Zeit, als das Schreiben noch eine Herausforderung war, eine Bewährungsprobe. Sehen Sie, darum bin ich nach New York gekommen, ich möchte den Spuren einer nun schon historisch gewordenen Begeisterungsfähigkeit nachgehen, bevor es zu spät ist...«

»Sehr liebenswürdig von Ihnen, Herr Pankok, aber ich hoffe, daß Sie es mir nicht als falsche Bescheidenheit auslegen werden, wenn ich Ihnen sage, daß die Freude am Risiko, die Sie mir nachrühmen, ein Bestandteil eben jener zwanziger Jahre war, denen Sie, und nicht nur Sie allein, nachtrauern. Das Berlin jener Jahre war so neugierig auf das Neue, daß einem jungen Mann, der sich vorgenommen hatte, Schriftsteller zu werden, nichts anderes übrig blieb, als Neues zu entdecken, sich zu exponieren, von sich reden zu machen. Man überbot einander in Entdeckungen, und wehe dem, der den Begeisterungstaumel der zwanziger Jahre durch einen Anfall von abwägender Nüchternheit gestört hätte. Wohin die Anbetung des Neuen geführt hat, wissen Sie ja – ins Dritte Reich...«

»Ich bin ein Bauernjunge«, sagte Lothar Pankok, »ich bin nicht in Berlin aufgewachsen, sondern in einem bayrischen Dorf. Ich hatte keine Gelegenheit, Neues zu entdecken. Als ich zwölf Jahre alt war, sagte mein Vater zu mir: ›Ich gehe jetzt aufs Feld, Lothar. Da ist ein krankes Schwein. Hier ist ein Messer. Wenn das Schwein stirbt, stößt du ihm das Messer in den Bauch. Ich bin am Abend wieder zu Hause, mach's gut.‹ Das Schwein starb, und ich brachte es nicht fertig, ihm das Messer in den Bauch zu stoßen. Mein Vater sagte: ›Aus dir wird nie etwas werden.‹ Dann studierte ich Theaterwissenschaft bei Professor Kutscher in München und schloß mich einer Studentengruppe an, die der DKP nahestand, später Mao. Aber die Antworten, die ich dort bekam, befriedigten mich nicht, ich gehöre einer Generation an, die nach der Rebellion gegen die bürgerliche Gesellschaft ihren Frieden mit ihr gemacht hat. Ich wollte nicht mehr diskutieren, ich wollte eine Arbeit haben, die mich befriedigt, ich wollte Geld verdienen, viel Geld, ich wollte reisen und etwas von der Welt sehen, ich wollte aufhören, über die letzten Dinge nachzudenken, wo die ersten doch wohl die schwersten sind. Wir waren Verlierer, wir waren die Verlierer, wir zogen uns zurück und sagten ›ohne uns‹. Jetzt stellen wir den Fuß in die Tür und sagen: ›nichts ohne uns‹. Wir haben die Rebellion abgeblasen, weil es keine Klasse mehr gibt, der wir uns anschließen könnten. Seitdem der Arbeiter zum Konsumenten geworden ist, gibt es keine Arbeiterklasse mehr. Aber genug davon.«

»Ich empfinde es als besondere Genugtuung, Herr Pankok, in Ihnen den Vertreter einer Generation begrüßen zu dürfen, die ebenfalls gewillt ist, nichts mehr als gegeben hinzunehmen und alles noch einmal zu überdenken. Da stehen wir nun, zwei Enttäuschte, ein ziemlich alter Mann und ein noch verhältnismäßig junger. Wir sind beide um eine Hoffnung betrogen worden: meine Generation um den Sozialismus und Ihre um eine Zukunft, die nicht von der Drohung einer atomaren Katastrophe verdunkelt ist. Reichen wir uns über Generationen hinweg die Hände.«

»Ich glaube, meine Generation möchte alles zugleich haben. Sie möchte reich sein wie Rockefeller, arm sein und malen können wie Van Gogh, sie möchte hassen und zugleich verzeihen ... Sie haben mir einmal von einer Frau erzählt, die Sie sehr geliebt haben, Sie beide waren sehr glücklich. Dann war es aus, ganz plötzlich, über Nacht, sie wollten Sie nicht mehr sehen. Ihre Freunde wundern sich, daß Sie immer noch gut von ihr sprechen. Warum hassen Sie sie nicht?«

»Ich liebe diese Frau noch immer, weil ich sie besser zu kennen glaube als irgend ein anderer, und sie weiß es.«

»Erzählen Sie«, sagte Lothar Pankok, »ich werde es nicht auf Band aufnehmen.«

Die Geschichte der Veronika Einzig

Wir lebten zusammen in jenem Einverständnis mit uns selber, das man Glück nennt, wobei Glück nichts anderes ist als die totale Abwesenheit von Unglück. In derselben Lage aufwachen, in der man zusammen eingeschlafen ist... Sie hat mir das Fleisch auf dem Teller geschnitten, als wir uns kennenlernten. Ich habe nämlich sehr schlechte Augen und bin auf die Unterstützung anderer angewiesen. Sie hatte es sofort bemerkt und machte Ordnung auf meinem Teller, wie eine Hausfrau die Wohnung aufräumt. Sie harkte sozusagen die Schoten auf die eine und die Karotten auf die andere Seite und schnitt das Fleisch in kleine Stücke. Ich schäme mich nicht mehr, andere zu bitten, mir das Fleisch auf dem Teller zu schneiden. Ich bin darüber hinaus. Mitunter kann es sogar geschehen, daß eine Frau dabei mütterliche Instinkte entwickelt, die sie sonst dem Mann gegenüber unterdrückt.

Ich ließ also Veronika Einzig gewähren. Ich stellte mich sogar ein wenig hilfloser, als ich war, um sie zu beobachten, wenn sie diskret, damit ich es nicht bemerkte, die Kartoffel, die auf das Tischtusch gerollt war, auf den Teller zurückschob oder mir das Weinglas vor die Augen hielt, damit ich nicht daneben greife.

Ihr Name war übrigens nicht Einzig, ich hatte sie nur so genannt, weil sie sich bemühte, es zu sein, und sie war es. Sie gehörte zu jenen Frauen, die sich vorgenommen haben, etwas zu sein, etwas darzustellen, einen Stil, eine Lebenshaltung, eine Art zu sprechen, sich zu kleiden. Sie arbeitete für eine Juwelierfirma, die Filialen in Zürich, in Rom, in New York unterhielt. Sie hatte gelernt, sich in der großen Welt zu bewegen, obwohl ihr Einkommen unregelmäßig war und von dem Erfolg ihrer Reisen abhing. Zweimal im Jahr flog sie mit ihrem Musterkoffer nach New York, wo sie, von Detektiven überwacht, im Hotel Americana ihre Kunden empfing und mit ihnen verhandelte. Menschen, die ihr nicht wohl wollten, ließen durchblicken, daß sie sich bei dieser Gelegenheit mit einem der größten Juweliere dieser Welt zu treffen pflegte, der angeblich ihr Geliebter war, was sie mir gegenüber jedoch abstritt.

Juwelen interessieren mich nicht, sie langweilen mich sogar, deshalb vermied ich auch, mit Veronika Einzig darüber zu sprechen. Wir zogen es vor, uns über Bücher zu unterhalten, Theaterstücke, Filme, wovon sie übrigens sehr viel mehr zu verstehen schien als von Schmucksachen, mit denen sie ihren Lebensunterhalt verdiente, die es ihr ermöglichten, unabhängig zu sein, frei. Jedenfalls schien es mir so, als ich sie kennenlernte. In Wirklichkeit war Veronika Einzig das Opfer eines Image, das sie von sich entworfen hatte, dem sie im Grunde nicht gewachsen war. Sie spielte eine Veronika Einzig, die es nicht gab, die eine Fiktion war, ein Idealbild, das sie nicht zur Ruhe kommen ließ. Ich habe sie in einem Augenblick kennengelernt, da sie sich den Luxus leisten konnte zu lieben, einen Mann zu lieben, wenn auch nur vorübergehend, gleichsam zwischen zwei Nervenzusammenbrüchen, der ihr gestattete, sich von dem Image, das sie von sich selbst entworfen hatte, auszuruhen.

»Ich werde dich reich, ich werde dich berühmt machen«, sagte Veronika Einzig und küßte mich. »Ein Juwelier, den ich kenne, hat einen Freund, der Verleger ist, ich habe ihm dein Manuskript gegeben, und wenn es ihm gefällt, werde ich einen Vorschuß verlangen. Was soll ich ihm vorschlagen? Was meinst du? 50 000?«

»Bist du wahnsinnig!« sagte ich. »Verleger sind keine Juweliere und Bücher keine Smaragde.«

»Er hat ein Haus am Chiemsee«, sagte Veronika Einzig. »Ich werde ihn bitten, dich einzuladen, damit du dort dein Buch zu Ende schreiben kannst. Er kommt heute nachmittag zum Tee, ich möchte, daß du dabei bist, ihr sollt euch kennenlernen.«

Dr. Jürgen Berthold vom Jürgen Berthold Verlag behauptete, das Manuskript gelesen zu haben, es zu schätzen, wenn auch nicht ohne Vorbehalte. Stilistische Eigenwilligkeiten, die dem Verkauf des Buches abträglich sein könnten, müßten beseitigt und der vorliegende Text sollte noch um hundert Seiten ergänzt werden. Der Verlag stehe dem Projekt durchaus wohlwollend gegenüber und werde alles tun, dem Buch die Aufmerksamkeit zu verschaffen, die es verdiene.

»Gesetzt den Fall, der Autor würde auf Ihre Vorschläge eingehen«, wandte Veronika Einzig ein, »er würde die von Ihnen vorgeschlagenen Änderungen vornehmen und das Buch um weitere hundert Seiten verlängern, wäre es dann nicht angebracht, über einen Vorschuß zu sprechen? Sagen wir, um einmal eine Zahl zu nennen, 50 000?«

Veronika sah mich an, verzaubert, kindlich, Zöpfchen flechtend, knixend, ein Gedicht aufsagend ... »Die Glocke« von Friedrich Schiller ... das wollüstige Mädchen kostete den Augenblick ihres Triumphes über mich aus. Sie sah mich reich, sie sah mich berühmt ... festgemauert in der Erden steht die Form aus Lehm gebrannt ... Sie nahm die Teetasse und trank, während sie mich ansah, und ließ mich nicht mehr aus den Augen.

Ich hörte nicht mehr, was Dr. Jürgen Berthold vom Jürgen Berthold Verlag sagte, als er sich eine halbe Stunde später mit einer nichtssagenden Entschuldigung verabschiedete, nachdem er tief in seine Tasse blickend erörtert hatte, daß es wohl noch verfrüht sei, über das Finanzielle zu sprechen, zumal noch keine bindende Zusage von Seiten des Verlegers vorliege und die noch fehlenden hundert Seiten doch wohl erst geschrieben werden und vom Verlag bewilligt werden müßten.

Ich sah Veronika an, die in einiger Entfernung vor mir stand, den Blick abgewandt, als schämte sie sich, mich anzusehen. Sie trug schwarze, enganliegende Hosen, und es war mir, während ich langsam mit meinen Augen an ihnen hinaufglitt, als erlebte ich plötzlich eine furchtbare Schönheit, das Drama der Mitte, das Zusammentreffen der Extreme, die offene Wunde zur Welt, die niemals heilt, das Delirium der Sinne, den Scheitelpunkt von Vernunft und Wahnsinn, verborgen unter einer hauchdünnen Haut aus Satin. Ja, ich erlag Veronika Einzig und ihrem Alter Ego, dem Mädchen, das die Frau von Welt spielte, die in München frühstückte, in Zürich zu Mittag speiste und am Abend in Paris in die Oper ging. Einmal flog sie schwerkrank über den Ozean von London nach New York. »Bringen Sie mir den besten Rotwein, den Sie an Bord haben und eine wollene Decke. Ich werde am Boden schlafen. Buchen Sie mich auf die erste Klasse um.« Sie mußte sich jeden Morgen aufs neue erfinden, sie entwarf sich am Schminktisch wie ein Maler ein Bild und brach am Abend erschöpft zusammen, stahl sich hinweg aus dem Gelächter und überschlief einen Tag und eine Nacht, um mit sich selbst Schritt halten zu können. Einmal muß sie als Kind etwas erlebt haben. Sie sah in das Auge des Tigers und erbrach sich. Ein Arzt mußte gerufen werden. Sie fieberte. Seitdem mußte sie in jedem Anfang schon das Ende sehen, in jedem Gewinn schon die Angst vor dem Verlust.

Ich entsinne mich noch genau jenes Morgens in München, wenige Stunden vor meinem Abflug nach New York. Sie hatte vor nachzukommen, vierzehn Tage später, wenn die Juwelenmesse im Hotel Americana beginnen würde, und ich lag im Bett und stellte mir vor, wie es wohl sein würde, mit ihr nach Cape Cod zu fahren und im Meer zu baden, nach Florida oder Kalifornien.

Ich hörte Veronika nebenan im Badezimmer duschen, mit Flaschen hantieren, und plötzlich wußte ich, obwohl doch nichts, aber auch gar nichts darauf hindeutete: Es war aus. Zwei Wochen später holte ich sie vom Kennedy Airport ab. Sie lief, als sie mich sah, mit einem Schrei auf mich zu, umarmte mich, wobei ihr roter Strohhut zu Boden fiel, und ich fühlte einen Augenblick lang wieder die totale Abwesenheit von Unglück, jenes Einverständnis, das ich so lange entbehrt hatte. Ich brachte sie in ihr Hotel, und sie erklärte mir, sie müsse sofort schlafen gehen, weil sie am nächsten Morgen einen Termin mit einem sehr wichtigen Kunden vereinbart habe. Ich gab ihr einen Kuß auf die Stirn und machte leise die Tür hinter mir zu.

Damit wäre die Geschichte der Veronika Einzig zu Ende. Als ich am nächsten Tag bei ihr anrief, lag sie krank im Bett, konnte mich nicht sprechen, hatte Besuch, einen Kollegen aus London, der unerwartet eingetroffen war. »Liebling, ich bin völlig ausgebucht. Man erwartet mich in Boston, in San Francisco. Natürlich will ich dich sehen, aber wann? Ich rufe dich an, sobald ich wieder zurück bin.«

Ich habe Veronika Einzig noch einmal gesehen. Als ich eintrat, war sie am Telephon und blieb es, mit einigen Unterbrechungen, bis ich fortging. Einmal wollte ich sie küssen, aber sie bot mir ihren Mund mit jenem Ausdruck totalen Unbeteiligtseins dar, mit dem eine Frau einen Mann wissen läßt, daß es nutzlos ist, sich weiter um sie zu bemühen.

Ich nahm meinen Hut und ging. Es war eine Stunde nach Büroschluß, die Autobusse spieen Massen von Angestellten aus. Ich ging zu einem Münzfernsprecher und rief sie noch einmal an. Ich konnte kaum verstehen, was sie sagte, denn es war ein ohrenbetäubender Lärm auf den Straßen. Ich glaube, sie schluchzte. Draußen standen Leute vor dem Münzfernsprecher und klopften gegen die Scheibe, einer hob drohend die Faust, da hängte ich ein.

Ich habe oft über Veronika Einzig nachgedacht. Sie war ein Schauspiel, voll von wunderbaren Anfängen, die kurz vor dem Höhepunkt oder kurz danach abbrachen. Sie hatte einmal mit mir einen Zustand von Ruhe erlebt, der die totale Abwesenheit von Unruhe war. Das durfte nicht sein. Sie konnte es sich nicht leisten, auf die Anstrengung zu verzichten, aus sich einen kosmetischen Tatbestand zu machen.

Oh, ihr guten Freunde, die ihr nicht aufhört, mir vorzuwerfen, daß ich Veronika noch immer liebe. Ich lasse mir die Spielregeln dieser Welt nicht vorschreiben, ich denke nicht daran, Veronika Einzig aus meinem Leben auszuradieren wie eine Randbemerkung in einem geborgten Buch. Ich dachte damals, nachdem ich sie vom Münzfernsprecher aus angerufen hatte, ich hätte etwas bei ihr vergessen und ging noch einmal zu ihr zurück. Ich läutete. Sie machte mir auf und zog mich hinein. »Ich danke dir, daß du etwas vergessen hast«, sagte sie und küßte mich. Ja, ihr lieben Freunde, ich werde nicht aufhören, Veronika Einzig zu lieben. Sie hat ihr Lächeln und ihren Leib meinen kranken Augen geschenkt und mir das Fleisch auf dem Teller zerschnitten, obwohl ich sie nicht darum gebeten habe. Haben Sie noch eine Frage? Ja, sagte Lothar Pankok, Sie haben einmal von der Fragwürdigkeit der Alternativen gesprochen. Können Sie mir darüber etwas Genaueres sagen?

4

»Die Fragwürdigkeit der Alternativen, mein lieber Lothar Pankok, ist ein Kennzeichen unserer Zeit, offene oder geschlossene Gesellschaft, privates oder soziales Eigentum, Meinungsfreiheit oder Diktatur, wer wäre nicht für die Meinungsfreiheit der Klugen, daß sie den Dummen ebenso zuzugestehen ist, ist ein Zeitverlust, den sich die Menschheit nicht mehr leisten kann, aber wer soll entscheiden, wo die Klugheit beginnt und die Dummheit endet? Wie kann man noch mit einer Welt einverstanden sein, in der man, um nur das Nebensächlichste vorwegzunehmen, am Wochenende nicht krank sein darf oder sterben, weil der behandelnde Arzt nicht erreichbar ist, mit einer Welt, in der ein Lehrer zu sein ein Beruf ist wie jeder andere, nur schlechter bezahlt, und ein Advokat so viel verlangt, daß die wirtschaftlich Schwächeren es sich kaum leisten können, die wirtschaftlich Stärkeren zu verklagen ...«

Früher gab es immer noch eine Alternative, die darauf wartete, die andere abzulösen, ich glaube, die Menschheit ist am Ende ihrer Weisheit angelangt. Hören Sie nicht die apokalyptischen Rosse, die Computer, in ihren Ställen schnauben? Sie langweilen sich, sie wollen gefüttert werden, gefüttert mit den Dummheiten, den Irrtümern, den Fehlanalysen, den Trugschlüssen von Jahrtausenden. Etwas ist schief gegangen mit dem Menschen, mein lieber Lothar Pankok. Er kann nicht das Endziel der Schöpfung sein, dazu ist er zu mangelhaft, sondern bestenfalls eine Station auf dem Wege zu einem höheren Wesen ...

Sie haben mir gesagt, daß Sie ein verängstigter Mensch sind, verängstigt sind wir alle. Wir, die wir hinkenden Fußes aus dem Zeitalter der Humanität in das der Endlösungen eingetreten sind, müssen uns, wie einst der große Hobbes, mit der Angst als einer Grundtatsache des menschlichen Zusammenlebens abfinden. Sie haben es nicht fertig gebracht, dem Schwein das Messer in das Herz zu stoßen. Sie haben Theatergeschichte studiert, was nur ein Mensch tun kann, der nicht mehr weiß, was er mit sich und der Welt anfangen soll. Und Sie haben veranlaßt, wie Sie mir berichteten, daß eines meiner Gedichte einem Sterbenden als Trost mit auf die lange Wanderung gegeben wurde. Wie kann ich Ihnen das je vergelten: erkannt zu haben, warum einer noch schreibt? Die Literatur war einmal dazu da, den Sterbenden das Sterben leichter zu machen.

Und dennoch, lieber Lothar Pankok, gibt es mitunter unerwartete Bestätigungen, die einem Schriftsteller zeigen, daß er nicht umsonst geschrieben hat. Hier ist der Brief einer Telephonseelsorgerin aus Deutschland, den ich vor kurzem erhielt. Sie schreibt mir, daß ein ehemaliger SS-Mann sie angerufen habe, um ein Geständnis abzulegen. Diese Telephonbeichte eines 70jährigen, den sein Gewissen nicht schlafen läßt, gehört zu den erschütterndsten Selbstbezichtigungen unserer Zeit. Er gesteht, daß er an der Zerstörung des französischen Dorfes Oradour teilgenommen, daß er Frauen und Kinder erschossen habe (»die Frauen waren so schön«, bemerkte er), und er fragte sie, was er tun solle, um der irdischen Gerechtigkeit – in die himmlische hatte er ohnehin kein Vertrauen – zu entgehen. Sie rät ihm, es niederzuschreiben, weil es immer noch Leute gibt, die das, was er eben erzählt hat, für unwahr halten...

Zu Anfang des Briefes erklärt sie mir, daß sie trotz ihrer Schweigepflicht das, was sie zutiefst bewegte, einem anderen mitteilen müsse, und zwar mir, der einmal das Gedicht geschrieben hat »Denk ich an Deutschland in der Nacht...«

DENK ICH AN DEUTSCHLAND IN DER NACHT

Denk ich an Deutschland in der Nacht,
denk ich an Heine,
Novalis,
Bach.
Ich denke nicht mehr an Buchenwald.
Ein Mann wird müde,
ein Mann wird alt.
Ich denke nur noch, was mir behagt,
denk ich an Deutschland in der Nacht.

Manch ein Land hat mich in manch einer Nacht
um den Schlaf gebracht,
den ich verdiene,
die aus Zeitersparnis erfundene Guillotine,
die chemische Judenausrottungsmaschine
und der Gulag Archipel,
nicht von Deutschen erdacht.
Denk ich an den Menschen in der Nacht,
bin ich um den Verstand gebracht.

Und die Männer, in deren Namen Geschichte gemacht,
wieviele haben sie umgebracht,
wieviele haben da mitgemacht,
sie haben sich nichts dabei gedacht,
es hat sie nicht um den Schlaf gebracht,
in der Nacht,
in der deutschen,

französischen,
russischen
Nacht.

Zum Dank dafür, daß Sie mir so lange zugehört haben, möchte ich Ihnen etwas hinterlassen, mein Testament – die Chronik einer Verdunklung, die zugleich die Chronik der Vergeblichkeit des Abschiednehmens von einer Welt ist, die von heute aus gesehen einmal ganz wirklich war, obwohl ich nicht mehr weiß, ob es sie überhaupt gab oder erst geben sollte. Eine Chronik, die zugleich die Chronik vom Ende einer Kultur ist, die Chronik einer Erkrankung und eines Buches, das abgeschlossen werden muß.

Darf ich Ihnen zum Abschied, mein lieber Herr Pankok, noch eine Geschichte erzählen. Als mein Stück »Hausmusik« in L. zur Uraufführung kam, wurde ich vom Bürgermeister aufgefordert, mich in das Goldene Buch der Stadt einzutragen. Die Zeremonie im Rathaus: Pressevertreter, der Intendant, der Dramaturg, Photographen, der Bürgermeister. Ich schrieb meinen Namen, und als ich einige Seiten zurückblätterte, stieß ich auf zwei andere, die mich veranlaßten, das Goldene Buch der Stadt L. zuzuschlagen.

»Hausmusik« handelte vom Schicksal einer fast völlig assimilierten deutsch-jüdischen Familie, die Kaisers Geburtstag feierte und sich mit dem Gedanken trug, ihre Kinder taufen zu lassen – die Tragikomödie einer Illusion, die in Auschwitz endete und die ich überlebt hatte. Glauben Sie mir, ich empfand keine Genugtuung dabei, als ich die Namen der beiden las, Adolf Hitler und Heinrich Himmler, vor denen einmal eine Welt gezittert hatte, nur ein Gefühl für die Absurdität der Geschichte, der ich entkommen wollte und die mich nun, ein Menschenalter später, im Goldenen Buch der Stadt L. eingeholt hatte. Es war, als ob er, dessen Opfer ich beinah geworden wäre, mich händereibend empfing und sagte: »Was wärst du ohne mich? Ich habe dir alles genommen, ich habe dich um die halbe Erde gejagt, ich habe dir sogar gesagt, was du schreiben solltest, ich habe dein Denken und Fühlen beherrscht bis zum letzten Atemzug. Du glaubtest, mich überlebt zu haben, aber ich habe keinen von euch vergessen, keinen einzigen. Nun sind wir beide für immer vereinigt im Goldenen Buch des Todes.«

V

Chronik einer Verdunklung

Alter und Verfall ergreifen den Körper,
die Sinne, das Gedächtnis, den Geist,
nie das Selbst, den stillen Zuschauer.
Das Selbst wird nie müde und matt.
Der Körper wird müde und matt
und kann das Selbst nicht lange mehr ertragen.
Das Selbst wird nie blind,
es sind die Fensterscheiben der Sinne,
die von Regen und Staub verfinstert werden.
Das Selbst vergißt nicht.
Die Inschriften auf den Marmortafeln des
Gedächtnisses verwittern,
und es ist gut, daß manche Namen verschwinden.
Das Selbst irrt nie.
Die vielen kleinen Räder in unseren Taschenuhren
mögen rostig werden, aber wir lernen immer mehr
und mehr, emporzublicken auf das ewige Ziffernblatt
am Himmel – und das täuscht uns nie.

Nach den Upanischaden

Ein später Morgen nach einer sehr heißen New Yorker Nacht, ich erwache aus dem Schlaf wie betäubt, er will mich nicht gehen lassen, er hält mich umschlungen. Und willst du auf beiden Beinen stehen wie ein Mensch, menschliche Bedürfnisse haben wie ein Mensch, Hunger, Wasserlassen, Durst? Weißt du nicht, daß du ein Mann des Todes bist? Der große schwarze Fleck vor dem Auge, das Nichts, der Blick in das Nichts im Zentrum der Welt... Ich wollte einmal die Welt verändern... der Sozialismus beginnt zu Hause, der Sozialismus beginnt in deinen vier Wänden, der Sozialismus, das ist die Geduld, die Nachsicht mit einem Mitmenschen, das ist die Liebe, mit der du ihre Fehler übersiehst, ihre Unerträglichkeiten, ihre Schadenfreude, ihren Hohn auf die Menschlichkeit.

Diese Memoiren handeln von einem Menschen, der sich einbildete, der Wahrheit zu dienen, indem er liebte. Aber hat er nicht allzu oft die Falschen geliebt, nämlich diejenigen, die nicht lieben können? Wurde er nicht, ohne es zu wissen, immer wieder enttäuscht, um sich selbst zu beweisen, was für ein guter Mensch er war? War er nicht insgeheim im Unglück glücklicher als im Glück? Warum langweilte ihn so oft die Unschuld? Warum mußte er sich in Dinge einmischen, die ihn nichts angingen? Er ließ sich auf Abenteuer ein, um der Versuchung zu erliegen, ihnen aus Anständigkeit nicht gewachsen zu sein. Mitleid mit der Kreatur, das hatte ich schon als Kind, wenn meine Eltern miteinander stritten. Menschen tun mir oft leid – ist dies mein Motiv als Schriftsteller? Dieses Verlangen, mich in ihre Lage zu versetzen? Auch muß ich immer den verstehen, der mich beschimpft und mich dann so sehen, wie er mich sieht, auch wenn ich mich nicht schuldig fühle. Mitleid mit der Kreatur, die leidet, Mitleid mit mir selbst. Warum sich nicht eingestehen wollen, daß man leidet?

Ich war auf einer Deutschlandreise und lag mit einer TB in einem Lungensanatorium in Gauting. Ich hatte ein Loch im rechten Lungenflügel und schrieb eine Erzählung, »Der hustende Wald«, in der ich beschrieb, wie die Lungenkranken des Nachts durch ein Loch im Drahtverhau in den Wald stiegen und sich paarten. Des Nachts hörte ich vor meinem Fenster den Wald, den deutschen Wald husten und stöhnen. Die Kranken infizierten die deutschen Eichen, die deutschen Hirsche und Rehe, die deutschen Kaninchen, die deutschen Steinpilze, das deutsche Moos und die deutschen Regenwürmer, da schrieb mir eine amerikanische Freundin aus New York: »I know you are very sick... your sister is dead...« »Ich habe doch gesagt, Sie dürfen sich nicht aufregen«, sagte Doktor Tutschek, »was ist mit Ihnen, haben Sie geweint? Das können Sie sich nicht leisten, emotionale Erschütterungen sind nicht gut für die Lunge. Sie müssen sich mehr zusammennehmen.«

»Meine Schwester hat sich das Leben genommen«, sagte ich, »sie hat sich das Leben genommen, weil ich nicht da war, um sie davon abzuhalten«, sagte ich, »sie wollte nicht mehr leben, weil sie nicht genug geliebt wurde.« Es gibt Leute, denen es nicht darauf ankommt, ob sie geliebt werden oder nicht, ein schöner Sonnenuntergang genügt denen schon, oder eine Gehaltszulage, natürlich steuerfrei, oder ein komplettes Menü inklusive Vorspeise, Süßspeise, Kaffee und eine Karaffe Weißwein oder Bier, je nach Wahl, aber meine Schwester war anders, sie war wie ich, sie war liebessüchtig, sie hatte ein Verlangen nach Liebe, das niemals befriedigt wurde, weil sie immer nur den falschen Partner fand, einen, den sie nur nach Geschäftsschluß lieben konnte oder am Wochenende. Meine Schwester hatte einen Mann. Er liebte sie, wie man einen Goldfisch liebt, dem man drei Tage lang nicht das Wasser zu erneuern braucht, man brauchte ihr nur getrocknete Ameiseneier ins Glas zu werfen, und sie war zufrieden, sie tat so, als ob sie zufrieden wäre. Eines Tages nahm sie sich in New York das Leben. Sie hatte in Berlin, als junges Mädchen, mit dem Kronprinzen Tennis gespielt. Er liebte es, mit den Töchtern aus gutem jüdischen Hause Tennis zu spielen, denn sie ließen ihn gewinnen. Keine Tochter aus gutem jüdischen Hause wollte es mit den Hohenzollern verderben. Sie hätte sich nicht das Leben genommen, wenn ich in New York gewesen wäre, ich hätte es ihr ausgeredet, aber ich lag mit einer TB in einem Sanatorium in Gauting.

Ein Fuß ist in einen Ameisenhaufen getreten, hat ihn zerstört. Ist dieser Fuß gelenkt worden? Möglicherweise. Aber in den meisten Fällen ist der Ameisenhaufen aus Versehen zertreten worden. Darin eine göttliche Ordnung sehen zu wollen, ist mir zuwider. Die Ameisen konnten nichts dafür, daß sie zertreten wurden, sie haben nichts getan, was eine solche Bestrafung rechtfertigen würde. Mitleid mit jeder einzelnen Ameise, die zertreten wurde, weil sie zum Haufen gehörte und weil Ameisen hilflos sind. Schicksal! Möglicherweise gab es unter den Ameisen solche, die an eine Erbsünde glaubten und deshalb ihre Vernichtung als eine gerechtfertigte Bestrafung betrachteten. Aber ich, der ich versuche, das Richtige zu tun, anständig zu leben, wehre mich gegen den Stiefel Gottes, der mich zertreten will. Ich spreche ihm das Recht ab, mich für etwas zu bestrafen, das ich nicht getan habe. Wenn er es ist, der mich geschaffen hat, warum hat er mich so geschaffen, daß er mich bestrafen muß?

»Bitte keine Aufregungen«, sagte der Arzt. »Denken Sie an Ihre Augen. Es ist uns gelungen, innerhalb von drei Wochen Ihre Sehkraft um 10 Prozent heraufzusetzen.«

Ich muß die Füße beim Gehen heben, ich muß forsch auftreten. Ich muß durch den Nebel schreiten und mich nicht mehr an Details stoßen.

Ein Spätwerk von Rembrandt unterscheidet sich von seinen früheren dadurch, daß sich die Konturen verwischen. Vordergrund und Hintergrund gehen ineinander über. Der Raum verdämmert, scheint sich im Unendlichen zu verlieren. Also eine Vergeistigung der Welt im Alter. Die Konturen meines Lebens verblassen. Ich sehe nur noch den großen Zusammenhang. Aus dem Nebel treten die Versatzstücke von Bühnenbildern wie Szenen aus einem nicht zu Ende gespielten Stück hervor...

Der Arzt sagt: »Das linke Auge können wir nicht mehr retten, es ist dahin, für immer, aber auf dem rechten können Sie ja noch etwas sehen. Was das Lesen und Schreiben anbelangt – Sie sind doch, wenn ich mich nicht irre, Schriftsteller – haben Sie sich ja erfreulicherweise aufs Diktieren verlegt. Eine Umstellung, von der Sie sogar behaupten, daß Sie Ihnen gut getan hat, ja, Sie betrachten es sogar – und das ist erstaunlich an Ihrem Fall – als eine Wendung zum Positiven, da Sie nunmehr durch das Diktieren gezwungen sind, sich zu überlegen, was Sie schreiben wollen, anstatt wie früher zu improvisieren und dann nicht mehr zu wissen, wie es weitergeht. Lassen Sie mich jetzt noch etwas mit Ihnen versuchen. Wie viele Finger sehen Sie jetzt? Sie dürfen raten. Fünf? Natürlich habe ich fünf Finger. Ein Mensch hat fünf Finger an einer Hand, es sei denn, daß einer oder zwei oder alle fünf verstümmelt worden sind, dann hat er nicht mehr fünf Finger. Wo waren wir stehen geblieben? Ach so, ich brauche Ihnen also keine neue Brille zu verschreiben, mit der alten können Sie noch genug sehen. Mehr ist da nicht herauszuholen. Sie können dem Kellner ruhig sagen, daß er Ihnen die Speisekarte vorlesen soll, wenn Sie sie nicht lesen können – oder das Fleisch vorschneiden –, man vergibt sich doch nichts. Die Kellner machen so etwas gern, dazu sind sie ja da. Das mit dem Geld ist schon etwas schwieriger. Sie können die Dollarscheine nicht mehr auseinanderhalten? Wissen Sie, was ich an Ihrer Stelle tun würde, ich würde mir die einfachen Scheine zum Beispiel in die rechte Jackentasche, die Fünf-Dollar-Scheine in die linke stecken; ferner die Fünfzig-Dollar-Scheine in die rechte Hosentasche und die Hunderter-Scheine, sofern Sie über solche nach dieser langwierigen Behandlung überhaupt noch verfügen – hahaha – in die linke Hosentasche. Dann wissen Sie ganz genau, wo was ist, und werden nicht aus Versehen dem Kellner hundert Dollar als Trinkgeld geben anstatt zwei. Soll ich Ihnen die Rechnung zuschicken, oder wollen Sie gleich bezahlen? ... Nein, dort ist der Ausgang, dies ist ein alter Bauernschrank, haben Sie sich weh getan? Immer aufpassen, wohin man geht.«

Ich saß in einem Café in Marseille, nach dem Waffenstillstand, ich war aus einem Lager an der Loire mit sechshundert anderen Gefangenen in zehn Tagen und zehn Nächten geflohen durch Südfrankreich nach Marseille und zum Mittelländischen Meer, ich saß im Café und sah einen Mann hereinkommen, einen Fremdenlegionär, der aussah wie mein Freund Arthur Koestler, der als erster mit der Partei gebrochen und einen Roman, einen Welterfolg, »Sonnenfinsternis«, geschrieben hatte, ich sah einen Legionär hereinkommen, und ich sagte laut »Arthur«, aber der Mann, der aussah wie mein Freund Arthur Koestler, ging an mir vorbei, und ich vertiefte mich wieder in meine Zeitung, da kam er zurück, setzte sich an meinen Tisch und sagte halblaut: »Daß ich dich treffe! Ich bin in die Fremdenlegion eingetreten, um meine Identität zu wechseln. Der Krieg wird ohnehin in ein paar Wochen zu Ende sein, dann werde ich aus der Fremdenlegion entlassen und tauche mit einem anderen Paß unter, nach England.« Vierzig Jahre später nahm sich Arthur Koestler mit seiner Frau in London das Leben.

»Wie viele Finger habe ich?«, fragte der Arzt.

»Keinen.«

»Was ist mit Ihnen los? Sind Sie blind?«

»Ja, ich bin es, darum bin ich hier.«

»Versuchen Sie es doch noch mal. Wie viele Finger habe ich?«

»Zwölf«, sagte ich.

»Gratuliere«, sagte der Arzt.

Arthur Koestler war der mutigste Mensch, den ich in meinem Leben kennengelernt habe, er kannte die Moral des Überlebens und verachtete sie, Fressen und Gefressenwerden, die Eltern fressen die Kinder, und die Kinder fressen die Eltern... »meine Damen und Herren, wir erlauben uns jetzt, ganz langsam den Sargdeckel zu schließen, bitte keine Aufregung, es wird immer noch ein Spalt offen bleiben...«, das Prinzip Hoffnung, sie haben sogar eine Straße nach ihm benannt, die Ernst-Bloch-Straße, mein Gott, wenn ich das damals geahnt hätte, als ich ihm zehn Francs in Paris geborgt habe, daß einmal eine Straße nach ihm benannt werden würde, nach mir wird man keine Straße benennen, höchstens eine Sackgasse...

»Ich würde ruhig damit anfangen, Blindenschrift zu lernen«, sagte der Arzt, »solange man noch etwas sehen kann, ist es leichter, Blindenschrift zu lernen, als wenn man nicht mehr sehen kann. Man kann nicht früh genug damit anfangen, am besten schon im Kindergarten... Teleskopbrillen sind jetzt das Neueste für optisch Benachteiligte, sprechende Armbanduhren, in verschiedenen Sprachen vorrätig, Französisch, Englisch, Deutsch, Russisch, manche singen sogar die Zeit, ich empfehle eine multilinguistische Standuhr, die von acht bis zwölf englisch, von zwölf bis vier französisch, von vier bis acht deutsch und von acht bis Mitternacht russisch spricht.«

Prinzip Hoffnung...

»Unterschreiben Sie«, sagte der Arzt, bevor ich den Kopf in den Kasten steckte, »es ist nur eine Formalität, unterschreiben Sie, daß Sie uns für nichts haftbar machen werden. Man kann nicht wissen, manchmal kann etwas schief gehen, es ist so nahe am Fokus. Stecken Sie bitte den Kopf in den Kasten«, und er schoß fünfzig Mal in das noch lebende Auge, schoß fünfzig Mal in fünfzehn Minuten einen Laserstahl in mein Auge, jedesmal, wenn es blitzte, nun ist es geschehen, warum habe ich es unterschrieben, das Papier, jetzt kann ich ihn nicht verklagen, ich hätte ihn für eine halbe Million verklagen können, so viel ist ein Auge wert, fünfzig Mal zertrümmerte er ein Atom in meinem Auge, aber nachdem es fünfzig Mal geblitzt hatte, klopfte er mir auf die Schulter und sagte »good boy«, da taumelte ich, von zwei Händen geführt, in eine blauschwarze Finsternis, ich setzte mich auf etwas, das entweder ein Stuhl, ein Sofa oder ein Nagelbrett war, nachdem sich die blauschwarze Finsternis langsam verzog und sich in eine schmutzige, milchige Helligkeit verwandelte, er hat mir noch zwei Mal ins Auge geschossen, die Welt verfärbte sich, sie entfärbte sich, entblätterte sich, sie wurde blaß und dunkel zugleich, sie verwandelte sich in eine schmutzige Milch – dieses Buch ist ein Wettlauf, ein Wettlauf mit einer sterbenden Kultur, die schon längst am Wege verendete, die ich überlebte, anstatt von ihr überlebt zu werden, wie es sich für eine anständige Kultur gehört hätte, von dieser Kultur, die ich, die sich überlebte, behielt ich noch einige Krümel in der Tasche, wie von einem Streuselkuchen, die Kulturkrümel, die man sich hier für teures Geld, eine Tüte voll, kaufen kann, eine Tüte voll Carnegie Hall, eine Tüte voll Channel 13, eine Tüte voll »New Yorker«, Überreste eines europäischen Kulturkuchens, der nach Amerika rollte, Thomas Mann, George Grosz, Mies van der Rohe, da wurden sie in der Tasche zerrieben, wie Streuselkuchen, die Kulturkrümel der zwanziger Jahre. »Was auch geschieht, Sie werden sich noch immer irgendwie orientieren können«, sagte der Arzt. Aber ich kenne sehr bedeutende Leute, die sich überhaupt nicht mehr orientieren können in dieser Zeit, wer kann sich noch orientieren in dieser Welt, rechts und links sind austauschbar geworden, Fortschritt und Rückschritt, Gott ist schon in zu viele Ameisenhaufen getreten, auf einen mehr oder weniger kommt es nicht mehr an, gebe Gott, der die Ameisenhaufen zertritt, daß ich mich morgen früh noch etwas orientieren kann, in der Schublade, in der ich die Kassetten aufbewahre, mein Leben, ein ganzes Leben in Kassetten, viele sind schon gerissen, und ich habe sie wieder zusammenflicken, zusammenlöten lassen müssen, mit Laserstrahlen fünfzig Mal in fünfzehn Minuten, Gott gebe, daß ich mich noch in der Schublade orientieren kann, in dem Kasten mit den Laserstrahlen, bis die Finsternis auf mich zukommt und zu mir sagt: Du warst!

Man hat ein kleines Sträußchen gelber Wiesenblumen, schon längst verdorrt, in meine gefalteten Hände gelegt, ich habe die Augen geschlossen, ich liege da, ich tue nichts weiter als daliegen, ich fühle nichts mehr, womit soll ich auch fühlen, mein Körper ist abgestorben, ich nehme die Geräusche der Außenwelt noch wahr, das Bewußtsein arbeitet noch, es arbeitet die Restbestände des Lebens auf, ich höre nichts mehr, es ist wie in einem Büro nach Geschäftsschluß, ich höre einen Wasserhahn tropfen, irgendwo geht ein Fahrstuhl, hält an, fährt weiter. Der Papiervorhang raschelt, wahrscheinlich war das Fenster nicht ganz zugemacht, jetzt sind alle Dinge im Einverständnis mit sich selber, Stille, die totale Abwesenheit von Lärm, man rollt mich fort, man wäscht mich, man mumifiziert mich, man bemalt mich, man schminkt mich, man öffnet mir den Mund ein wenig, man macht mich lächeln, das Prinzip Hoffnung, warum hat man keinen Friedhof nach ihm benannt, warum keinen Flugplatz, ich fließe langsam aus dem Bewußtsein ins Unbewußte, ich gleite, ich schwebe, Stücke der Wirklichkeit tauchen auf wie Felsvorsprünge im Nebel; Daddy! schreit eine Stimme. Es ist mein Sohn Timothy. Ich muß ihm sagen, daß ich ihn liebe, bevor es zu spät ist. Was ist die Frage? In wessen Armen stirbt man?

Wo ist mein Sohn Tobias? Ich gebe die Geschichte an dich weiter, du mußt sie beenden. Ich habe deine Zeichnung gesehen, die Stadt von morgen, so stand es auf dem Papier, so hast du sie genannt. Du hast dem Chaos, das dich geboren hat, eine Gegenwelt der Sauberkeit, der Ordnung, der Genauigkeit und der präzisen Verantwortung gegenübergestellt, du, Tobias, wirst die Stadt von morgen bauen, die Stadt jenseits aller Alternativen, du wirst mich zu Ende denken, meine Söhne werden mich zu Ende denken, und andere werden kommen, die sie zu Ende denken werden...

Ich lege den Stein wieder zurück auf die Wiese und decke zu, was da war und nun verstummt ist, die Schreie, die Aufschreie, das Gelächter, das Stöhnen und das Röcheln, ich setze ihn bei, den Lärm von gestern unter dem Stein, den ich als Kind erstaunt aufhob und nun wieder zurücklege auf diese Wiese, in der Stille eines zu Ende gehenden Tages, im Lärm eines zu Ende gehenden Jahrhunderts.

STROPHEN

Ich gehe langsam aus der Welt heraus
in eine Landschaft jenseits aller Ferne,
und was ich war und bin und was ich bleibe
geht mit mir ohne Ungeduld und Eile
in ein bisher noch nicht betretenes Land.

Ich gehe langsam aus der Zeit heraus
in eine Zukunft jenseits aller Sterne,
und was ich war und bin und immer bleiben werde
geht mit mir ohne Ungeduld und Eile,
als wär ich nie gewesen oder kaum.

Namenregister

Hans Sahl

im Luchterhand Literaturverlag

Memoiren eines Moralisten
SL 932
Der erste Teil von Hans Sahls Erinnerungen. Ein brillant erzählter Erlebnisbericht und zugleich ein Stück deutscher Geschichte von 1902 bis 1933, dem Jahr, in dem Sahl aus Deutschland fliehen mußte.

»Es gibt einen Schriftsteller (wieder) zu entdecken, dessen Fähigkeit zu erhellenden Momentaufnahmen ohnegleichen ist, einen literarischen Brennspiegelschleifer: knapp bis zur Lakonie, ungeschminkte Porträts von Zeitgenossen vorführend, die sich zu einer ›Galerie des Jahrhunderts‹ fügen, dessen Zeuge er ist.« *Fritz J. Raddatz, Die Zeit*

Das Exil im Exil
Memoiren eines Moralisten II
232 Seiten. Leinen
Eine Veröffentlichung der Deutschen Akademie für Sprache und Dichtung
Auch als SL 997

Wir sind die Letzten
Der Maulwurf
Gedichte
184 Seiten. Broschur
Die Gedichte des Moralisten und Einzelkämpfers Hans Sahl, Selbstbefragungen, kritische Betrachtungen und Botschaften eines überlebenden Exilschriftstellers an unsere Zeit.

Jüdische Geschichte

im Luchterhand Literaturverlag

Kim Chernin
In meiner Mutter Haus
SL 881
Kim Chernin hat aufgeschrieben, was ihre Mutter erzählt hat: Rose Chernin, die 1903 in einem westrussischen Ghetto geboren wurde, 1914 in die USA auswanderte und dort Schule und College besuchen konnte, die in den USA zur aktiven Kommunistin wurde.

Detlev Claussen
Vom Judenhaß zum Antisemitismus
Materialien einer verleugneten Geschichte
SL 677

Walter B. Godenschweger/
Fritz Vilmar
Die rettende Kraft der Utopie
Deutsche Juden gründen den Kibbuz Hasorea
Mit Fotos u. Zeichnungen
232 Seiten. Broschur

Friedrich Gorenstein
Die Sühne
Roman
SL 877

Peter Härtling
Felix Guttmann
Roman
SL 795

Susann Heenen-Wolff
Erez Palästina
Juden und Palästinenser im Konflikt um ein Land
SL 945
»Politischer Nachhilfeunterricht, wie er gerade hierzulande dringend nötig ist.« *NDR*

Gert Hofmann
Veilchenfeld
Erzählung
SL 750

Barbara Honigmann
Roman von einem Kinde
Sechs Erzählungen
SL 837

Hanna Krall
Die Untermieterin
Roman
SL 873

Beata Lipman
Alltag im Unfrieden
Frauen in Israel,
Frauen in Palästina
SL 833

Theodor Lessing
Ich warf eine Flaschenpost ins Eismeer der Geschichte
Essays und Feuilletons
Hg. von Rainer Marwedel
SL 639

Valentin Senger
Kaiserhofstraße 12
SL 291

Geschichten aus der Geschichte

in der Sammlung Luchterhand

Diese Anthologien unterscheiden sich von anderen Erzählsammlungen durch das Prinzip, Geschichte in Geschichten widerzuspiegeln. Nicht Schreibweisen sollen repräsentiert werden, sondern literarische Texte in ihren zeitlichen Bezügen zu einem historischen Prozeß.

Geschichten aus der Geschichte der Bundesrepublik Deutschland
Hg. von Klaus Roehler
SL 300. Originalausgabe

Geschichten aus der Geschichte der DDR
Hg. von Manfred Behn
SL 301. Originalausgabe

Geschichten aus der Geschichte Frankreichs seit 1945
Hg. und eingeleitet von Claude Prévost
SL 836. Originalausgabe

Geschichten aus der Geschichte Nordirlands
Hg. von Rosaleen O'Neill und Peter Nonnenmacher
SL 704. Originalausgabe

Geschichten aus der Geschichte der Türkei
Hg. Güney Dal und Yüksel Pazarkaya
SL 804. Originalausgabe

Geschichten aus der Geschichte Polens
Hg. von Per Ketman und Ewa Malicka
SL 856. Originalausgabe

Geschichten aus der Geschichte Kubas
Hg. José Antonio Friedl Zapata
SL 878. Originalausgabe

Geschichten aus der Geschichte der Sowjetunion
Hg. von Thomas Rothschild
SL 901. Originalausgabe

Schweiz
Geschichten aus der Geschichte nach 1945
Hg. von Rolf Niederhauser/ Martin Zingg
SL 947. Originalausgabe

Tschechoslowakei
Geschichten aus der Geschichte
Hg. von Paul Kruntorad
SL 958. Originalausgabe

Ungarn
Geschichten aus der Geschichte
Hg. von István Eörsí
SL 995. Originalausgabe
(in Vorbereitung)

Peter Härtling

in der Sammlung Luchterhand

Die dreifache Maria
Eine Geschichte. SL 476

Eine Frau
Roman. SL 435

Felix Guttmann
Roman. SL 795
Dieser Lebens-Roman eines jüdischen Intellektuellen war 1986 eines der meistbesprochenen Bücher. 1987 erhielt sein Autor dafür den Hermann-Sinsheimer-Preis.

Die Gedichte 1953–1987
SL 826

Hölderlin
Ein Roman. SL 260

Hubert oder Die Rückkehr nach Casablanca
Roman. SL 663

Janek
Porträt einer Erinnerung. SL 696

Nachgetragene Liebe
SL 357

Niembsch oder Der Stillstand
Eine Suite. SL 189

Der spanische Soldat oder Finden und Erfinden
Frankfurter Poetik-Vorlesungen
SL 600. Originalausgabe

Waiblingers Augen
Roman. SL 886

Der Wanderer
SL 964

»Wer vorausschreibt, hat zurückgedacht«
Essays
Hg. Klaus Siblewski
SL 848. Originalausgabe
Literatur und Politik – Literatur oder Politik: In diesem Band finden sich alle wichtigen Aufsätze von Peter Härtling, die sein Ansehen und seinen Einfluß auf das geistige Leben hierzulande mitbegründet haben.

Das Windrad
Roman. SL 599

Zwettl
Nachprüfung einer Erinnerung
SL 447

Peter Härtling im Gespräch
Hg. Klaus Siblewski
SL 912. Originalausgabe
In Gesprächen und Interviews mit Journalisten, Literaturwissenschaftlern und Pädagogen gibt Peter Härtling Auskunft über seine Herkunft, seine politischen Ziele, seine Arbeitsweise und welche Absichten seine Romane verfolgen, ergänzt um einen biographisch-dokumentarischen Bildteil.

Günter Grass

in der Sammlung Luchterhand

Ach Butt,
dein Märchen geht böse aus
Gedichte und Radierungen
Bildbuch
SL 470. Originalausgabe
Dieser Band sammelt Gedichte aus dem *Butt,* unveröffentlichte Gedichte aus der Zeit der Entstehung des *Butt* sowie korrespondierende Radierungen.

Aus dem Tagebuch einer Schnecke
SL 310

Die Blechtrommel
Roman. (Danziger Trilogie 1)
SL 147

Der Butt
Roman. SL 650

Deutscher Lastenausgleich
Wider das dumpfe Einheitsgebot
Reden und Gespräche
SL 921. Originalausgabe
Niemand hat sich so frühzeitig und entschieden zu dem politischen Tagesthema »Konföderation oder Wiedervereinigung« geäußert wie Günter Grass.

Die Gedichte
1955–1986
Hg. von Volker Neuhaus
SL 754

Ein Schnäppchen namens DDR
Letzte Reden vorm Glockengeläut
SL 963

Günter Grass im Ausland
Texte, Daten, Bilder zur Rezeption
Hg. von D. Hermes und V. Neuhaus
SL 902. Originalausgabe

Hundejahre
Roman. (Danziger Trilogie 3)
SL 149

Katz und Maus
Eine Novelle (Danziger Trilogie 2)
SL 148

Kopfgeburten oder
Die Deutschen sterben aus
SL 356

örtlich betäubt
Roman. SL 195

Schreiben nach Auschwitz
Frankfurter Poetik-Vorlesung
SL 925. Originalausgabe

Das Treffen in Telgte
Eine Erzählung und dreiundvierzig Gedichte aus dem Barock
SL 558

Wortindex zur »Blechtrommel«
von Günter Grass
Hg. von Franz Josef Görtz,
Randall L. Jones und
Alan F. Keele
SL 871. Originalausgabe
Das vollständige Vokabular der »Blechtrommel«. Eine Lese- und Interpretationshilfe.

Françoise Giroud/
Günter Grass
Wenn wir von Europa sprechen
Ein Dialog
SL 835. Originalausgabe